SAUERLÄNDER

SHANNON DUNLAP

we will fall

EINE LIEBESGESCHICHTE

Aus dem amerikanischen Englisch
von Henriette Zeltner

SAUERLÄNDER

MIX
Papier aus verantwortungsvollen Quellen
FSC® C083411
FSC
www.fsc.org

Erschienen bei FISCHER Sauerländer

Die amerikanische Originalausgabe erschien 2019 unter dem
Titel »Izzy & Tristan« bei Poppy, an Imprint of Little, Brown and Company,
Hachette Book Group

Satz: Dörlemann Satz, Lemförde
Druck und Bindung: CPI books GmbH, Leck
Printed in Germany
ISBN 978-3-7373-5601-5

Für alle, die verstehen,
dass Liebe die Zeit überwindet.

Während wir leben, lass uns die Liebe erhalten,
damit wir nach unserem Leben darin ewig weiterleben.

Anne Bradstreet, 1612–1672

Prolog

Das hier ist kein Roman. Es ist eine Liebesgeschichte.

Eine Liebesgeschichte – Mrs Dwyer hat uns das in der Zehnten in Englisch beigebracht, als ich noch auf meine alte Schule ging –, eine klassische Liebesgeschichte ist eher so was wie ein Märchen. Sie handelt von Idealen, Geheimnissen und Obsessionen. Versucht man, die Figuren einer romantischen Liebesgeschichte zu klar zu umreißen, entgleiten sie einem, werden abstrakt und driften in Richtung Märchen davon.

Glaubt mir, im Moment fühle ich mich nicht gerade wie in einem Märchen. Ich will nicht von Sisyphos anfangen, aber meine tägliche Routine hier an diesem Schreibtisch ist das Gegenteil von märchenhaft. Meine Erzählperspektive, wie Mrs Dwyer es wohl genannt hätte, ist die eines rastenden Zugvogels, der keinen Drang verspürt, weiterzufliegen.

Damals jedoch war alles anders, ich war anders und hatte vermutlich auch romantische Gefühle. Romantisch im gebräuchlichen, alltäglichen Sinn, mit roten Rosen und Liebesgedichten, aber auch im akademischen Sinn, denn ich war ganz gefangen im Märchen meiner eigenen Geschichte. Tristan empfand ich übrigens auch immer so. Tristan, der so wunderbar war, dass seine Umrisse verschwammen, als existiere er gar nicht wirklich. Tristan – das Ideal, das Mysterium, die Obsession. Ich sah das alles schon, als ich ihn zum allerersten Mal erblickte. Damals wollte ich seinen Schmerz schlucken oder wie ein Bonbon in meinem Mund schmelzen lassen, bis er ein Teil von mir würde.

Vielleicht ist ja genau das passiert. Vielleicht war das die Ursache aller Schwierigkeiten, die dann folgten.

Aber ich greife vor.

Mrs Dwyer hat uns auch erklärt, dass die Bezeichnung *novel* für Roman vom italienischen *novella* kommt, was *neue kleine Geschichte* bedeutet. Gemeint ist also etwas Frisches, etwas, das zum Zeitpunkt der Entstehung des Begriffs niemand zuvor versucht hatte. Und wisst ihr, auch deshalb kann das hier kein Roman sein, weil es um nichts Neues geht. Es geht um die älteste Sache der Welt. Um Liebe.

ERSTER TEIL

Tristan
The Knight

Marcus sitzt ein paar Meter hinter mir auf einer Parkbank, und obwohl meine Augen auf das Brett gerichtet sind, weiß ich genau, was ich sehen werde, wenn ich mich umdrehe. Er streckt seine langen Arme aus, nimmt Raum ein, einfach weil er es kann. Dadurch müssen sich seine Lakaien an den Rand der Bank klemmen oder mit dem Platz dahinter begnügen: Tyrone, K-Dawg, Frodo – allesamt weniger charismatisch als die Figuren auf dem Brett und mit ungefähr genauso viel Hirn. Ich höre Marcus gähnen und weiß, was für eine große Show er daraus macht, seine Cap zurechtzurücken und die Augen zu schließen, als könnte ihm nichts gleichgültiger sein als diese Partie.

»Yo, T, dauert das noch lange?«, fragt er. Als ich vor zwei Jahren nach Brooklyn und zu Auntie Patrice zog, pflegte Marcus mich Lil' T zu nennen, weil Tyrone schon T hieß. Aber das war, bevor ich anfing, für ihn am Schachtisch Geld zu verdienen.

»Es dauert, solange es dauert«, murmelt Antoine. Ich kann aus dem Augenwinkel sehen, wie er die Arme vor der Brust verschränkt hält. Er ist nervös. Und das sollte er auch sein, denn seinem Mann, diesem fetten puertorikanischen Jungen mir gegenüber am Tisch, gehen die Optionen aus. Deshalb versucht er es, seinen Turm heimlich in eine bessere Position zu bringen. Schlechter Zug.

»Es dauert, solange es dauert«, sage ich, ohne den Blick vom Brett zu heben. »Sagt man so. Aber es ist fast vorbei. Schach.«

Ich kann spüren, wie sich hinter mir langsam ein Grinsen auf Marcus' Gesicht ausbreitet.

Von dem Punkt an ist es Routine, inklusive des Geschreis ein paar Züge später, als ich das Schachmatt verkünde. (Und ich muss es immer verkünden, weil die Leute einen Killerzug nicht mal dann erkennen, wenn er ihnen mit dem nackten Arsch ins Gesicht springt.)

»Gut gemacht, Lil' T«, sagt Tyrone und boxt mir gegen die Schulter.

»So klein ist der gar nicht mehr, was, Tyrone?«, sagt Frodo. Frodo ist selbst so klein und hässlich, dass die einzige echte Freude in seinem Leben darin besteht, sich wichtiger als Tyrone zu fühlen.

Ich ignoriere beide, genauso wie Antoine, der rübergeht, um Marcus zu bezahlen. Stattdessen konzentriere ich mich darauf, dem fetten Jungen die Hand zu schütteln. Ich will gar nicht wissen, wie viele Dollars Marcus auf solche Spiele setzt. Das stört mich beim Spielen.

»Gute Partie«, sage ich und sehe dem fetten Jungen zum ersten Mal an diesem Tag direkt in sein Puppengesicht. Er ist jung, vielleicht erst vierzehn, und seine Gefühle sind von Kopf bis Fuß unübersehbar. Er hat versucht, mir mit einer seltsamen Eröffnung namens *Orang Utan* eine Falle zu stellen. Der Junge hat Mut, wenn auch noch nicht die entsprechende Erfahrung.

»Yeah«, sagt er, »für dich vielleicht.«

»Hey«, sage ich und senke meine Stimme, »du solltest nicht mit Antoine abhängen. Kein guter Umgang, Mann.«

Der fette Junge grinst. »Yeah. Marcus etwa nicht?«

Und dann ist es Zeit zu gehen, den Park zu verlassen, die Lakaien loszuwerden, mit Marcus nach Hause zu laufen, vielleicht noch einen Joint mit ihm zu rauchen, um vom Adrenalin der Partie runterzukommen. Und es ist Zeit, den armen fetten Jungen zurückzulassen, bevor er ein bisschen von Antoine runtergemacht wird.

Die Luft heute Abend ist schon ein bisschen kühl, das erste Anzeichen von Herbst in diesem Jahr, aber während wir den Eastern Parkway runterschlendern, trägt Marcus immer noch kurze Ärmel. Ich weiß, dass er das wahrscheinlich noch wochenlang tun wird. Er verdeckt seine Tattoos, die ein Vermögen gekostet haben, nicht gern. Das ist der wahre Grund. Aber wenn die Mädchen mit dem Lipgloss, den engen Jeans und tief ausgeschnittenen Tops quietschen und fragen: »Ist dir nicht kaaaalt?«, dann lässt er sein Tausend-Watt-Lächeln aufblitzen und sagt: »Heißblütig.«

Manchmal, wenn ich die grobe Kraft von Marcus' Bizeps sehe, wundere ich mich schon, wie es sein kann, dass wir verwandt sind oder auch nur derselben Spezies angehören. Das sind wir aber, blutsverwandt sogar. Sein Vater ist der Bruder meiner Mutter (»Gott schenke ihrer wundervollen Seele Frieden«, sagt Uncle Sherwin immer unter Tränen zu mir, wenn er einen Rum-Punch zu viel hatte), und Auntie Patrice, bei der ich wohne, ist die Tante von uns beiden. Marcus lebt mit seiner Mutter und seiner kleinen Schwester Chantal im selben Block. Offiziell jedenfalls. In Wirklichkeit wohnt Marcus überall und nirgends: Auf den Basketballplätzen unten auf den Piers, auf den Bänken vor dem TipTop Social Club, wo die alten Männer würfeln, oder auch an Patrice' Tisch, wo er sich zur Abendessenszeit oft unangekündigt auf einen Stuhl fallen lässt; aber auch an der Ecke Fulton und Nostrand, wo er verschiedenen Geschäften nachgeht. Er besteht darauf, dass ich darüber nicht allzu viel wissen muss. In dem Punkt widerspreche ich ihm nie.

Es gibt da draußen ein paar Leute, die Angst vor Marcus haben, und nicht alle sind so hilflos wie fette Schachspieler. Beim Abhängen mit Marcus habe ich schon einige Dinge gesehen, bei denen ich mir gewünscht habe, mein Gehirn hätte eine Löschfunktion. Aber auf welcher Waage auch immer ich das abwäge, meine Loyalität Marcus gegenüber hat immer das meiste Gewicht, und das nicht nur, weil er für jemand wie mich die beste Versicherung dagegen ist, zusammengeschlagen zu werden. Er ist Familie, kurz und bündig, und wir beginnen einfach immer auf derselben Seite des Schachbretts. Marcus kann impulsiv sein, und ich will auf keinen Fall, dass er in ernsthafte Schwierigkeiten gerät. Aber die meiste Zeit über wirkt er sowieso viel zu perfekt, als dass irgendwas schiefgehen könnte.

Als wir unseren Block erreicht haben, joggt er die Stufen zu seiner Wohnungstür hoch, und ich verabschiede mich, doch da meint Marcus »warte«, setzt sich auf die oberste Stufe und deutet mit dem Kopf auf die Stelle neben sich. Mein Mund ist trocken, und dieser seltsame Nach-dem-Spiel-Kopfschmerz dringt allmählich durch die leichte Benommenheit vom Gras. Ich will nur nach Hause und versuchen, vor dem Abendessen noch ein Nickerchen zu machen. Aber stattdessen setze ich mich, eine Stufe unter ihn, wobei ich mir einrede, das sei, damit wir beide mehr Platz haben.

»Das war echt eine Leistung, was du da heute geliefert hast«, sagt Marcus.

»Das war nix«, sage ich. »Der Junge hatte von Anfang an Schiss. Vor Antoine, nicht vor mir.«

Marcus streckt sich lächelnd nach hinten und stützt seine nackten Ellbogen auf den Beton des Treppenabsatzes. »Du musst mal lernen, ein Kompliment anzunehmen, Lil' T.«

Ich zucke mit den Schultern. Marcus weiß null über Schach, und ich mache mir nichts aus leeren Lobreden.

»Nächste Woche Schule«, sagt er.

»Yup.«

»Willst du was Verrücktes hören?«

Ich drehe mich ein Stückchen zu ihm um und hebe fragend eine Augenbraue. »Macht Frodo dieses Jahr seinen Abschluss?«

Marcus lächelt als kleine Anerkennung für meinen lahmen Witz mit all seinen strahlend weißen Zähnen. »Nah. Die Sache ist die: Ich hab das Gefühl, dass das mein Jahr ist. Mein Jahr, um es nach oben zu schaffen. Mein Moment. Klingt das irre?«

Klingt es, aber nur weil aus meiner Perspektive Marcus schon immer oben war. Er kommt jetzt in die Zwölfte. Und dass er es so weit geschafft hat, ist größtenteils dem Flehen seiner Mutter zu verdanken (sowohl ihm als auch der Schulleitung gegenüber) und der Tatsache, dass die Schule seinen Platz im sozialen Ranking bestätigt. Ich bin nur eine Klasse unter ihm, aber ganze zweieinhalb Jahre jünger, was man mir übrigens auch ansieht. Kleiner Tipp: Eine Klasse zu überspringen ist kein Weg, um sich unter Gleichaltrigen Respekt und Bewunderung zu verdienen.

»Nope«, sage ich.

»Die Dinge ändern sich, T«, sagt er mit diesem Blick, den er manchmal drauf hat und der mich an den eines Pitchers erinnert, der sich zum Werfen bereitmacht. »Das spüre ich.«

»Mmmm.« Es fällt mir schwer, mich auf irgendwas anderes zu konzentrieren als auf die trockene Stelle in meiner Kehle. Darauf und auf das Bild des fetten Jungen mit blauem Auge und geschwollener Lippe. Wie er sich nach Hause schleppt, um weiter Schach zu üben. Vielleicht masturbiert er ja aus Einsamkeit, wenn er das Bad in seiner winzigen

Wohnung ein paar Minuten für sich hat. Mir kommt der Gedanke, dass der einzige Unterschied zwischen ihm und mir ein paar verlorene Partien sind. Das wiegt weniger als die Samen einer Pusteblume.

»Du bist eine Million Meilen weit weg«, sagt Marcus lässig, und ich reiße mich, aus Angst ihn zu verärgern, schnell zusammen. »Aber das ist okay, T. Bei all dem, was da oben vor sich geht.« Er tippt sich an die Schläfe. »Das macht einen Sieger aus dir.« Und dann lächelt er dieses Lächeln, das mir so weiche Knie macht wie den Mädchen, die ihm nachlaufen. Er gibt mir einen etwas zu festen Klaps auf den Hinterkopf.

Genau das ist das Problem mit Marcus: Er kann einen so einwickeln, dass manchmal sogar ich vergesse, wie mächtig er ist.

Das Schloss an der Wohnungstür klemmt, und man muss immer ein paar Augenblicke mit dem Schlüssel daran rummachen, bis es aufgeht. Das gibt mir genug Zeit, um an meiner Jacke nach Rauch zu schnüffeln und entsprechend paranoid zu werden. Während Marcus eine Macht ist, mit der man rechnen muss, ist Auntie Patrice die reinste Naturgewalt. Als ich ihre Wohnung im dritten Stock betrete, rührt sie in einem Topf auf dem Herd herum, schreibt aber gleichzeitig noch mit einer Hand eine E-Mail auf ihrem Laptop, der auf der Arbeitsplatte steht, und telefoniert übers Headset mit jemandem, höchstwahrscheinlich einer Verwandten in Trinidad.

»Bleib dran«, sagt sie, als sie mich sieht. »Tristan kommt gerade rein.«

»Tristan«, sagt sie, und es klingt wie das Gackern eines aufgebrachten Huhns. Sie ist übrigens einer der wenigen Menschen, die meinen vollen Namen, diesen verrückten deutschen Namen, benutzen. Ich weiß, sie tut das aus Loyalität gegenüber derjenigen, die ihn mir gegeben hat. Dann schnuppert sie intensiv wie ein Bluthund und meint: »Warst du mit Marcus unterwegs?«

Patrice anzulügen bringt nie was. »Yeah. Aber es ist okay. Nichts Schlimmes passiert.« Anscheinend klingt das so glaubwürdig, dass sie sich damit zufriedengibt.

»Marcus«, sagt sie kopfschüttelnd. »Der Junge macht auch nichts als Ärger.« Das stimmt zwar, aber ich weiß, wie sehr sie Marcus liebt, wahrscheinlich mehr als mich. »Kommt er zum Abendessen?«

»Nicht sicher. Ich glaub nicht.«

»Okay.« Die ganze Zeit, während wir reden, hat sie nicht aufgehört zu rühren, wirkt aber trotzdem noch so, als wäre ihre andere Hand sauer, weil sie nichts zu tun hat. »Abendessen in einer Dreiviertelstunde. Du kannst den Koriander nicht am Abend gießen, Baby, dann kriegt er Ungeziefer. Du musst es frühmorgens machen.« Ich brauche eine Sekunde, um zu kapieren, dass diese Anweisung für die Verwandte in der Ferne und nicht für mich bestimmt war. Patrice hat sich inzwischen weggedreht: »Nein, das ist nicht früh genug.«

Ich schlurfe über den Flur zu meinem Zimmer oder besser

gesagt: zu dem Zimmer, in dem ich schlafe. Es sieht immer noch eher wie ein Gästezimmer aus, obwohl ich seit zwei Jahren darin wohne. Es fällt mir leicht, Dankbarkeit und Respekt für Auntie Patrice aufzubringen, weil sie die mit Abstand feinfühligste Person in meiner Familie ist. Ich empfinde auch große Zuneigung für sie, aber sie ist kein besonders warmherziger Mensch, und es gibt Tage, an denen ich mich hier wie ein Eindringling fühle.

Jetzt lasse ich mich aufs Bett fallen und schließe die Augen, werde aber das Gefühl nicht los, dass irgendwas mich umschließt. Etwas schnürt mir die Luft ab, so subtil, dass ich tot sein werde, bevor ich benennen kann, was das eigentlich ist. Augen auf. Augen zu. Ein Monster, das sich auf meiner Brust niederlässt. Augen auf. Auf dem Nachttisch steht ein gerahmtes Hochzeitsfoto meiner Eltern. Mir ist immer noch nicht klar, ob Patrice es dort hingestellt hat, weil sie meinte, es wäre mir ein Trost, oder um es selbst aus den Augen zu haben.

Auf dem Foto schneiden sie eine Torte an. Sie trägt ein weißes Kostüm, lacht und sagt etwas zu jemand, der nicht auf dem Bild ist. Ich habe den hellen kreolischen Hautton meines Vaters, aber alles andere an mir ist so hundertprozentig meine Mutter, dass wir wie aus demselben Holz geschnitzt wirken. Mein Vater hält den Kopf leicht gesenkt, aber an seinen Grübchen kann man erkennen, dass auch er lächelt. (Grübchen! Ich weiß nicht, wann ich seine das letzte Mal in natura gesehen habe. Existieren sie überhaupt noch? Können die einem mit dem Alter oder aus Trauer abhandenkommen?) Das Foto ist schwarzweiß, was ich schon immer verwirrend fand, weil es ja noch nicht so lange her ist. Tatsächlich bin ich mir sogar ziemlich sicher, dass ich auch mit auf dem Bild bin, unter der zugeknöpften Jacke des weißen Kostüms meiner Mutter. Niemand hat es mir jemals ausdrücklich gesagt, aber man muss kein Genie sein, um sich die sieben Monate auszurechnen, die zwischen dem Tag, an dem dieses Foto gemacht wurde, und dem Tag lagen, an dem meine Mutter starb.

»Bianca war ein wildes Kind«, sagen einige unserer Verwandten gerne kopfschüttelnd und lächeln bei der Erinnerung an sie. Als ich noch klein war, schnappte ich begierig die Worte auf, mit denen andere sie beschrieben: hübsch, verrückt, witzig, charmant, lebhaft. Ich versuchte, mir daraus eine eigene Erinnerung an sie zu basteln. Aber es ist nicht so leicht, sich einen Menschen aus dem Nichts zu bauen.

Jetzt strecke ich die Hand aus und lege den Rahmen mit dem Foto nach unten hin, dann krame ich im Rucksack nach meinem Handy. Ich will die Stimme von meinem Dad hören, auch wenn ich weiß, dass er nicht rangehen wird. Er ist Konzertveranstalter und hat seltsame Arbeitszeiten. Ich lausche seiner Stimme auf der Mailbox, rufe gleich noch mal an und höre sie ein zweites Mal. Er wird natürlich sehen, dass ich ihn angerufen habe, aber das tun viele Leute. Er wird versuchen, dran zu denken, dass er mich später anruft, und es vergessen.

Wenn ich jetzt wie ein großer Teich voller Selbstmitleid klinge, dann ist das nicht meine Absicht. Ich warte nicht weinend darauf, dass mein Dad kommt und mich zurückholt, nicht im Geringsten. Bevor ich nach Brooklyn zog, haben mein Dad und ich in McAdams, einem Vorort von Atlanta, gewohnt. In einer Hälfte eines kleinen, ranchartigen Doppelhauses, das immer dunkel war und meistens schlecht roch, ein bisschen wie ungewaschene Füße und ein halbherziger Versuch mit billigen Putzmitteln. Ich brauchte eine ganze Weile, um zu kapieren, dass es nicht normal war, einen Vater zu haben, der es nur mit Mühe aus dem Bett schaffte, um den Typen zu bezahlen, der uns Lebensmittel ins Haus lieferte. Mit sieben besuchte ich zum ersten Mal meinen Freund Benji und staunte darüber, dass es seine Mutter tatsächlich zu interessieren schien, wo wir waren, was wir machten, ob wir Hunger hatten und dass uns nichts zustoßen würde. Als sie ihm die Wäsche frisch gewaschen und gefaltet in sein Zimmer brachte, starrte ich sie wahrscheinlich an, als wäre sie ein Einhorn. Ich hatte mit fünf rausgekriegt, wie man die Waschmaschine benutzt. Die Sachen zusammenzulegen erschien mir total unnötig. Davor, den zickigen Gasherd in unserer Küche anzuzünden, hatte ich ziemliche Angst, aber manchmal tat ich es trotzdem, um uns Makkaroni mit Käse zu kochen. Meist aßen wir jedoch Sandwiches mit Erdnussbutter und Marmelade, Salat aus der Tüte und Salzbrezeln.

In der Schule war ich richtig gut. Zum einen ging ich gerne dorthin, weil egal, wie langweilig der Unterricht sein mochte oder wie gemein manche Kids waren, fühlte ich mich dort so viel weniger einsam als zu Hause. Zum anderen wusste ich auch, je besser meine Noten waren, desto weniger wahrscheinlich würde irgendjemand sich in mein Leben einmischen. Ich war ja nicht blöd und hatte mitgekriegt, was für ein Mist passierte, wenn Lehrer bemerkten, dass jemand »zu Hause Probleme« hatte. Bestehe jeden Test mit Bravour, und schon rutschst du auf der Liste mit potentiell Hilfebedürftigen ganz weit nach unten. Ich bekam also gute Noten und schloss mich mehreren Clubs an, darunter dem Schachclub, weil es mir total lächerlich vorkam, dass man gelobt wurde, weil man ein paar Stunden mit einem Brettspiel verbrachte.

Vielleicht klingt das für euch jetzt total traurig, aber das war es nicht. Das Leben besteht schließlich aus Vergleichen. In der Schule lernt man alles Mögliche über Kriege und mehr Kriege, Epidemien, Hungersnöte und noch mehr Kriege. Ich saß während des Geschichtsunterrichts hinten im Klassenzimmer, wunderte mich über die langweilige Zeit, in die ich hineingeboren worden war, und verspürte gleichzeitig Erleichterung. Ich denke, eine Menge Leute reagieren genau umgekehrt, und das sind dann diejenigen, die neue Kriege anzetteln. Ich nicht. Ich war zu beschäftigt damit, mich unterhalb des Radars zu halten.

So kam es, dass ich über zehn Jahre lang der Aufmerksamkeit entging, während Trauer und Depression wie zwei riesige Felsen auf der Brust meines Vaters lagen und ihn fast erstickten.

Und dann änderte sich alles. Ich bin mir nach wie vor nicht sicher, wie es dazu kam. Mein Vater hatte immer wieder Phasen, in denen er sich besser fühlte, seine Stimmung sich aufhellte, er eine Reinigungsfirma engagierte, mich fragte, was ich in der Schule mache, und er sogar seine Kollegen in der Agentur anrief, deren Miteigentümer er eigentlich noch war. Meine wahrscheinlichste Vermutung ist, dass er in einer solchen Phase, in der es ihm relativ okay ging, einen Arzt aufsuchte und sich irgendwelche Pillen verschreiben ließ, denn praktisch über Nacht wurde er geradezu manisch aktiv. Er arbeitete wieder und hatte ein Auftreten wie als Zwanzigjähriger, als sein Aufstieg begann. Das sagte er auch dauernd, dass er sich wieder wie ein junger Kerl fühle. Dabei hatte er eine Zigarette zwischen den Fingern, wippte mit einem Bein und hatte diesen glasigen Blick, der verriet, dass ihm nicht unbedingt bewusst war, dass er mit einem wirklich jungen Kerl sprach, nämlich seinem eigenen Sohn. Er begann, abends lange zu arbeiten, so dass ich oft allein war. Obwohl es keinen großen Unterschied machte, ob er nun weg war oder im benachbarten Zimmer schlief, muss ich zugeben, dass dies der Punkt war, ab dem ich mich irgendwie vernachlässigt fühlte. Und vielleicht auch ein bisschen gekränkt, weil nicht ich es gewesen war, der meinen Vater nach all den Jahren aus dem Bett bekam.

Dann erklärte er mir eines Tages, dass ich künftig bei meiner Tante Patrice leben würde.

»Aber ich kenne sie doch kaum«, sagte ich, was stimmte. Auntie Patrice war ein Name, den ich hauptsächlich von Geburtstagskarten kannte. Ich war mir auch nicht sicher, sie aus der Schar von Moms Geschwistern in den alten Fotoalben zu erkennen, die sich in einem Schrank im Flur stapelten.

»Wie meinst du das?«, fragte er und rutschte nervös in

seinem Sessel herum. »Du hast doch bei Patrice gelebt, bis du fast zwei warst.«

»In Brooklyn?« Das war mir völlig neu. »Wo warst du denn da?«

Mein Vater seufzte. »Das ist doch kein Leben, T. Es ist meine Schuld, aber trotzdem.«

»Es ist *mein* Leben«, sagte ich.

»Patrice wird schon wissen, was zu tun ist. Sie weiß immer, was zu tun ist. Und alles wird gut.« Ich begann eine Reihe von ziemlich triftigen Gründen aufzuzählen, aus denen ich nicht bei einer praktisch Fremden leben wollte, aber er wurde von irgendwas abgelenkt und ließ mich einfach zurück. Ich versuchte, mich an Patrice zu erinnern.

Mein Dad vermurkste die Eröffnung zwar ein bisschen, aber tatsächlich hatte er recht: Zu meiner Tante zu ziehen, das war wahrscheinlich das Beste, was mir hatte passieren können. Plötzlich gab es Patrice, Marcus und das Wunderland Brooklyn. In den Parks standen Schachtische herum, ich traf hübsche, weltgewandte Mädchen und an den Feiertagen gab es große Feste mit der Verwandtschaft. Schule ist lächerlich leicht, erst recht wenn jemand anders Makkaroni mit Käse für dich kocht. Vergleichsweise eine völlig neue Perspektive.

Mein Vater arbeitet dauernd, und manchmal sehe ich meine Onkel darüber die Köpfe schütteln und »ts-ts-ts« machen; sie behaupten, das sei jetzt nur eine andere Sorte Wahnsinn. Doch wenn ich mit ihm telefoniere, klingt er okay. Und wenn er alle paar Monate zu Besuch kommt, wirkt er glücklicher denn je. Mir scheint, dass er sich endlich entschieden hat, von den Toten zurückzukehren und ein zweites Leben zu führen, was ich ihm nicht übelnehme. Doch diese Worte, die er damals zu mir gesagt hat, quälen mich manchmal noch. *Ist* das ein Leben? Und wenn ja, kann ich es dann zu Recht *meins* nennen, oder habe ich mich einfach nur den Umständen ausgeliefert? Mein Dad hatte schon zwei Leben, aber hat mein erstes überhaupt schon begonnen?

»Essen!«, ruft Patrice aus der Küche.

~ ~ ~

Marcus lässt sich zum Abendessen nicht blicken, worüber ich ein klein wenig erleichtert bin, aber gleichzeitig macht es mich auch etwas nervös. Manchmal kann es irgendwie peinlich sein, wenn Patrice und ich unter uns sind, fast als wüssten wir nicht so recht, wie wir miteinander reden sollen. Ich stelle ihr dann höfliche Fragen über ihren Job in einer Bank in Manhattan, obwohl ich sie in Wirklichkeit lieber nach meiner Mutter fragen würde oder danach, wie es gewesen war, als sie sich um mich als Baby gekümmert hatte. Ich wüsste auch gern, warum sie nie Dates hat, obwohl sie doch noch hübsch ist, wenn auch auf ihre nüchterne, oft stirnrunzelnde Art. Aber es kommt mir vor, als wären all diese Themen tabu.

»Die Spaghetti sind gut«, sage ich, doch es klingt eher zaghaft.

»Dieses Wochenende ist Labor Day«, sagt Patrice. »Das

heißt, am Samstag findet die Wohnblockparty statt.« Patrice hilft jedes Jahr mit, dieses Nachbarschaftsfest zu planen, und ich weiß, dass sie eine Menge Zeit investiert, damit jedes Detail perfekt wird. Aus den Partys der beiden letzten Jahre habe ich aber auch gelernt, dass ich bei dieser Sache weniger Spaß habe als der Rest der Nachbarschaft.

»Oh, yeah«, sage ich. »Vormittags muss ich arbeiten, aber danach komme ich sofort nach Hause. Dann sollte ich noch einiges davon mitkriegen.« Ich habe einen Sommerjob als Nachhilfelehrer für Mathe in einer Stadtteilbibliothek. Den habe ich mir gesucht, damit ich den Sommer über in Brooklyn abhängen kann und nicht wie letztes Jahr in den Burgerladen nach Atlanta muss. Dort kannte ich kaum noch jemand, und abgesehen davon, verdient sich das Geld bei der Nachhilfe angenehmer als beim Burgerbraten. Marcus sieht das allerdings anders. »Du bist mehr wert, T«, meinte er. Aber ich konnte den Job nicht hinschmeißen, um den ganzen Tag für Marcus Schach zu spielen. Ich kannte Patrice gut genug, um zu wissen, dass das nicht gut ankommen würde. »Eine meiner letzten Schichten«, fügte ich, quasi als Erklärung, noch hinzu.

»Vielleicht kannst du beim Kinderprogramm helfen, wenn du nach Hause kommst«, sagt Patrice. »Oder ein Stück den Block hinauf gibt es eine neue Familie, und die Frau möchte irgendwas mit Kunsthandwerk machen.« Patrice zuckt mit den Schultern und rollt die Augen, so dass ich schon weiß, sie spricht von der weißen Familie, die vor ein paar Wochen hergezogen ist. Diese Leute haben eines der ältesten Häuser des Blocks renoviert, so dass die Ecke ohne den verwilderten Garten und die halb verrottete Veranda jetzt ganz anders aussieht. »Eine buddhistische Sandskulptur oder irgend so was. Keine Ahnung.«

»Das klingt ... interessant«, sage ich vorsichtig. Diese Rassensache ist hier total anders als in Atlanta. Mir persönlich gefällt es, wie gleichgültig die Leute hier damit umgehen und sich Mühe geben, miteinander auszukommen, weil für alles andere der Platz einfach nicht reicht.

Patrice gibt ein neutrales Hmmm von sich. Sie wohnt schon ewig in dieser Gegend, und sie kann schon mehr als ein bisschen besitzergreifend sein, wenn es um unseren Block geht. Sie hat eine Menge Veränderungen miterlebt und alle Neuankömmlinge müssen eine lange Probezeit absolvieren, bis sie entscheidet, ob sie sie mag oder nicht. Das gilt vor allem dann, wenn Leute so aussehen, als würden sie vielleicht nicht hierherpassen. Wenn sie beispielsweise knallbunte Batikschals tragen, wie ich sie an dieser Frau gesehen habe, oder buddhistische Sandskulpturen anfertigen.

»Na, ich bin froh, dass du es interessant findest«, sagt Patrice. »Dann kannst du ihr ja helfen.«

Wäre Marcus jetzt hier, würde er irgendeinen Witz über verrückte Weiße und deren verrückte Ideen reißen und sie damit zum Lachen bringen. Er kann, wenn er will, ganz schön hart über andere urteilen, aber vielleicht ist das nur eine andere Form von Territorialdenken.

Mir ist es allerdings unangenehm, solche Witze zu machen, deshalb tue ich jetzt so, als sei ich total in meine Spaghetti vertieft, und nicke nur. Gleichzeitig bemühe ich mich um ein neutrales Gesicht, das sagt: Du kennst mich, ich liebe buddhistische Sandskulpturen.

»Gut«, sagt sie. »Dann ist das abgemacht.«

Izzy
The Queen

Den Großteil meiner Zeit in jenem Frühling und Sommer verbrachte ich damit, mir zu überlegen, ob meine Eltern vielleicht Idioten waren. Ich war ihren unermüdlichen Optimismus ebenso leid wie ihre Sandalen im Partnerlook, ihre langweiligen übergebildeten Freunde, ihren Bulgur aus der Nachbarschaftskooperative, ihre biologische, aber wirkungslose Zahnpasta und dass sie so taten, als hätte die Musikgeschichte mit *The White Album* der Beatles geendet. Die sechziger Jahre lagen schon ein halbes Jahrhundert hinter uns, aber irgendwie hatten sie das nicht mitgekriegt. Verdammt, die beiden waren in den Sixties doch selbst gerade erst geboren, aber das hinderte sie an nichts. Mit solchen Menschen zusammenzuleben, das wäre schon unter bestmöglichen Bedingungen nervig gewesen. Aber als sie beschlossen, die Lower East Side, wo mein Zwillingsbruder Hull und ich unser ganzes junges Leben verbracht hatten, besäße nicht mehr genug *Seele* und wir müssten uns von unserem bequemen

Dasein losreißen und am Ende unserer zehnten Klasse nach Brooklyn umziehen, wurde ich wirklich wütend. Ihr hättet das Dunkelrot sehen sollen, in dem das Gesicht meines Bruders anlief, als sie diese Neuigkeit bei einem Abendessen im Familienkreis bei ihrem Lieblingsinder Shah Jalal fallenließen. Fällt euch die Vorstellung leichter, wenn ich euch erzähle, dass er dazu noch »Scheiß auf diese bescheuerte Familie« brüllte?

Es heißt ja, dass runde Eltern eckige Kinder haben, und diese Theorie kann man mit der Familie Steinbach einfach perfekt illustrieren. Wir beide waren fünf, als Hull seine erste Excel-Tabelle erstellte. (Es war eine Inventarliste seiner Stofftiere, weil er sich sicher war, dass ihm jemand welche klaute. Das war ich.) Ab der fünften Klasse fing er an, auf Hemden mit Kragen zu bestehen, die er auch an den Wochenenden trug. Außerdem ließ er sich alle drei Wochen die Haare zu einem von meiner Mutter seufzend »Mitt Romney« genannten Schnitt kürzen. Jedes Jahr kandidierte er mit dem Slogan »Hull Steinbach: die verantwortungsvolle Wahl« für die Schülervertretung. Erstaunlicherweise gewann er diese Wahl an unserer kleinen, experimentierfreudigen Schule auch immer. Hull konnte schwer zu ertragen und manchmal ein bisschen kratzbürstig sein. Die Leute hielten ihn für arrogant, dabei war er in Wirklichkeit einfach nur sehr klug und besonders und er machte sich keine Mühe, vorzutäuschen, dass er das nicht wüsste. Ich liebte ihn trotz und wegen alldem sehr.

Was mich betrifft, ich unterschied mich ebenfalls von meinen verrückten Eltern, aber auf andere Weise. Den Großteil meiner Kindheit brachte ich damit zu, meine Familie von imaginären Krankheiten zu heilen. Mein Dad, Professor für Theater der Renaissance an der New York University, konnte zu Hause keine Drucksachen haben, auf denen »Dr. Steinbach« stand, weil ich mir die sofort schnappte und in mein Arztköfferchen packte. »Warum heißt du überhaupt so, wenn du kein richtiger Arzt bist?«, pflegte ich ihn zu fragen. Seine Freunde fanden das immer altklug und, insbesondere wenn es bei Abendessenseinladungen zum Besten gegeben wurde, schrecklich amüsant. Wenn meine Mutter mich zu dämlichen Wochenend-Workshops mit ihr zwang – Töpfern, Malen oder Ausdruckstanz –, dann steckte ich beleidigt die ganze U-Bahn-Fahrt über die Nase in *Grays Anatomie des menschlichen Körpers*. Sie war Goldschmiedin und fertigte große, kunstvolle Schmuckstücke an, die sich nur exzentrische reiche Leute leisteten. Und sie konnte es nicht glauben, dass sie eine Tochter mit so wenig künstlerischer Begabung zur Welt gebracht hatte. *Glaub es einfach*, dachte ich, wenn ich im Tanz-Workshop halbherzig so tat, als wäre ich ein Baum. *Glaub es*. Als ich im Alter von neun Jahren meine Absicht verkündete, Medizin zu studieren, versuchten meine Eltern, es tapfer hinzunehmen.

»Nun, William Carlos Williams war Arzt«, sagte mein Vater hoffnungsvoll. »Und Tschechow auch!« Und meine Mutter erwiderte ein bisschen zu fröhlich: »Das ist toll, Süße!«, und zündete ein paar Sandelholz-Räucherstäbchen an, was sie immer tut, wenn sie gestresst ist.

Aber ich bin vom Thema abgekommen. Es kam also nicht besonders gut an, als meine Eltern uns die große Neuigkeit mitteilten, dass wir nach Brooklyn umziehen und wir beide dort auf eine staatliche Schule gehen würden.

»Das wird phantastisch«, trällerte meine Mutter. »Das Haus, das wir gefunden haben, ist ein Juwel. Kinder, wolltet ihr nicht schon immer einen richtigen Garten? In Brooklyn passieren die wirklich interessanten Sachen. Und wir werden mittendrin sein!«

»Was für interessante Sachen?«, fragte Hull. Wütend zerrupfte er sein Naan-Brot und rollte kleine Kugeln daraus, ein ganzes Arsenal von Munition auf seinem Teller. »Künstlerisch interessante Essiggurken und ironische Gesichtsbehaarung?«

Während Hull und meine Mutter sich einen Zweikampf über weitreichende gesellschaftliche Probleme lieferten, kaute ich auf einer Gabel voll Biryani herum und dachte nach. Folgende Dinge kamen mir in dieser Reihenfolge in den Sinn:

1. Ich wollte meine Freunde und Lehrer an der Hope Springs Day School nicht verlassen. Einige Freunde wie Alma und Philip gingen schon seit der Vorschule in meine Klasse.
2. Die HSDS war in Naturwissenschaften nicht besonders stark, und es bestand die Möglichkeit, dass es an der neuen Schule Biologie für Fortgeschrittene gab.
3. Hull würde nicht aufhören, sich über diese Sache aufzuregen. Lange nicht. Jahrelang hatte er politische Vorarbeit geleistet, um sowohl in der Elften wie in der Zwölften Jahrgangssprecher zu werden. Deshalb war er jetzt auch so außer

sich. Er schlug sogar mit der Faust auf den Tisch, wobei er ein Schälchen mit Minz-Chutney umstieß.

»Verfüge ich denn über keinerlei rechtliche Handhabe?«, schnauzte Hull, was meinen Vater zum Lachen brachte. Daraufhin gab Hull die schon zitierte Sch...-Bemerkung von sich. Was wiederum die Gäste an den anderen Tischen dazu veranlasste, uns schief anzusehen.

»Ich denke, dass ihr es dort mögen werdet«, meinte meine Mutter, dann brach sie in Tränen aus. Damit war das Abendessen zu Ende.

Das Haus, das meine Eltern gekauft hatten, war alt, sehr alt. Als Brooklyn noch aus hügeligen Wiesen und Feldern und stattlichen Ferienhäusern dazwischen bestand, war es ein Bauernhaus gewesen. Jetzt quetschte es sich allerdings ans Ende einer Reihe aus Sandsteinhäusern. Ich hätte es nicht *Juwel*, sondern eher *renovierungsbedürftig* genannt. Aber es besaß eine breite Veranda, ein großes Wohnzimmer, eine hübsch geschwungene Treppe und ein zweites Stockwerk – lauter Komfort, auf den die anderen Bewohner Manhattans sich antrainiert hatten zu verzichten. Meine Eltern sind, das muss man ihnen lassen, gut im Renovieren. Sie engagierten also einen Handwerker, Nicolas, für die größeren Reparaturen, während sie selbst Böden abschliffen, alte Tapeten entfernten und sich ihre Herzen aus dem Leib gärtnerten, malten und lackierten. Das war im Spätfrühling, als es in der Schule schon auf die Sommerferien zuging. Manchmal schafften sie es, mich zum Helfen mitzuschleppen, doch

Hull weigerte sich standhaft. Er wollte diesen Ort nicht mal sehen.

Irgendwann musste er das natürlich. Die Genossenschaftswohnung, die meine Eltern fast zwanzig Jahre gemietet hatten, ließ sich rasch an einen jungen Investmentbanker und seine Freundin, eine aufstrebende Schauspielerin, weitervermitteln. Für den Umzug wurde ein Tag Anfang Juli festgelegt.

»Es ist nicht so schlecht«, versuchte ich ihn ein oder zwei Wochen vorher zu überzeugen. »Es gibt viel mehr Platz.«

Da sah er mich kopfschüttelnd so traurig an, als wäre selbst diese einfache Äußerung einer Tatsache schon ein Verrat.

Eines Tages quetschten Hull, Mom und ich uns in unseren alten Volvo und fuhren hinter meinem Vater, der den Umzugswagen lenkte, zu unserem neuen Zuhause. Ich musste an die Zeile »Over the river and through the woods« aus dem Kinderlied denken, als wir über die Manhattan Bridge in unseren neuen Stadtteil fuhren. Kaum waren wir angekommen, verschwand Hull mit einer Reisetasche und dem Karton mit seinen Sachen in sein neues Zimmer und schloss sich dort ein. Vor dem Rest der Umzugsarbeit drückte er sich.

»Ich glaube, er trauert«, sagte meine Mutter zu meinem Vater und mir, während wir schweißtriefend einen Karton nach dem anderen schleppten. »Wir sollten seine emotionale Reise respektieren.«

»Ich glaube, Ihr Sohn mag Brooklyn nicht sehr«, sagte Nicolas ernst, während er half, den Esstisch durch die Haustür zu bugsieren. »Vielleicht ist es nicht der richtige Ort für ihn.« Da Nicolas fast nie irgendwas Überflüssiges von sich gab, wirkte alles, was er dann sagte, wie eine gewichtige und irreversible Bekanntmachung. Meine Mutter ließ ihr Ende des Tisches fallen. Das führte zu einer Schramme in einem der Tischbeine, die sich nicht mehr beseitigen ließ.

Wir waren alle so fixiert auf Hull und seinen Zorn, dass wir ein paar andere Probleme komplett ausblendeten, bis wir direkt damit konfrontiert waren. Das Haus stand in einer ziemlich coolen Gegend von Bed-Stuy, in der es allerdings an den Rändern etwas rauer zuging als in unserem Viertel in Manhattan. Eines Abends zertrampelten ein paar betrunkene (oder wütende) Leute die Blumen und Sträucher, die meine Eltern im Vorgarten gesetzt hatten, so dass sie ihn neu bepflanzen mussten. Ein unbebautes Grundstück am anderen Ende des Blocks stank immer nach Urin, und über Nacht tauchten dort gebrauchte Kondome wie Pilze auf. Meine Mutter bestand irgendwann darauf, dass ich immer eine kleine Dose Pfefferspray in meinem Rucksack dabeihatte. Sie sah ein bisschen verlegen aus, als sie sie mir gab. »Einfach zur Sicherheit«, sagte sie.

Als Kind aus New York City kannte ich natürlich jede Menge Schwarzer, Latinx und Asiaten. Ungewohnt war, so offensichtlich und Aufmerksamkeit erregend weiß zu sein – in einer Gegend, wo die meisten Leute das eben nicht waren. Was noch dazu kam: Es war ein Sommer voller Probleme, von denen ich geglaubt hatte, sie wären Jahrzehnte vor meiner Geburt gelöst worden. Die Zeitungen waren voll mit Berichten über Schwarze, die von weißen Polizisten erschossen worden waren, und die entsprechenden Überschriften kamen mir jedes Mal, wenn ein Streifenwagen vorbeifuhr, unweigerlich in den Sinn. Nicolas hatte uns erzählt, dass die meisten Nachbarn schon lange in diesem Block wohnten. Die meisten waren vor Jahrzehnten aus der Karibik eingewandert oder die erste Generation von deren Kindern. Ich merkte, wie sie mich von Kopf bis Fuß musterten, wenn ich vorbeiging. Auf dem Weg zum Haushaltsgeschäft oder dem Lebensmittelladen wurde mir ein-, zweimal *Schneeflocke* nachgerufen. Und einmal musste ich so tun, als würde ich einen extrem betrunkenen Obdachlosen nicht hören, der mir aus einem Block Entfernung hinterherschrie, was alle weißen Mädchen gerne lutschen würden. Aber meistens hatte ich keinerlei Probleme.

Die Situation war weit schlimmer, wenn ich mit meinen Eltern unterwegs war. Mom wollte mit jedem Kontakt aufnehmen, der ihr begegnete, weil sie versuchte, neue Freundschaften zu schließen, was echt nervte. »Meine Familie stammt aus Irland«, sagte sie immer, wenn wir jemand Neuen trafen, und fuhr sich dabei mit einer Hand durch ihre roten Locken. »Geboren bin ich allerdings in Illinois.« Als ich sie fragte, warum sie dauernd etwas so Dämliches sagte, erklärte sie mir: »Ich erzähle etwas von meinem familiären Hintergrund, damit es ihnen leichterfällt, etwas von ihrem zu erzählen. So lernen Menschen einander kennen, Izzy.« Ganz ehrlich, es war todpeinlich.

Nach dem Einzug verbrachte ich ein paar Wochen im Haus. Ich half Dad die Terrasse zu lasieren, die Nicolas hinter dem Haus gebaut hatte, und zählte die Tage, bis ich meinen Sommerjob als Betreuerin im Camp Timbuktu in den Catskills antreten würde. Schon als kleines Kind hatte ich jeden Sommer dort verbracht und jede Sekunde davon geliebt. Es war so eine Art Nerd-Version eines Sommerlagers, mit den üblichen Schwimmausflügen und Geländespielen – und viel Lernen. Die ersten sechs Wochen hatte ich wegen der Renovierung und dem Umzug bereits versäumt, aber meine Eltern hatten versprochen, dass ich in den restlichen sechs dort jobben könnte.

»Du solltest mitkommen«, schlug ich Hull bei einem meiner seltenen Besuche in seinem Zimmer vor. »Du weißt doch, dass sie ehemalige Teilnehmer immer nehmen, wenn sie sich bewerben. Vor allem mit Noten wie deinen. Du könntest einen Rhetorikkurs anbieten, ein Seminar über Politik oder so was.«

»Kann nicht«, sagte Hull. Wir saßen zwischen unausgepackten Kartons und verstreuten Klamotten. Seine Matratze lag immer noch auf dem Boden, weil er sich nicht die Mühe gemacht hatte, sein Bettgestell aufzubauen. Das Angebot meiner Eltern, es für ihn zu erledigen, hatte er ignoriert. Sogar sein Haar sah länger und unordentlicher aus als sonst.

»Warum nicht?«

»Ich hab zu viel damit zu tun, Mom und Dad davon zu überzeugen, dass sie diesen Mist verkaufen und zurück nach Manhattan ziehen«, sagte er. Doch dann sah er mich mit einem zaghaften Lächeln an, das mich hoffen ließ, er wäre nicht komplett verrückt geworden.

»Weißt du, die Aussicht ist gar nicht übel. Wenn du mal deine Fensterläden aufmachen würdest. Mom und Dad sind mit dem Garten hinterm Haus fast fertig.«

»Ach, Izzy«, sagte er. »Ich liebe das, dass du glaubst, die Aussicht könnte wirklich ausgleichen, was mit diesem Haus nicht stimmt.«

Wenn ich damals schon gewusst hätte, was bei meiner Rückkehr aus dem Camp noch alles nicht stimmen sollte, dann hätte ich wahrscheinlich als Antwort nicht nur mit den Augen gerollt. Vielleicht hätte ich Hull angefleht, einem so riesigen Stadtteil wie Brooklyn gegenüber doch ein bisschen aufgeschlossener zu sein. Rückblickend hätte ich ihn davor warnen sollen, dass manche Aktionen Folgen haben, und zwar langfristige. Stattdessen sagte ich nur »Bork«. Das war der winzige Rest unserer Zwillingssprache im Kleinkindalter, der uns geblieben war. Ein Begriff, den wir für alles benutzten, was zu jedem beliebigen Zeitpunkt gesagt werden musste. Diesmal bedeutete das Wort: »Alles wird gut. Du wirst schon sehen.«

»Bork«, erwiderte er, aber ich konnte aus dem Ton seiner Stimme nichts heraushören, und das machte mich nervös.

Tristan
The Knight

Während meiner ganzen Nachhilfestunde am Samstag, als ich versuche, dem armen Tomaso endlich, endlich den Unterschied zwischen Sinus und Cosinus klarzumachen, spüre ich die ganze Zeit ein seltsames Flattern im Magen. Und tatsächlich, als ich zur Party in unser Viertel zurückkehre, beginnt alles aus den Fugen zu geraten. Trotz der Deko aus Krepppapier, der bunten Schilder und der Rauchwölkchen, die von den Holzkohlegrills aufsteigen, die man auf den Gehsteig geschoben hat, ist die Atmosphäre angespannt. Dunkle Wolken ziehen rasch heran, und es ist stickig heiß. Ein letztes Aufbäumen des gewittrigen Sommers. Es ist die Zeit des Nachmittags, wenn die Erwachsenen schon so viel Bier hatten, dass sie sich lustlos und schläfrig fühlen. Die Kinder radeln schon seit dem frühen Morgen mit ihren Rädern das abgesperrte Straßenstück rauf und runter. Jetzt sind sie verschwitzt und knatschig und fangen an, sich auf die Nerven zu gehen. Aber das ist noch nicht mal das größte Problem, zumindest nicht von meinem Standpunkt aus. Das größte Problem ist, dass Marcus und seine Lakaien auf der Treppe vor dem Hauseingang sitzen. Wie ein Wolfsrudel. Und wie jedes gute Wolfsrudel haben sie die Augen auf leichte Beute gerichtet. Irgendein weißer Jugendlicher, der noch dazu echt nerdig angezogen ist, hat auf der anderen Straßenseite einen Tisch aufgestellt. Dazu ein Schild, auf dem steht: UNTERRICHT IN SCHACH UND POLITISCHER STRATEGIE – 10 $. Ich spüre ein Stöhnen in meiner Brust aufsteigen und weiß schon, dass ich da in was reingezogen werde. Aber ich versuche noch, so zu tun, als hätte ich nichts bemerkt – weder den Typen noch das Schild noch Marcus' fiesen Blick, nichts.

»What's up?«, sage ich zu Marcus und hoffe, es wird eher als Gruß verstanden, nicht als Frage, die beantwortet werden muss. Alle riechen nach dem Starkbier, das Marcus irgendwoher besorgt hat. Er gibt sich kaum Mühe, es hinter sich zu verstecken. K-Dawg sieht dermaßen benebelt aus, als könne er schon nicht mehr sprechen, aber die anderen flüstern miteinander und lachen.

Marcus schaut hoch und nickt mir zu. »T, der Mann der Stunde. Wir haben schon drauf gewartet, dass du aufkreuzt, damit dieser Hund dir *Unterricht in Schach* geben kann.« Den letzten Halbsatz sagt er so laut, dass der weiße Junge ihn hört. Der gibt sich alle Mühe, nicht in Marcus' Richtung zu schauen. Die Antilope hat das Raubtier gewittert, weiß aber, dass es Selbstmord wäre, ihm in die Augen zu blicken. »Der große Mann des ganzen Blocks da drüben wird uns das eine oder andere lehren.«

Frodo grinst. »Sogar seine Ma hat versucht, ihn dazu zu bringen, das sein zu lassen.« Er deutet mit dem Kinn auf eine Frau, die ein Stückchen die Straße runter an einem Klapptisch steht. Neben ihr beschießen Kids sich mit Super-Soaker-Wasserpistolen und ignorieren sie und ihre Sandkunst.

Ich will gerade sagen, dass ich ihr eigentlich helfen soll, aber bevor ich dazu komme, fasst Marcus mich am Arm und sagt: »Hey, T, lass uns mal rübergehen und mit dem Typen reden. Ihn in der Nachbarschaft willkommen heißen.« Es gibt nichts, wozu ich weniger Lust habe, als diesen Typen zur Rede zu stellen, der schon mit seinem arroganten Gesichtsausdruck danach schreit, verprügelt zu werden. Doch Marcus' Griff ist eisenhart, also lasse ich mich von ihm mitziehen. Dann verschränke ich die Arme, schaue auf den Tisch runter und hoffe, dass es wenigstens schnell vorbei sein wird.

»Hallo«, sagt White Boy. »Was kann ich für euch tun?«

»Wie heißt du, mein Sohn?«, fragt Marcus und zeigt sein Killerlächeln.

»Ich bin nicht dein Sohn«, sagt White Boy mit breitem Politikergrinsen. »Aber wenn es dich interessiert, habe ich vielleicht ein paar nützliche Ratschläge für dich.« Er deutet mit dem Kopf auf sein Schild.

»Ohhh«, macht Marcus, zeigt auf das Schild, als würde er es zum ersten Mal lesen, und fasst sich dann nachdenklich ans Kinn. »Verstehe. Da haben wir also einen Schachmeister direkt hier in unserem Block.«

White Boy sagt nichts, bricht aber auch den Blickkontakt nicht ab. Nicht mal als Marcus sich noch weiter vorbeugt.

»Wie es der Zufall will«, sagt Marcus, »ist mein Freund T hier tatsächlich schon ziemlich gut in Schach.«

»Mmmm«, macht White Boy und schaut etwas entspannter. Kenne ich ihn? Er sieht aus wie viele Leute, gegen die ich bei Schulturnieren gespielt habe.

»Weil weißt du, ich glaube, du hast eine falsche Vorstellung von deiner neuen Nachbarschaft. Wir könnten dir wahrscheinlich ein paar Lektionen anbieten. Stimmt's, T?«

Ich räuspere mich und versuche es mit einem anderen Ton. »Mann, das ist echt nicht cool, bei so einer Party Zeug zu verkaufen. Da geht's eher drum, dass jeder teilt, was er kann, verstehst du?«

White Boy grinst, und mir wird klar, dass Mitleid mit jemand zu haben und ihn zu mögen zwei verschiedene Dinge sind.

»Also vielleicht solltet ihr beiden morgen ein freundschaftliches Schachmatch im Park austragen. Weißt du, um dich in der *hood* willkommen zu heißen«, sagt Marcus. Dann wechselt er zu einem albernen britischen Akzent: »Wäre das nicht ein amüsanter Zeitvertreib für den Nachmittag, Mr Strategy? Natürlich nur sofern ein kleiner Wetteinsatz im Spiel ist.« Das unangenehme Flattern, das ich schon den ganzen Tag im Magen spüre, ist jetzt schon ein Kratzen und Beißen, wie ein Eichhörnchen in einem Sack. Ich bin mir ziemlich sicher, den Jungen schlagen zu können, aber Furcht ist trotzdem immer da.

»Und um was wetten wir?«

»Ich erwarte, dass du mir einen Hunni zahlst, wenn T dich schlägt. Dann wären wir quitt. Fürs Erste.«

»Und wenn ich gewinne? Zahlst du dann mir hundert Dollar?«

Marcus beugt sich langsam noch weiter über den Tisch, und einen übelkeitserregenden Moment lang glaube ich fast, er will den Typen küssen, damit der sich gleich hier an Ort und Stelle in die Hose scheißt. Doch stattdessen raunt er ihm ins Ohr: »Wenn du gewinnst, lasse ich dich den Tag deiner Geburt nicht bedauern.« Dann klopft er White Boy so heftig auf die Schulter, dass der fast zur Seite kippt, und bricht in schallendes Gelächter aus. »Ich mache nur Witze! Aber du solltest mal dein Gesicht sehen!« White Boy gelingt ein schwaches Lächeln. Schon streckt Marcus ihm die Hand hin. »Haben wir einen Deal, mein Sohn?«

»Hull ist mein Name«, sagt White Boy und schlägt ein. Bei dem Namen macht irgendwas in meinem Kopf klick.

»Marcus«, sagt Marcus, und ich kann an dem Zucken von Hulls Wange erkennen, dass er seine Hand fester und fester drückt. »Zwei Uhr im McNair am Eastern Parkway. Ist nicht schwer zu finden, Mr Strategy. Sei pünktlich.«

Man hört das erste Donnergrollen, als er das sagt. Wie eine Warnung. Man hört leise erschrockene Rufe rund um den ganzen Block, als dicke, fette Regentropfen zu fallen beginnen. Die Leute beeilen sich, die Schüsseln mit Reis und gegrilltem Hühnchen abzudecken. Die Kinder rennen wie verrückt im Kreis rum und lassen sich ihre T-Shirts nassregnen.

»Zwei Uhr«, sagt Hull. Dann nimmt er seinen Tisch, ohne sich die Mühe zu machen, ihn zusammenzuklappen, und geht damit auf das frisch renovierte Haus an der Ecke zu.

Ich will schon losjoggen, um aus dem Regen zu kommen, aber Marcus hat eindeutig keine Eile. Also mache ich auch langsam und schlendere auf das Haus mit Patrice' Wohnung zu. Bevor wir reingehen, lädt sie uns Essen auf, das wir nach oben in den Kühlschrank tragen sollen. »Und zieht euch die Schuhe aus!«, schreit sie uns noch nach, während sie schon zurückläuft, um noch andere Sachen zu holen.

Drinnen hole ich uns zwei Handtücher und schmeiße unsere T-Shirts in den Trockner. Dann stehe ich neben Marcus in der Küche, der tropfend vor sich hin grübelt. Dabei stützt er die Unterarme auf die Arbeitsplatte und lässt seine Fingergelenke eins nach dem anderen knacken.

»Ich hätte dem Loser gleich eine reinhauen sollen.«

»Ach, komm, Marcus.« Ich werfe ihm ein Handtuch zu. »Warum nervt dich der Junge denn so? Der ist doch ein Niemand für dich.« Marcus kann schnell wütend werden. Ich schätze, das liegt daran, dass er auch schnell gekränkt ist, aber von dieser Theorie habe ich ihm noch nicht erzählt.

Marcus starrt finster vor sich hin. »Es macht mir schlechte Laune, T. Dass der so auf uns alle runterschaut.« Dann bricht irgendwas in seinem Gesicht auf, und er lächelt mich schief an. »Aber egal. Du wirst ihm morgen schon zeigen, wo's langgeht. Ich hab letzte Nacht geträumt, dass du dich in einen preisgekrönten Pitbull verwandelt und im Wettkampf alle zerfleischt hast.«

Ich rubble meine Haare trocken. Im Moment interessieren mich Marcus' Träume nicht, schon gar nicht wenn ich darin als Hund vorkomme. »Weißt du, der Junge ist im Schach nicht schlecht. Ich hab ihn erkannt. Er heißt Hull und seine Mannschaft ist bei der letzten Stadtmeisterschaft fünfte oder so geworden, hauptsächlich wegen ihm.« Mir gefällt nicht, wie Marcus mich ansieht.

»Und wie hast du bei der Stadtmeisterschaft abgeschnitten, Mann?«

»Wir haben gewonnen.«

»Das dachte ich mir. Also sag mir, dass du den Typen morgen schlagen wirst.«

Ich zucke mit den Achseln. »Ich werde gewinnen.«

»Das dachte ich mir«, wiederholt Marcus und will gerade noch was sagen, doch da rauscht Patrice herein, die Arme voll nasser Tischdecken. Die nehme ich ihr ab und bin froh um die Möglichkeit, Marcus' Blick zu entgehen.

»Was für ein Chaos!«, sagt sie, als ob sie das Wetter weitaus besser hätte planen können, als wer auch immer aktuell dafür verantwortlich ist.

»Sorry, dass es deine Party verregnet hat, Auntie«, sagt Marcus und beugt sich zu ihr, um sie auf die Wange zu küssen, als ich gerade die Küche verlasse.

»Ist schon okay«, höre ich Patrice sagen. »Bleibst du zum Abendessen, Marcus?«

»Nah, hab ein paar Besorgungen zu machen. Bin gerade am Gehen.«

»Marcus, du hast nicht mal ein Shirt an!«

Was Marcus darauf antwortet, kann ich nicht hören, aber als Reaktion kichert Patrice wie ein Mädchen. »Wir sehen uns morgen, T!«, ruft er, bevor die Wohnungstür hinter ihm zuschlägt.

Ich werfe die Tischdecken in das Waschbecken neben der Waschmaschine und lehne mich an die Wand. Ich will morgen nicht spielen. Keine Ahnung, warum diese Schachpartie anders ist als irgendeine andere, die Marcus für mich arrangiert hat, aber so ist es. Irgendwie fühlt es sich persönlicher an, und die kleinen Fakten rundherum, die ich normalerweise verdränge, stören mich diesmal mehr. Etwa die Tatsache, dass Marcus mir nie einen festen Anteil am Gewinn angeboten hat. Ich betrachte das Spielen um Geld vor allem als Feinschliff meiner Fähigkeiten mit positivem Nebeneffekt. Aber jetzt kommt es mir eher so vor, als würde ich die Krümel auflecken, die Marcus mir gnädigerweise hinwirft.

In letzter Zeit habe ich eine Siegessträhne und lege schon den ganzen Sommer über an Tempo zu. Letzten Sommer, als Marcus und ich mit dieser Masche anfingen, spielte ich hauptsächlich gegen alte Knacker aus der Nachbarschaft. Typen, die den ganzen Tag nur rumquatschen und Schach spielen. Anfangs waren die tough, aber dann wurde mir klar, dass sie sich auf eine ziemlich kleine Auswahl an Tricks verlassen, die sie im Laufe der Jahre gelernt haben. Hat man diese Tricks erst kapiert, kann man sie umgehen. Das machte ich, nach und nach. Jetzt wollen diese älteren Herrschaften nicht mehr gegen mich spielen. Sie winken ab, wenn Marcus sie fragt, und sagen, sie behalten ihr Geld lieber und trinken ihr Nachmittagsbier. Diesen Sommer habe ich gegen jüngere Gegner gespielt, die Antoine oder irgendeiner von seinem Kaliber auftrieb. Diese Kids spielen lockerer, kreativer als die Alten, aber sie sind noch grün, und es fehlt ihnen an Methode. Ich kann den Moment spüren, wenn sie Panik bekommen, und fühle fast, wie mein Ruf an Gewicht zulegt, während ich sie sanft zu Fall bringe. Seit einigen Wochen fühlt sich Gewinnen für mich fast schon unvermeidlich an.

Deshalb denke ich, dass ich Hull schlagen kann, aber sicher ist es nicht. Er ist gut, und alle Glückssträhnen haben mal ein Ende, sogar meine. Einen Vorteil habe ich allerdings: Da ich Hull erkannt habe, kann ich mir seine Spielerstatistiken heute Abend online ansehen und vielleicht sogar Listen seiner Züge aus ein paar Partien finden. Er könnte theoretisch das Gleiche über mich recherchieren, aber ich glaube nicht, dass er mich erkannt hat. Wahrscheinlich weil Marcus mich immer nur T und nicht Tristan nennt. Außerdem haben wir bei der Stadtmeisterschaft letztes Jahr nicht direkt gegeneinander gespielt. Ich weiß auch schon, was Marcus sagen würde, wenn ich ihm davon erzählen würde: »Das Arschloch denkt, wir sehen alle gleich aus.« Und ich bin mir nicht sicher, vielleicht hätte Marcus damit sogar recht.

BRIANNA

The Rook

Ich wische gerade die Tische draußen trocken oder schiebe eher das Wasser mit einem schon triefnassen Lappen runter, als Marcus vor dem Restaurant aufkreuzt und, o Gott, nicht mal ein T-Shirt anhat. Wie immer wenn er auftaucht, weigert mein Herz sich eine ganze Minute oder sogar länger, normal weiterzuschlagen. Ich bin dermaßen verschwitzt, dass es schon peinlich ist, weil ich den ganzen Nachmittag bei diesem feuchtheißen Wetter gearbeitet habe, aber ich glaube nicht, dass ich stinke. Außerdem steht in der *Cosmo* dauernd, dass Männer Frauen mögen, die natürlich und erdig sind, also stütze ich eine Hand in die Hüfte, was hoffentlich witzig und verführerisch aussieht, und sage: »Wie geht's denn so, Marcus?«

Marcus lächelt. Er trägt makellose rote Basketballschuhe, Sportshorts, die tief auf seinen muskulösen Hüften hängen, und obenrum nichts außer dieser feinen Goldkette, die ich so mag. Es ist die mit einem Anhänger in Form eines Hauses. Mein Gehirn sendet das Signal, ich solle rübergehen und seine glitzernde nackte Brust ablecken, aber das tue ich nicht.

»Was geht, Caballito?«, fragt er zurück. Das ist sein Spitzname für mich. Leider nicht weil ich wie ein hübsches, tänzelndes Pony aussehe, sondern weil mein nichtsnutziger großer Bruder den Spitznamen Caballo hat. So wurde aus mir das kleine Pferd. »Ist dein Bruder da?«

Ich versuche, mir eine witzige Antwort einfallen zu lassen, aber der Anblick seiner Perfektion löst in meinem Verstand so eine Art Kurzschluss aus. Also sage ich nur: »Ich glaube, er ist drinnen.«

»Wirst du mir irgendwann mal wie versprochen die Zukunft vorhersagen?«

»Total gern«, quietsche ich. Für mein Leben gern würde ich Marcus die Tarotkarten legen, weil es was Intimes ist, mit jemandem so ins Unbekannte vorzudringen. Dabei habe ich sein Horoskop schon eine Million Mal erstellt (natürlich kenne ich seinen Geburtstag: Er ist Löwe und hat sogar ein Löwentattoo auf dem rechten Arm, ich bin mir ziemlich sicher, genau aus dem Grund), aber ich würde ihm natürlich nie verraten, was für ein Stalker ich bin.

»Gut. Weil du hast die Gabe. Das sagt jeder.« Dann lächelt er und verschwindet durch die gelbe Tür, der das Café meiner Eltern seinen Namen verdankt: *La Puerta Amarilla*.

Sei still, mein Herz.

Was ist das bloß mit Marcus? Aber mal ehrlich, genauso gut könnte ich fragen: *Was ist das bloß mit dem Sauerstoff?* Er war schon immer da, und ohne ihn müsste man ersticken und sterben. Marcus spielte schon immer eine Rolle in meinem Leben: als Witze machender kleiner Junge, der rumsprang und spontan die Erwachsenen aus der Nachbarschaft nachmachen konnte; dann als Sport-Ass an der Middle School, der erste aus unserem Kreis, der Muskeln und eine Stimme wie heiße Schokolade bekam; und jetzt der attraktive, muskulöse Herzensbrecher, der immer ein bisschen cooler ist als alle anderen im Raum. Stets der Inbegriff meines Seelenverwandten, egal in welchem Alter wir gerade waren. Bevor ich abends, fest in meine Decke gewickelt, einschlafe, male ich mir aus, wie es sein wird, wenn wir uns das erste Mal küssen. Das Staunen in seinem Gesicht, wenn er endlich begreift und sich darüber wundert, es nicht schon immer gewusst zu haben. So wie ich. In dieser Sache bin ich ihm einen Schritt voraus.

Mir bleibt kaum Zeit, stumm den Sternen, dem Schicksal, den geheimnisvollen Kräften des Universums für diesen Anflug eines Kompliments von Marcus zu danken, bevor er verschwindet. Weil mir kein Grund einfällt, ihm zu folgen, gehe ich ans offene Fenster, damit ich wenigstens lauschen kann.

»N'Abend, Mrs Gutiérrez«, sagt Marcus. »Ist Hector zu sprechen?«

Ich kann nicht verstehen, was meine Mom antwortet, aber es klingt kurz angebunden und so scharf, dass ich zusammenzucke. Sie mag Marcus nicht. Sie hält ihn für »ein schlechtes Subjekt«, was echt zum Lachen ist, weil mein Bruder Marcus mit Gras versorgt und nicht umgekehrt. Aber Hector ist sowieso schon auf dem Weg nach unten. Ich kann seine Stimme hören, und die beiden kommen raus auf die Terrasse. Ich bemühe mich, einen beschäftigten Eindruck zu machen.

»Hau ab!«, sagt Hector zu mir.

»Is cool«, sagt Marcus. »Ist doch nur Brianna.« Ich bin mir nicht sicher, ob ich mich über das *cool* freuen oder wegen des *nur* sauer sein soll.

»Ihr beiden müsst morgen Nachmittag in den Park kommen. Ich habe da eine kleine Sache am Laufen, und diesmal will ich, dass Leute zuschauen.« Anstatt wie alle anderen auf Pferde oder Football zu wetten, wettet Marcus auf Schach. Er ist eben immer anders. Ein weiterer Grund, warum ich ihn liebe. Jetzt sieht er mich an und lächelt: »Du kommst doch auch, oder, Caballito?«

Ich hatte noch nie den Mut, ihn zu fragen, wo er diese Halskette herhat, und wenn ich andere Leute danach fragen hörte, meinte er nur, sie sei ein Glücksbringer. Aber für mich ist es schon immer ein Symbol, ein winziges goldenes Haus für den künftigen Marcus und die künftige Brianna. Ich nicke. Natürlich komme ich.

An diesem Abend befrage ich das I Ching danach, wie viele Kinder ich Marcus gebären werde, aber die Antworten sind nicht eindeutig.

Der Park: ein Flecken Asphalt, vertrocknetes Gras und die Statue eines längst gestorbenen Astronauten, eingepfercht zwischen dem Brooklyn Museum und einer Schule für gehörlose Kinder. Von niemandem wahrgenommen, außer den alten Männern, die da Schach spielen, und ein paar Highschool-Kids, für die es von Vorteil ist, Orte zu haben, die alle anderen kaum bemerken. Heute ist es hier allerdings gerammelt voll. Ich bin mir nicht sicher, was Marcus all den Leuten erzählt hat, aber es sind mindestens dreißig oder vierzig Menschen da, die sich unterhalten, an ihren Handys rumspielen oder einfach nur abhängen. Die Menge schart sich locker um einen der Schachtische aus Granit am vorderen Rand des Parks. Hector hat zögernd zugestimmt, mich zu begleiten. Ich habe ihn gern bei mir, weil Marcus mich dann beachten muss.

Marcus hatte nicht erwähnt, wer spielt, aber ich wusste, dass es T sein würde. Der ist in meinem Jahrgang. Er ist Marcus' kleiner Cousin, superschlau, aber auch irgendwie lästig. Er schaut entweder immer an einem vorbei, als würde man nicht in derselben Welt existieren wie er, oder er starrt einen an, als wäre man ein Alien. Allerdings bringt er Marcus durch sein irres Schachtalent eine Menge Kohle ein, deshalb sage ich auch kein falsches Wort zu ihm. Als wir hinkommen, schüttelt T gerade irgendeinem weißen Jungen (bescheuerter Typ in Schuhen, wie mein Dad sie für die Kirche anzieht) die Hand, und beide setzen sich. Marcus und seine Kumpel sind auch schon da. Sie haben sich am Nebentisch niedergelassen. Er trägt ein weites Baumwollhemd, das halb aufgeknöpft ist, fast als hätte er sich für diesen besonderen Anlass chic gemacht. Als er sich in Richtung Schachbrett vorbeugt, kann ich die Wölbung seines Brustmuskels und seine Halskette glitzern sehen.

Die ersten paar Züge beobachten noch alle aufmerksam,

aber sich ein Schachspiel anzusehen wird ziemlich schnell langweilig, wenn man keinen Schimmer davon hat, was da vor sich geht. Die Leute reden also weiter, aber wenn jemand zu laut wird, wirft Marcus demjenigen einen Blick zu, und dann kehrt schnell wieder Ruhe ein. Es bildet sich eine erste Reihe aus Kids der Schachmannschaft unserer Highschool. Die sind jünger als T und verehren ihn. Weil sie als Einzige kapieren, was in dem Spiel wirklich passiert, beobachten alle anderen sie, um zu wissen, wann gejubelt und geklatscht werden muss. Es ist ziemlich offensichtlich, dass alle für T sind – keiner interessiert sich für den anderen Kerl –, nur die Schach-Geeks reagieren auf einige Züge von Kirchenschuh mit *Aaahs* und *Ooohs*, so dass auch ich verstehe, dass es ein knappes Spiel ist.

So geht das eine Weile. Hector wird unruhig und läuft im Park rum, während er mit irgendjemandem telefoniert. Ich hole meine Tarotkarten raus und lese Bethany Jones flüsternd die Karten. Sie will wissen, ob sie mit ihrem Freund Saeed Sex haben soll. Dann höre ich die Schach-Geeks tuscheln und quietschen, und als ich hochschaue, ist Kirchenschuh ganz rot im Gesicht. T verschiebt eine Figur, hüstelt vornehm und sagt: »Das ist schachmatt.«

»Ich *sehe*, dass das schachmatt ist!«, sagt Kirchenschuh. Er ist so wütend, dass kleine, in der Sonne glänzende Spucketropfen von seinen Lippen fliegen. Eilig schiebe ich meine Karten zusammen und stopfe sie zurück in meine Tasche, weil ich spüre, dass die Stimmung gleich umschlägt. Und ich habe recht, denn Kirchenschuh fegt die Figuren vom Tisch, so dass sie wie Schachsplitter vom Asphalt abprallen. »Wie soll ich mich denn bitte konzentrieren, während dieses Gesindel derart viel Lärm macht?« Dabei zeigt er mit ausgestrecktem Arm auf uns, die Zuschauer. Eine Sekunde lang ist es still, und dann ertönt schallendes Gelächter. Das ist Marcus, wie ich sehe. Eine Welle geht durch die Menge, und wir beginnen alle über diesen Wutanfall zu lachen, den dieser erbärmliche Kerl da hat. Es fühlt sich immer gut an, derjenige zu sein, der lacht, und nicht der, der ausgelacht wird. Kirchenschuh ist inzwischen dunkelrot angelaufen.

»Gesindel!«, höre ich Tyrone Hill grölen. »Gesindel!«

Da springt Kirchenschuh auf und stößt Marcus voll gegen die Brust. Mein Lachen wird brüchig und verstummt. In der Menge wird ungläubig gepfiffen und getuschelt. Was ist bloß mit dem Kerl los? Hat der Todessehnsucht?

Aber da geraten die Planeten durcheinander, und alles gerät ins Wanken. Bevor Marcus dem Jungen ins Gesicht schlagen kann, zückt Kirchenschuh ein Messer. Kein Klappmesser oder irgendwas, das ich schon mal bei jemandem gesehen habe. Es ist gekrümmt, hat einen Lederschaft und unheimliche Zähne an der Klinge, wie so ein Ding aus einem Horrorfilm. Jemand brüllt bei seinem Anblick entsetzt auf, so übel sieht es aus. Der Junge schwingt das Messer in weit ausholenden verrückten Kreisen, bevor er es direkt auf Marcus richtet und mein Herz aussetzt.

»Keine Bewegung!«, schreit er.

Hector ist erst neben mir und dann auch schon wieder weg, weil er sich einen Weg durch die Menge bahnt. Marcus nervt ihn zwar manchmal, aber es steht außer Frage, auf wessen Seite er hier ist. Ich nutze seine Bewegung, um mich auch weiter vorzuschieben.

T sagt mit seiner typischen seltsam tonlosen Stimme: »Hull, Mann. Das willst du nicht tun.«

Kirchenschuh wirbelt herum, um Tristan anzusehen. Dabei sticht er mit dem Messer in die Luft und schreit. Seine hohe, abgehackte, irre Stimme passt perfekt zu seinem Gruselmesser. »Woher weißt du denn, was ich will?«

Er hat Marcus und Hector den Rücken zugedreht, und in diesem Moment springen die beiden ihn an und reißen ihn mit dem Gesicht nach unten zu Boden. Marcus schlägt ihm die Hand auf den Asphalt, so dass er sein Messer loslässt. Hector kniet auf seinem Rücken. In diesem Moment tauchen die Cops auf. Zwei in einem Streifenwagen. Einer fett, der andere mager, aber beide sehen sie so aus, als wäre Teenager zu verhaften ihr Hobby. Sie haben die Hände schon auf den Holstern und rennen direkt auf Marcus und meinen Bruder zu. Die Menge gerät in Panik, ein einziges Durcheinander aus Armen und Beinen. Marcus blickt mit wildem Blick um sich, und eine Sekunde lang glaube ich, er hält nach mir Ausschau, aber nein, er sucht T. »Verschwinde von hier!«, schreit er ihm zu.

Hector zerrt einen Gefrierbeutel mit Zippverschluss aus seiner Hose und wirft ihn mir zu. »Lauf, Brianna! Los!«

Ich bin nicht gerade ein Ass in Leichtathletik, aber wenn es sein muss, kann ich schon schnell laufen. Jetzt raffe ich meinen Rock hoch und renne aus dem Park, wobei ich im

Laufen noch Hectors Gras in meine Handtasche stopfe. Die Leute stürmen in alle Richtungen. Ich merke, dass mir jemand dicht auf den Fersen ist, und bin mir sicher, dass es sich um einen der Cops handelt, aber als ich mich kurz umschaue, sehe ich T. Auf dieser Seite umgibt ein Zaun den Park. Ich schwinge mich hinüber, aber, Mist, dabei reiße ich mir den Saum auf. Ausgerechnet bei einem meiner Lieblingsröcke, dem mit pinkfarbenem Paisleymuster. T ist gleich neben mir, aber anscheinend hat er keine Übung darin, vor der Polizei abzuhauen, denn er bleibt mit einem Fuß oben am Zaun hängen und stürzt auf der anderen Seite zu Boden. Ich weiß, dass ich weiterlaufen und ihn einfach liegen- und sich selbst überlassen sollte, aber irgendwas bringt mich dazu, die Hand auszustrecken und ihn hochzuziehen.

»Thanks«, sagt er und humpelt, aber wenigstens steht er und wir laufen weiter. Dann biegt er um eine Ecke, während ich geradeaus renne, und das ist das Letzte, was ich von ihm sehe. Einen Block weiter sehe ich einen anderen Streifenwagen, der Richtung Park fährt. Abrupt bleibe ich stehen und ändere dann meine Richtung. Ich befürchte, dass die Streife mir folgt, und rechne damit, dass gleich die Sirene angeht, denn bestimmt haben die Cops im Park gesehen, wie Hector mir den Beutel zugeworfen hat, aber noch einen Block weiter schaue ich mich um und sehe niemand hinter mir.

Trotzdem werde ich nicht langsamer, bis ich es nach Hause geschafft habe. Dann schleppe ich mich die Stufen zu unserer Wohnung hoch und sinke in meinem Zimmer auf den Fußboden. So warte ich darauf, wieder zu Atem zu kommen.

Als ich noch kleiner war, hatte ich so ein Inhalationsspray, aber ich habe mich entschlossen, es nicht mehr zu benutzen. Einfach weil ich es nicht will. Die Plastiktüte lasse ich in einer Schublade unter meiner Wäsche verschwinden, dann zünde ich eine reinigende Kerze an. Ich mache mir Sorgen um Marcus, aber noch mehr um Hector. Der ist nämlich nicht mehr minderjährig, und das kann ihn in echte Schwierigkeiten bringen. Er schuldet mir was, weil ich ihm den Arsch gerettet habe, so viel steht fest. Und für eine kleine Schwester ist das nicht die schlechteste Ausgangslage.

Izzy
The Queen

Lange, heiße Tage mit Sonnenbränden, selbstgebaute Kartoffelbatterien und pH-Tests aus Rotkohl: Die Zeit im Sommercamp verging wie ein angenehm unscharfer Traum. Als sie rum war (und auch der letzte kleine Campteilnehmer mich gedrückt und geschworen hatte, mich nie zu vergessen, was er wahrscheinlich augenblicklich tat), kamen meine Eltern, um mich abzuholen. Dabei hatte ich ihnen erklärt, ich sei keine neun mehr und könne doch den Bus zurück in die Stadt nehmen. Auf der Heimfahrt waren sie gutgelaunt und plauderten mit mir über das Haus und all die Arbeiten, die sie in meiner Abwesenheit abgeschlossen hatten.

»Was ist mit Hull?«, fragte ich. »Warum ist er nicht mitgekommen?«

»Ich schätze, er ist zu beschäftigt damit, sich wie ein Idiot aufzuführen«, sagte mein Vater halblaut, aber trotzdem deutlich hörbar. »*Vergessend ganz was ihm ganz sicher ist.*« (Mein Vater warf immer mit Shakespeare-Zitaten um sich, und ja, das war so nervig, wie es klingt.) Meine Mutter gab ihm vom Beifahrersitz aus einen Klaps auf den Arm, widersprach aber nicht. Ich ahnte also schon, dass Hull noch nicht die Kurve zum Standpunkt meiner Eltern gekriegt hatte, und ich kannte meinen Bruder gut genug, um eine Vorstellung davon zu haben, wie das wahrscheinlich aussah. Aber ich glaube, keiner von uns hätte den Schlamassel voraussehen können, dem wir in genau diesem Moment entgegenfuhren.

Ich hatte es mir auf dem Rücksitz gemütlich gemacht und las einen Thriller, in dem es um den Ausbruch von irgendeinem Virus ging. Meine Eltern sangen zu einem statisch rauschenden Classic-Rock-Sender (und das schon seit über einer Stunde – würg), als das Handy meines Vaters klingelte. Da er ja am Steuer saß, ging meine Mutter ran. Wir waren schon fast da, fuhren bereits an den grünen Schildern für die George Washington Bridge auf dem Highway vorbei. Ich hoffte, noch ein paar Kapitel durchzukriegen, und hörte deshalb bewusst weg. Doch meine Aufmerksamkeit war sofort wieder da, als ich sie mit geschäftsmäßiger Stimme sagen hörte: »Ja, hier spricht Maura Steinbach.« Gleichzeitig machte sie das Radio aus. Ich beugte mich vor, um sie besser sehen und ihren Gesichtsausdruck interpretieren zu können. Sie sah so erstaunt und schmerzerfüllt aus wie in der Szene einer Soap Opera, wo jemand eine schlechte Nachricht erfährt.

»Geht es ihm gut?«, sagte sie. »Ist er verletzt?«

Hull. Sie musste ihn meinen. Ich warf das Buch beiseite, öffnete meinen Sicherheitsgurt und schob mich so weit nach vorn, dass mein Kopf sich auf Höhe des Beifahrersitzes befand.

»Entschuldigung, können Sie mir bitte genau schildern, was passiert ist?«, sagte meine Mutter mit einem leichten Zittern in der Stimme. Mein Vater legte seine rechte Hand auf ihr Bein, aber sie schob sie heftig weg. »Okay. Ja, Officer. Ja. Wir kommen so schnell wie möglich. Können Sie mir bitte die Adresse nennen?« Dann legte meine Mutter auf und sah uns total perplex an. »Das war die Polizei. Wir müssen Hull abholen. Er wurde verhaftet.«

»Das ist unmöglich«, sagte ich.

»Was ist passiert?«, sagte mein Vater.

»Am Telefon konnten sie mir nichts sagen. Es hieß, sie würden es uns erklären, wenn wir kommen.«

Die nächsten zwanzig Minuten legten wir mehr oder weniger in entsetztem Schweigen zurück. Hier die Punkte, über die ich während dieser langen, bedrückenden Pause nachdachte:

1. Während ich in der Chemie-Hütte Backpulvervulkane baute, musste ich einiges verpasst haben.
2. Eine Verhaftung im Führungszeugnis ist nicht gerade ein Pluspunkt für einen angehenden Politiker.
3. Hull muss gerade total panisch sein.

Meine Eltern legen eigentlich ziemlich großen Wert auf diese »eine Familie ist eine Team«-Sache, deshalb konnte ich es auch kaum fassen, als mein Dad die Ausfahrt vom Brooklyn-Queens Expressway nahm und sagte: »Ich setze dich zu Hause ab, Izzy.«

»Nein. Nein! Ich komme mit.«

»Ich glaube, dein Vater hat recht. Wir kriegen das alleine hin.« Mom warf meinem Vater einen schnellen Seitenblick zu, der mich noch mal darüber staunen ließ, wie dramatisch sich in meiner Abwesenheit die Familiendynamik entwickelt haben musste.

Ohne Umschweife setzten sie mich und meine Tasche am Bordstein ab und fuhren davon. Ich wusste zwar, wo der Ersatzschlüssel versteckt war, aber ich fühlte mich gekränkt und außer mir vor Sorge, deshalb war mir nicht danach, ihn zu suchen. Stattdessen setzte ich mich auf die Verandastufen und versuchte nachzudenken. Dabei beobachtete ich eine der streunenden Katzen aus der Nachbarschaft, wie sie durch den Garten spazierte. Sie blieb mit einer Pfote in der Luft stehen, kratzte sich ihr geschundenes Ohr und setzte dann ihren Weg fort. Ein Stück weiter den Block hinauf spielten ein paar jüngere Kids mit ferngesteuerten Autos. In den Bäumen hingen noch ein paar feuchte Fetzen Krepppapier von der Party am Vortag, die ich verpasst hatte.

Ich saß erst ein paar Minuten grübelnd da, als ich zu dem runtergekommenen Spielplatz schräg gegenüber von unserem Haus schaute und mir etwas Ungewöhnliches auffiel. Jemand saß auf der unteren Querstange des Klettergerüsts und schaukelte zusammengekauert vor und zurück. Ich ging ein paar Schritte näher und spähte hinüber. Da konnte ich sehen, dass die Person ungefähr in meinem Alter war. Ein Junge. Und er hielt sich den Fußknöchel, als hätte er Schmerzen.

An einem anderen Tag wäre ich vielleicht zu schüchtern

gewesen, um auch nur ein Wort zu sagen. Aber es ist so: Ich wollte schon immer diejenige sein, die alle rettet. Die Heldin. Und in diesem Moment war ich gerade dabei, nichts zu tun, um Hull zu retten. Ich trat also noch etwas näher.

»Hey«, sagte ich. »Alles okay mit dir?«

Er schaute hoch und mir in die Augen.

Rückblickend ist es verlockend zu behaupten, das wäre Liebe auf den ersten Blick gewesen, aber das stimmt nicht wirklich. Ich hatte seit damals viel Zeit, darüber nachzudenken, und bin mir außerdem nicht sicher, ob ich überhaupt an Liebe auf den ersten Blick glaube. Zumindest ist man dafür eher empfänglich, wenn man mit der Möglichkeit rechnet. Als Kleopatra in einer goldenen Barke voller Rosenblütenblätter den Nil hinuntersegelte, um Marcus Antonius zu verführen, glaubte sie mit Sicherheit an die Existenz von Liebe auf den ersten Blick. Schließlich hing die Zukunft Ägyptens davon ab. Ich denke aber, dass die meisten Leute sich langsam verlieben und erst viel später die Einzelheiten ihrer ersten Begegnung abändern, damit sie besser zu einer richtigen Liebesgeschichte passen. Ich bin Naturwissenschaftlerin, deshalb werde ich hier nicht so eine Nummer abziehen.

Ich muss jedoch zugeben, dass es Momente gibt, und ich denke, ihr wisst, was ich meine, in denen die Zeit quasi in sich zusammenfällt und man für einen kurzen Blick erkennt, dass jemand oder etwas Teil der eigenen Zukunft sein wird, egal ob im Guten oder im Bösen. Dort auf dem Spielplatz erlebte ich einen dieser Momente, aber erschütternder als je zuvor. Es war wie ein Donnerschlag im Vergleich zum Zuklappen eines Buchs. Wir sahen einander für einige lange Sekunden ins Gesicht. Es war nicht so, wie man sonst jemanden anschaut. Ich verspürte das Bedürfnis, mir jede Einzelheit seiner Gesichtszüge einzuprägen, eine plötzliche Notwendigkeit, klar zu denken und genau auf alles zu achten, was passierte.

Was Tristan in diesem Moment durch den Kopf ging, kann ich nicht sagen. Später fragte ich ihn, ob er an Liebe auf den ersten Blick glaube. Da meinte er lachend: »Wie könnte ich das nicht tun?« Aber wie schon gesagt, die Erinnerung ist unzuverlässig, und als wir darüber sprachen, hatte sich alles verändert, so dass ich es nie mit Sicherheit wissen werde. Ich kann nur das Video meiner Erinnerung immer wieder genau da anhalten, bei diesem sich dehnenden Moment. Fremde, die einander auf einem Spielplatz in der Dämmerung ansehen. Liebende, die ihr Schicksal annehmen. Sucht euch die Story aus, die euch am besten gefällt.

Schließlich deutete Tristan mit dem Kopf auf sein Bein und sagte: »Ich hab mir am Knöchel weh getan, aber ich weiß nicht, ob du mir da helfen kannst. Aber nett vor dir, dass du fragst.« Er zog das Hosenbein seiner Jeans hoch, und zum Vorschein kam sein zur Größe einer Grapefruit angeschwollener Knöchel. Ich zog Luft durch die Zähne ein, wie man das macht, wenn etwas aussieht, als würde es weh tun.

»Warte kurz«, sagte ich, joggte zur Veranda zurück und holte das Erste-Hilfe-Set, das man als Betreuer haben muss, aus dem Außenfach meiner Reisetasche. Ich hatte immer eindrucksvolle Erste-Hilfe-Sets, auch wenn ich dieses hier in den letzten sechs Wochen nur ein einziges Mal geöffnet hatte, um einem der älteren Mädchen ein leichtes Schmerzmittel gegen Bauchkrämpfe zu geben. Deshalb war es jetzt auch geradezu erhebend, darin herumzusuchen, während ich die Straße überquerte. Dann hatte ich einen elastischen Verband und ein selbstkühlendes Ice-Pack gefunden.

»Darf ich?«, fragte ich meinen Patienten, der zaghaft lächelte und mit einer *Bitte, bedienen Sie sich*-Geste auf seinen Knöchel zeigte. Ich knackte die Füllung des Ice-Packs, um es zu aktivieren, und spürte die magische Ausbreitung der Kälte, bevor ich das Päckchen mit dem Verband fest, aber nicht zu fest, um seinen Knöchel legte. Während ich konzentriert gleichmäßig und perfekt den Verband anbrachte, versuchte ich zu kaschieren, dass es mich nervös machte, einen Fremden anzufassen. Jemanden medizinisch zu versorgen ist etwas Intimes, selbst wenn es sich nur um einen Knöchel handelt und die kristallklare Stille des Moments, als unsere Blicke sich getroffen hatten, längst verflogen war. Ich war wieder die selbstbewusste Izzy. »Was ist da passiert?«, fragte ich.

Er schüttelte den Kopf. »Lange Geschichte. Ich bin am Eastern Parkway umgeknickt.«

»Dann bist du von dort bis hierher gelaufen? Autsch. Wobei das bedeutet, dass er vermutlich nicht gebrochen ist.« Ich redete zu viel, das merkte ich selbst, aber ich konnte mich nicht bremsen und begann sogar, noch schneller zu sprechen, was es nur schlimmer machte. »Verstaucht oder vielleicht nur geprellt. Äh, hier.« Ich gab ihm ein kleines Päckchen. »Ibuprofen hilft gegen die Schwellung. Wahrscheinlich solltest du aber trotzdem zum Arzt gehen. Um eine zweite Meinung einzuholen.«

»Wohnst du da?«, fragte er und deutete auf unser Haus.

»Yeah, wir sind vor ein paar Wochen hergezogen«, sagte ich, und es sah aus, als zucke er zusammen. Damals schob ich das auf den Schmerz in seinem Knöchel.

»Ich wohne ein Stück den Block hinunter«, sagte er irgendwie düster, dann sah er wieder mich an. Er hatte so eine Art, den Kopf ein Stück wegzudrehen und einen aus den Augenwinkeln anzusehen. Dann lächelte er, schüttelte den Kopf und machte »Ooh«, als hätte ihm jemand einen schlechten Witz erzählt. Anschließend lehnte er den Kopf nach hinten an die rostige Kletterstange und sagte: »Hast du den Himmel gesehen?«

Hatte ich nicht. Aber als ich seinem Blick folgte, standen die Wolken durch die untergehende Sonne quasi in Flammen und bildeten Streifen in leuchtendem Pink und Violett. »Oh, wie hübsch!«, sagte ich und kam mir sofort dumm vor, weil das ja offensichtlich war. Doppelt dumm kam ich mir vor, weil ich immer noch neben seinem Fuß im Sand kniete. Als ich aufstand, tat er das Gleiche, aber behutsam, das Gewicht auf seinem gesunden Fuß. Weil mir nichts Interessanteres einfiel, sagte ich jetzt: »Äh, ich bin Izzy«, und streckte ihm meine Hand hin. Noch dümmer. Ich konnte erkennen, dass seine Augen hinter den Brillengläsern hellbraun waren und kleine goldene Einsprengsel hatten.

»Die ist so kalt«, sagte er, nachdem er meine Hand ergriffen hatte.

»Äh, ja, sorry. Das Ice-Pack«, sagte ich und wollte meine Hand wegziehen. Aber er hielt sie fest und rieb sie zum Aufwärmen zwischen seinen eigenen. Danach drehte er die Handfläche nach unten, beugte sich theatralisch darüber und drückte einen Kuss auf meinen Handrücken. Ich spürte, wie ich rot wurde, und hoffte, er würde nicht merken, wie mir die Haare an der Stirn klebten.

»Izzy«, sagte er. »Danke schön.« Und dann humpelte er langsam auf den Ausgang des Spielplatzes zu.

»Dann sieht man sich bestimmt mal wieder, schätze ich«, sagte ich und wünschte, meine Stimme würde nicht so hoch und fragend klingen.

»Klar. Selbst wenn du wolltest, könntest du mich gar nicht übersehen.« Ich glaube, er lächelte, als er das sagte, aber ich konnte es nicht genau erkennen.

»Warte. Du hast mir nicht gesagt, wie du heißt.«

»Alle nennen mich T«, sagte er, und dann humpelte er endgültig davon. Den Block hinunter. Ich blieb zurück und fragte mich, ob irgendwas davon wirklich passiert war. Dann ließ ich das Erste-Hilfe-Set wieder zuschnappen und ging zu unserem Haus zurück.

Rückblickend erkenne ich, wie naiv ich auf das Geschehen reagierte. Jemand mit mehr Selbstvertrauen hätte sich vielleicht sofort einen Plan gemacht, um ihn wiederzusehen, vielleicht sogar einen Plan, um ihn zu verführen. Doch im Guten wie im Bösen war ich – und bin es vielleicht bis heute – ein Mensch mit realistischen Erwartungen. Ich war immer der Nerd mit einem Faible für Naturwissenschaften und einem pausbäckigen Babyface gewesen. Mir mich selbst in einer romantischen Hauptrolle vorzustellen, das war ich nicht mal in meinen eigenen Tagträumen gewohnt.

Trotzdem verbrachte ich, nachdem ich den Ersatzschlüssel aus dem Geranientopf geholt und die Haustür aufgeschlossen hatte, einige Minuten damit, meine Vorzüge und Schwächen zu betrachten (große Augen und lockiges dunkles Haar contra sommersprossige Nase und Pausbacken). Vor dem Badezimmerspiegel fragte ich mich, ob und wann irgendwer sonst mich jemals so eingehend mustern würde: die von Teenie-Mädchen bevorzugte Form von exquisitem Masochismus.

Als ich später auf meinem Bett lag und so tat, als würde ich meinen Roman lesen, aber in Wirklichkeit zwischen Gedanken an den geheimnisvollen Fremden mit dem verletzten Knöchel und Bildern davon, wie die Polizei meinem Bruder Handschellen anlegte, hin und her wechselte, da hörte ich jemanden an der Haustür. Ich raste nach unten, um meine Familie gleich abzupassen. Die grimmigen Mienen von allen dreien ließen mich am Fuß der Treppe abrupt stehen bleiben. Hulls Augen waren gerötet und verquollen, aber als ich die Hand ausstreckte, um ihn am Arm zu berühren, schob er sich rasch an mir vorbei und verschwand in seinem Zimmer. Ungläubig sah ich meine Eltern an, und meine Mutter sagte nur: »Bitte keine Fragen heute Abend, Izzy. Okay?« Ihre Stimme klang so zaghaft, dass ich gar nichts sagte, während auch meine Eltern die Treppe hinauf und in ihrem Schlafzimmer verschwanden.

Ein paar Minuten lang lauschte ich durch die Tür ihren leisen Stimmen. »Ich kann diesen Mangel an Mitgefühl nicht begreifen«, hörte ich meine Mutter sagen, aber die gemurmelte Antwort meines Vaters war nicht zu verstehen. Aus Hulls Zimmer drang nur Stille. Ich klopfte leise an seine Tür, dann lauter, bekam aber keine Antwort.

Da anscheinend alle anderen das Abendessen vergessen hatten, ging ich schließlich in die Küche und aß im Stehen ein bisschen Käse mit Crackern. Dann legte ich mich ins Bett und las dieselbe Seite meines Buchs wieder und wieder. Normalerweise beschäftigen mich viele Gedanken auf einmal oder in schneller Abfolge. Ein Bewusstsein wie ein Schweizer Armeemesser, nennt Dad das. Aber als ich an jenem Abend in dem noch unvertrauten Haus lag und alle, die mir nahestanden, mich ignorierten, kreisten meine Gedanken nur um eine Sache, und zwar nicht darum, wie ich meinem Zwillingsbruder helfen konnte. Vielmehr war es die Unterhaltung auf dem Spielplatz, die ich in meinem Kopf wieder und wieder durchging.

Er denkt bestimmt nicht an dich, Izzy, ermahnte ich mich selbst, *also lass es. Lass es auf der Stelle.*

Tristan
The Knight

Ich kapituliere. Diese zwei Worte werde ich heute Morgen nicht los und wiederhole sie immer wieder. Auch im Schach kann man kapitulieren. Eigentlich wird einem geraten, das nie zu tun, vor allem als Anfänger nicht, weil es noch einen Ausweg geben könnte, den du übersehen, einen Vorteil, den du noch nicht erkannt hast. Aber diesmal *weiß* ich, dass es keinen gibt.

Vielleicht wusste ich es schon, als sie mir ihre Hilfe anbot. Als ihre süße Stimme sich wie ein Schluck kühle Limonade anfühlte. Vielleicht wusste ich es, als ihr hübsches Gesicht in der untergehenden Sonne aufleuchtete und ich mich in ihrem mitfühlenden Blick verlor. Oder vielleicht wusste ich es, als mir klarwurde, dass sie Hulls Schwester ist, als mir dämmerte, dass es dem Schicksal ähnlich sah, mich dermaßen in Schwierigkeiten zu bringen. Trotz alledem bin ich mir jetzt sicher: Ich bin machtlos. Mein eigenes Schicksal hat mich schachmatt gesetzt. Ich gebe auf.

Es ist der letzte Tag, bevor die Schule wieder anfängt, und ich überlege, mich unter meiner Decke zu vergraben und für den Rest des Vormittags vor der Welt zu verstecken, doch ein paar Minuten, nachdem ich die Augen aufgeschlagen habe, klopft es scharf an meiner Tür. Patrice kann irgendwie spüren, wenn ich wach bin. Wahrscheinlich erschnuppert sie es wie ein Drache.

»Tristan, ich muss mit dir sprechen«, sagt sie, und ihre Stimme klingt eine Spur gereizt. »Komm bitte in die Küche.«

Ich war so überwältigt von der Begegnung mit Izzy, dass ich alles andere fast vergessen hatte: die Schachpartie, die Cops, dass ich Marcus im Park sich selbst überlassen habe. Ich springe aus dem Bett, und Schmerz schießt durch meinen Knöchel. Als ich ihn genau betrachte, sieht er aber schon deutlich besser aus als gestern. Ihre Berührung hat anscheinend was Magisches an sich. Ich sortiere meine Gedanken, so gut es geht, überlege, wie ich Patrice die Ereignisse des gestrigen Tages darstellen kann, und mache mich innerlich für den Kampf mit dem Drachen bereit. Sie wartet auf einem Küchenhocker sitzend und mit verschränkten Armen auf mich. Ich bemühe mich, nicht zu humpeln.

»Warst du an dieser Schlägerei beteiligt?«, faucht sie, noch bevor ich die Küche betreten habe.

»Nicht wirklich«, nuschle ich. »Und ich schwöre dir, dass das nicht Marcus' Schuld war.«

»Natürlich nicht«, sagt Patrice. »Probleme haben es irgendwie drauf, zu Marcus zu finden, aber er hat nie was damit zu tun. Nur zu. Erzähl mir genau, was passiert ist.«

Also gebe ich ihr eine Version der Ereignisse wieder, bei der ich bestimmte Details weglasse, etwa die Tatsache, dass Marcus Geld auf das Spiel gesetzt hat, weil sie das missbilligen würde, oder eine genaue Beschreibung des Messers, weil sie das beunruhigen würde. »Und dann tauchten die Cops auf, Marcus schrie *lauf, lauf, lauf!*, und da bin ich wohl in Panik geraten, denn ich habe genau das getan. Aber das ist nicht gelogen: Er hat die Schlägerei nicht begonnen.« Das stimmte sogar, einigermaßen, wenn man mal von der Tatsache absah, dass Marcus überhaupt damit angefangen hatte, Hull zu provozieren.

»Wenn also niemand irgendwas falsch gemacht hat und alle sich so wahnsinnig vorbildlich benommen haben, warum bist du dann vor der Polizei abgehauen?«, fragt sie.

Warum *bin* ich abgehauen? Er hatte mich so eindringlich angesehen, wie er das manchmal macht, geschrien, ich solle verschwinden, und da war ich wieder in das Muster verfallen, zu tun, was immer Marcus mir sagt.

»Ich weiß es nicht.«

»Du weißt es nicht?« Patrice schüttelt den Kopf und zieht die Lippen so zusammen, dass sie wie ein Lippenstiftpunkt in ihrem Gesicht aussehen. »Ganz ehrlich, Tristan, ich habe mehr von dir erwartet, als du zu mir gezogen bist. ›Tristan ist was Besonderes.‹ Das habe ich immer wieder zu allen gesagt, die mich für verrückt gehalten haben, als du kamst. Und jetzt hängst du Tag und Nacht mit Marcus ab, treibst dich rum wie ein Krimineller. Denkst du, ich weiß nicht, wie Marihuana riecht? Und jetzt auch noch die Cops.« Sie atmet lange durch diese wütenden Lippen aus. Patrice kennt hier jeden, sogar die Cops, gerade die Cops, und es gefällt ihr nicht, wenn irgendwer unserem Block einen schlechten Ruf anhängt. Das gilt erst recht für mich. »Inzwischen sagen diese Leute zu mir: ›Ach, Tristan, der ist ein ganz gewöhnlicher Teenager.‹ Dabei habe ich dich genau für das Gegenteil gehalten.«

Ihre Worte treffen mich. Aber es ist nicht das erste Mal, dass ich Patrice wütend erlebe. Ich merke, dass sie einiges nur sagt, weil sie sich gerade aufgeregt hat. Sobald sie sich beruhigt hat, wird sie einsehen, dass es gar keine so große Sache ist. Es gibt schließlich keine Toten, keine Verletzten. Und am Ende ist Patrice immer pragmatisch.

»Und ich meine noch nicht mal die Tatsache, dass du Marcus im Stich gelassen hast, als er verhaftet wurde. Ich hätte nur aus deinem Mund davon erfahren sollen.«

»Verhaftet?« Die Cops hier in der Gegend haben von Kids wie Marcus grundsätzlich nicht die beste Meinung, aber er wirkt immer so unantastbar, dass ich dachte, er hätte sich unbeschadet aus der Situation im Park rauswinden können. Schuldgefühle sitzen mir plötzlich wie ein dicker Kloß im Hals.

»Ich war gestern Abend zum Kartenspielen bei Ramona, als Cherry mitten im Spiel einen Anruf auf ihrem Handy bekommt.« Cherry ist Marcus' Mom. Man könnte das seltsam finden, dass Patrice was mit der Exfrau ihres Bruders unternimmt, aber die beiden wohnen schon so lange hier, dass niemand etwas daran findet. »Du hättest ihr Gesicht sehen sollen, als sie erfuhr, dass sie Marcus auf der Polizeiwache abholen muss.« Sie macht ein missbilligendes Geräusch mit der Zunge. »Ich habe mir solche Sorgen um dich gemacht, weil ich wusste, dass du definitiv mit ihm unterwegs warst. Und dann komme ich nach Hause und siehe da, du bist hier und schläfst fest.«

»Ich sollte Marcus besuchen gehen«, sage ich. Als Patrice nur fragend eine Augenbraue hochzieht, füge ich rasch noch hinzu: »Tut mir leid, dass du dir Sorgen gemacht hast. Ich dachte nicht, dass Marcus in Schwierigkeiten kommen würde. Das hätte wirklich nicht passieren sollen, weil er nichts Schlimmes gemacht hat.« *Oder nichts Schlimmeres als an jedem anderen Tag seines Lebens*, denke ich.

»Ich glaube, du hast dieses Wochenende schon genug von Marcus gesehen«, sagt Patrice und nimmt endlich die Arme runter. »Und ich glaube, du solltest heute hierbleiben und dich auf den Schulbeginn morgen vorbereiten.« So wie sie das sagt, ist das eindeutig nicht nur ein Vorschlag.

»Was werfen sie ihm vor?«, frage ich.

»Das habe ich noch nicht gehört«, sagt Patrice, steht aber schon auf, räumt das Geschirr ab und macht damit klar, dass die Unterhaltung beendet ist.

Wieder in meinem Zimmer hole ich mein Handy aus der Tasche und rufe Marcus an. Es ist seltsam, aber ich rufe ihn eigentlich kaum an. Da wir uns fast jeden Tag sehen, ist das nicht nötig. Gerade als ich denke, er wird nicht rangehen, meldet er sich.

»What's up, T?«, fragt er, und allein als er meinen Namen sagt, verspüre ich eine Riesenerleichterung.

»Nicht viel«, sage ich. »Patrice hat mir erzählt, dass die Cops dir gestern den Arsch aufgerissen haben, und das tut mir leid. Ich hätte abwarten sollen, ob du okay bist.«

»Nah«, meint Marcus lachend. »Du bist mein Goldjunge. Kann nicht zulassen, dass die dir Ärger machen.«

»Können die dir was anhängen?«

»Nope. Höchstens Hector, weil der schon neunzehn ist. Du kannst drauf wetten, dass die Mr Strategy nicht die geringsten Schwierigkeiten machen. Hättest seine Eltern gestern auf der Polizeiwache sehen sollen, total panisch haben sie die Hände gerungen.« Mir wird klar, dass er über Izzys Eltern spricht, die nette Dame mit den Kunstwerken aus Sand auf der Blockparty. Leichte Übelkeit macht sich in meinem Magen breit. »Wie auch immer, du kannst jedenfalls Gift drauf nehmen, dass der kleine Spinner nicht vergessen wird, dass er mich in Schwierigkeiten gebracht hat. Und Shit, er schuldet mir auch noch hundert Dollar.«

»Ich kann auch noch mal gegen ihn spielen, wenn er den Sieg in Frage stellt …« Wenn ich glauben würde, dass es für Frieden sorgen könnte, wäre ich in dieser Sekunde zum Spiel bereit.

»Nicht nötig, T.«

»Okay«, sage ich. Und dann platzt es aus mir heraus, als hätte ich einen plötzlichen Tourette-Anfall: »Er hat übrigens eine Schwester. Dieser Hull.« Warum um alles in der Welt sage ich so was? Aber sie ist einfach da, drängt sich ins Zentrum meiner Gedanken, schon die ganze Zeit, während ich mit Patrice sprach und jetzt mit Marcus. Ein Teil von mir will, dass Marcus erfährt, dass sich für mich alles verändert hat – Nord und Süd, gigantische tektonische Plattenverschiebungen.

»Ha!«, sagt Marcus in verächtlichen Ton, der mich sofort wünschen lässt, ich hätte es nie erwähnt. »Wie sieht die aus? Ist sie hot?«

»Sie ist okay«, sage ich. Im Hintergrund ist Lärm zu hören, und ich will sowieso das Thema wechseln, deshalb sage ich: »Wo bist du gerade?«

»Unten im TipTop. Willst du auch herkommen?« Marcus hat natürlich keinen Hausarrest, so wie ich. Ist einfach nicht sein Stil.

»Ich glaube, ich kann nicht. Patrice ist heute auf dem Kriegspfad.«

»'kay. Dann meld ich mich später, T.« Und damit legt er auf, bevor ich mich auch nur verabschieden kann.

Immer wenn Aunt Patrice sauer auf mich ist, befällt mich diese vage und wahrscheinlich irrationale Angst, dass sie mich bei nächster Gelegenheit sofort zurück nach Atlanta schicken wird. Anstatt also mein Glück überzustrapazieren und vor Izzys Haus zu lauern oder wie ein liebeskranker Rüde vor ihrer Haustür zu winseln, warte ich den ganzen Nachmittag sinnlos in meinem Zimmer vor mich hin. Es hindert mich allerdings nicht daran, den Laptop auszupacken, den mein Dad mir letztes Jahr zu Weihnachten geschickt hat, und zu versuchen, mehr über sie zu erfahren. Online gibt es nicht viel, bis auf ein paar Auszeichnungen in Naturwissenschaften auf der Webseite ihrer alten Schule. Sei ruhig, mein Nerd-liebendes Herz. Ich suche bei Facebook, auf Insta, Snapchat und den anderen Drecklöchern der sozialen Medien nach ihrem Profil, kann aber zunächst nichts finden. Hull ist viel leichter aufzuspüren (er hat sogar seinen eigenen YouTube-Kanal über Politikwissenschaft, auch wenn er dort schon lange nichts mehr gepostet hat). Als ich seine Facebookseite genauer unter die Lupe nehme, komme ich endlich dahinter, dass sie hier unter ihrem richtigen Namen unterwegs ist: Iseult. Ich klappe den Laptop zu und wiederhole ihn ein paarmal für mich selbst. Iseult, Iseult, Iseult, das klingt wie die sich öffnenden Blütenblätter einer Rose.

Es spielt keine Rolle, wie gut man in der Schule ist, wie leicht einem alles fällt: Wenn man sich für den ersten Schultag fertig macht, dann fühlt sich das an, als würde man sich für eine Beerdigung anziehen. Der tote Sommer mit seinen faulen Abenden und eiskalten Getränken. Möge er in Frieden ruhen.

Die Trauerphase endet dann, wenn ich die Rhythmen der morgendlichen Hektik auf den Schulfluren spüre, weil mir dann wieder einfällt, dass das hier gar kein so schlechter Ort ist. Die Leute kritisieren die Schulen von New York City. Viele von ihnen, auch die Carl Sagan High, sind groß, viel größer als die Middle School, die ich in Georgia besuchte. Eine so große Schule kann dich verschlucken, aber wenn du Glück hast, kannst du deine Nische finden und es dir darin gemütlich machen. Viele meiner Kurse sind *advanced*, also für besonders leistungsstarke Schüler. Deshalb sehe ich manche Gesichter auch öfter. Natürlich habe ich an die Möglichkeit gedacht, dass Izzy in einen dieser Kurse gehen könnte, aber trotzdem setzt mein Herzschlag kurz aus, als ich sie in meiner ersten Stunde, Literatur, sitzen sehe. Sie versucht, sich auf ihrem Platz lässig zurückzulehnen, aber ich merke, dass sie nervös ist. Sie kennt hier niemanden und trägt ein graues Kleid, das ich mir an sonst niemanden an dieser Schule vorstellen kann, es hat so was Altmodisches, das fast an die Amischen erinnert. Mich interessieren ihre Klamotten nicht. Ich möchte am liebsten zu ihr hinrennen, ihren Anblick trinken und das Wunder genießen, mich im selben Raum wie sie zu befinden. Alle Plätze um sie herum sind belegt, also lasse ich mich, als es klingelt, auf einen Stuhl neben der Tür fallen. Sie blickt kurz herüber, und unsere Augen begegnen sich. Bevor sie eher zurückhaltend lächelt, sehe ich einen Funken Freude ihr Gesicht aufhellen. Dann habe ich es mir nicht eingebildet: Es ist wahr.

Mr Berger hakt die Anwesenheitsliste ab, und ich stelle fest, dass Hull zwar draufsteht, sich aber nicht im Klassenzimmer befindet. Dann verheddert Berger sich übel bei ihrem Vornamen. Izzy wird rot und sagt, dass *Izzy* einfacher sein wird als Iseult. Danach sieht sie wieder kurz zu mir. Mein Herz klopft in den nächsten fünfzig Minuten dermaßen heftig, dass ich mich kaum auf die Wunder der amerikanischen Literatur konzentrieren kann, die Mr Berger zur Diskussion stellt. Melville und Hawthorne, Steinbeck und Hemingway, all diese längst toten Typen verschwimmen irgendwie miteinander.

Wir begegnen uns vor der Tür des Klassenraums.

»Tristan«, sagt sie. Mein Blut prickelt eine Sekunde lang eiskalt, als mir klarwird, dass sie meinen richtigen Namen kennt. Vielleicht weil Mr Berger ihn gesagt hat, vielleicht weil sie auch ein bisschen im Internet herumgesucht hat. Ich weiß nicht und will mir echt nicht im Ansatz ausmalen, was Hull ihr gestern vielleicht erzählt hat. Aber dann sagt sie ihn gleich noch mal: »Tristan. Das gefällt mir besser als T.« Und in ihrer Stimme ist so eine Wärme, als hätte ich meinen Namen noch nie zuvor gehört, jedenfalls nicht so, wie er eigentlich klingen soll. »Wie geht's deinem Knöchel?«

Mein Knöchel scheint mir das unwichtigste unter den Ereignissen der letzten Tage zu sein. Aber trotzdem heilt er viel schneller, als ich es für möglich gehalten hätte. Wie schon gesagt: Magie. Die Welt scheint in Ordnung, und diese Ordnung scheint uns mit Macht enger und enger zusammenzubringen – wer könnte da an einen dummen Knöchel denken? Aber um nicht wie der Spinner zu klingen, der ich bin, sage ich nur: »Du hattest recht. Es ist nur eine Prellung. Das wird schon wieder.« Sie hat ganz zarte Sommersprossen oben auf den Wangen und links ein Grübchen. Endlose Wimpern. »Hast du als Nächstes Trigonometrie?«, frage ich, weil es so gut läuft, dass wir unmöglich nicht den ganzen Tag damit verbringen können, einander anzusehen.

»Äh, nein«, sagt sie und holt den Stundenplan aus ihrer Tasche. Nervös streicht sie sich die Haare zurück, während sie liest. Nur dadurch verrät sie sich als die ängstliche neue Mitschülerin, die ich sofort beschützen möchte. Der Nerd, der zum kavaliersmäßigen Wächter wird. »Rathscott in Sozialkunde, glaube ich.«

»Die ist nett«, sage ich und überfliege ihren Stundenplan rasch. Keine Überschneidungen bis zum Nachmittag, nicht mal zur selben Zeit Mittagspause. Äonen ohne sie, Zeit, die mich verschlucken wird wie ein wirbelndes schwarzes Loch. »Ich sehe dich dann aber wieder in Physik.«

»Stimmt. Da freu ich mich drauf. Auf Physik, meine ich.« Obwohl ich den ganzen Morgen bisher meinen Knöchel kaum gespürt habe, merke ich jetzt, wie er pulsiert. Ein trauriges Pochen im Gleichklang mit ihren sich entfernenden Schritten, als sie in der Menge verschwindet.

Der Rest des Vormittags zieht sich, wie vorherzusehen, ewig. Bei den am ersten Tag unvermeidlichen Anwesenheitskontrollen stelle ich fest, dass ich gemäß Stundenplan täglich viel mehr Zeit mit Hull als mit Izzy verbringen werde. Doch jedes Mal wenn sein Name aufgerufen wird, folgt darauf kurzes Schweigen, und der Stift des Lehrers kratzt übers Papier. Hull Steinbach ist heute nicht da.

Die Mittagspause ist die einzige Gelegenheit, bei der ich Marcus treffen kann. Als ich mit meiner Portion verkochter Spaghetti auf einem Tablett durch die Tischreihen gehe, hält er schon in einer Ecke Hof, umgeben von seinen Lakaien. Die gehören nicht zu den coolen Kids beziehungsweise sind sie nur wegen ihrer Verbindung zu Marcus cool. Tyrone. Frodo, K-Dawg: Sie sind schon seit der Grundschule seine besten Freunde, und ich habe nie so ganz verstanden, ob es daran liegt, dass er übertrieben loyal ist, oder daran, dass ihre Anwesenheit ihn im Vergleich besonders hell erstrahlen lässt. Er hebt einen Finger, um mir zu zeigen, dass er meine Anwesenheit bemerkt hat, ist aber zu beschäftigt mit dem Bericht über die Ereignisse auf der Polizeiwache, um mich zu begrüßen. Also quetsche ich mich neben Tyrone und Frodo und höre auch zu.

»Die Cops haben so einen Schiss, dass wir White Boy bei lebendigem Leib fressen könnten, dass sie ihn, das müsst ihr euch mal vorstellen, in eine eigene Zelle sperren, bis Mommy und Daddy kommen, um ihn zu retten. Ihr könnt drauf wetten, dass Hector und ich natürlich keine eigene Zelle gekriegt haben. Wir kamen in einen Käfig mit sämtlichen stinkenden Junkies, die sie an dem Tag dabei erwischt haben, wie sie auf den Bürgersteig gekackt hatten.«

Auf den billigen Plätzen wird darüber gekichert, und sogar ich muss schmunzeln. Nur K-Dawg wiederholt immer wieder: »Das is nicht richtig, Mann. Das is nicht richtig.« Er mampft schon seine zweite Tüte Cheetos und hat wie immer glasige Augen.

»Aber die Zelle ist genau neben unserer, und wir können durch das Drahtgitter schauen. Hector beschimpft ihn und knurrt wie ein Hund. Sagt, er würde rauskriegen, wo er wohnt – der ganze Quatsch, den wir schon seit dem Kindergarten ignorieren. Aber White Boy hockt zusammengekauert in der Ecke, hat die Arme um seinen Kopf und schaukelt vor und zurück wie einer aus der Irrenanstalt. Zum Totlachen.«

»Yo, hab von Roxanne gehört, dass White Boy nicht mal

die Eier hatte, heute in der Schule aufzukreuzen«, sagt Tyrone. Roxanne ist Tyrones schon lange unter dieser Beziehung leidende On-and-off-Freundin. Einmal machte sie mit ihm Schluss, weil er sagte, die Indianer seien nach den versklavten Afrikanern auf diesen Kontinent gekommen, aber dann tat er ihr leid, und sie nahm ihn wieder zurück. Sie ist eigentlich ein schlaues Mädchen, hat aber eine Tyrone-förmige Schwachstelle in ihrem Kopf. »Sie sagt, er wäre in keinem seiner Kurse gewesen.«

»Müssen wir ihn eigentlich White Boy nennen?«, frage ich und drehe die schrecklichen Spaghetti auf meinem Teller zu Spiralen auf. »Ich meine, Frodo ist auch weiß.« Ich rege mich gerade unnötig auf und weiß es sogar. Aber ich habe Izzy schon seit drei Stunden nicht gesehen, und das macht mir zu schaffen.

»Das ist was anderes«, sagt Frodo und verpasst mir einen Stoß gegen die Schulter, so dass mir die Gabel aus der Hand fällt. »Ich bin Kubaner.«

Ich hebe abwehrend die Hände und zucke mit den Achseln.

»Tut dir White Boy etwa leid, T?«, fragt Marcus in todernstem Ton.

»Darum geht's nicht«, sage ich und verschränke die Arme. »Aber ich kapiere nicht, warum du deine Zeit mit ihm verschwendest.« Als ich zu Marcus hinsehe, ist sein Kiefer angespannt. »Ich meine, wahrscheinlich sah er aus wie einer aus der Irrenanstalt, weil er irre ist. Das ist doch, als würde man Streit mit einem Schwachsinnigen anfangen.« Das stimmt nicht. Ich glaube nicht, dass Hull verrückt ist, Messer hin oder her, und definitiv ist er nicht dumm. Aber meine Bemerkung ringt Marcus immerhin ein zögerlich schnaubendes Lachen ab, in das die anderen einfallen. Bombe entschärft, denke ich. Dann können wir ja jetzt über die Sneaker reden, die Frodo auf eBay vertickt oder über irgendein anderes blödes Thema des Tages. Aber stattdessen mustert Marcus mich so eingehend.

»Hey, T, was ist denn mit der Schwester von diesem Kerl? Hast du nicht gesagt, dass du sie gestern getroffen hast?«

Ich hätte Izzy Marcus gegenüber einfach überhaupt nicht erwähnen sollen, aber was passiert ist, ist passiert. Ich nehme einen Riesenbissen von dem Knoblauchbrot, als sei das keine große Sache, obwohl es sofort zu einem mich fast erstickenden Klumpen wird, der mich nur mit Mühe sprechen lässt. »Yeah, hab sie zufällig in unserem Block gesehen.«

»Und?«

»Und was?«

»Wie ist sie?«

»Keine Ahnung. Sie wirkte ... nett. Kein arroganter Arsch wie Hull, wenn du das meinst. Ich weiß nicht mal, ob sie überhaupt Schach spielt.«

»Is sie heute in der Schule?«, fragt Tyrone. »Oder hat Marcus schon die ganze Familie aus Brooklyn vertrieben?«

Ich bin fest entschlossen, diese Frage nicht zu beantworten, und konzentriere mich darauf, das Brot runterzuschlucken. Aber am Tisch herrscht Schweigen, und als ich hochgucke, starren alle mich an. »Was?«, sage ich. »Woher soll ich das wissen?« Ich sehe einen Muskel in Marcus Wange zucken.

»Weißt du«, sagt er, »vielleicht hast du recht. Vielleicht gehe ich diese Sache mit Mr Strategy total falsch an. Es geht immer um das große Ganze, was, Schachmeister T? Das hätte ich inzwischen vom Zuschauen bei deinen Spielen schon lernen können. Also vielleicht sollte ich mich auf seine Schwester konzentrieren.«

Kalter Schweiß und Spaghetti, die mir fast wieder hochkommen. »Ah, *come on*, Alter. Sie hat dir doch überhaupt nichts getan. Du willst dieses Mädchen schikanieren, weil ihr Bruder ein Arschloch ist?«

»Schikanieren? Hab ich irgendwas von Schikanieren gesagt? Nah. Aber ich glaube nicht, dass es Hull besonders gefallen wird, wenn ich seine Schwester bumse.« Marcus beobachtet mich genau, während er das sagt. Es ist ein Test, glaube ich, so eine Art Loyalitätstest.

»Ah, *damn*«, sagt K-Dawg. »Das ist ja echt brillant.«

»Mach, was du willst, Marcus«, sage ich und mache das Pokerface, das ich auch bei schwierigen Partien aufsetze. »Ich glaube, du spinnst, weil du deine Zeit mit diesem Shit verplemperst. Aber mach doch, was du willst.«

»Was *ich* will?«, sagt Marcus und schenkt mir sein schönstes Krokodilgrinsen. »Ich denke, das sollte auch das sein, was *du* willst, nachdem ich dich gestern davor bewahrt habe, selbst verhaftet zu werden. Du wirst mir bei diesem Mädchen helfen.« Er streckt die Hand über den Tisch, und eine Sekunde lang fürchte ich, dass er mir mein verräterisches Herz rausreißen wird. Aber er streckt mir nur seine Faust hin, damit ich meine dagegen stoße. Und genau das mache ich, wenn auch schwach, weil ich einfach keinen Schimmer habe, was ich sonst machen soll.

Izzy

The Queen

Irgendwo die Neue zu sein, das gehört nicht gerade zu meinen Stärken. Ich glaube, dass Leute, die darin richtig gut sind, eine Kombination aus folgenden Eigenschaften erfüllen:
1. strahlendes Selbstbewusstsein
2. total anpassungsfähig an gesellschaftliche Veränderungen sein
3. leicht bescheuert sein

Bestimmt kennt ihr jemanden, der so ist und wisst instinktiv, dass diese Person sich super als die oder der Neue eignen würde. Ich habe keine dieser Eigenschaften.

Ich sage das nur, um meine eigene Überraschung darüber zu unterstreichen, dass die erste Woche an der neuen Schule relativ glattging. Die Lehrer wirkten okay. Ein bisschen weniger sympathisch und großzügig mit ihrer Zeit als die an meiner alten Schule, ein bisschen verschlossener vielleicht, aber nicht fies. Und viele der Schüler waren nett zu mir, netter, als ich vielleicht selbst zu einer Neuen gewesen wäre. Ich fand sogar schon am ersten Tag eine Freundin, auch wenn das ein bisschen gemogelt ist, denn wir waren uns vorher schon ein paarmal begegnet. Die Bibliothek in Brooklyn bot Gratisstunden für Ausdruckstanz an, zu denen meine Mutter mich ein paarmal geschleift hatte. Brianna war dort eine der engagiertesten Teilnehmerinnen gewesen. Sie erkannte mich im Sozialkundekurs auch sofort. Ich brauchte eine Sekunde länger, um sie einzuordnen, doch dann fiel es mir ein: Brianna, wie sie im großen Saal im Untergeschoss der Bibliothek in Tanktop und Laufhose zur dröhnenden Live-Percussion eines fröhlichen Europäers namens Vincent wie eine Schildkröte kroch oder wie ein Hirsch herumsprang.

»Deine Mom war so toll!«, sagte sie. »Wie gut sie mit diesen Tüchern herumwedeln konnte!« Als ich daraufhin das Gesicht verzog, musste sie lachen. Seltsamerweise gab es ein paar Ähnlichkeiten zwischen Brianna und meiner Mom. Sie trugen beide wilde Farbkombinationen und lange, merkwürdige Röcke. Beide hatten die Angewohnheit, ihre Augen zu schließen, wenn sie richtig scharf nachdachten. Und beide redeten dauernd von Mondzeichen und Mystik. Brianna war sich ziemlich sicher, eine Hexe zu sein, wollte aber »noch ein bisschen darüber nachdenken« und hatte es ihren katholischen Eltern gegenüber noch nicht erwähnt. Sie hatte in Fächern wie Englisch und Geschichte zu kämpfen, gehörte aber in Mathe und Naturwissenschaften zu den Besten. Ich zog sie damit auf, dass das daran läge, dass sie so viel Zeit mit komplizierten astrologischen

Tabellen verbrachte. Nickend meinte sie, da hätte ich wahrscheinlich recht. Sie kam mir vor wie ein uneheliches Hippie-Kind mit einer untergemischten Portion *Brooklyn tough Girl*. Manchmal machte mich der Gedanke traurig, wie sehr meine Mom es lieben würde, so eine Tochter zu haben.

Aber meistens genoss ich es einfach, Briannas Schrulligkeit, ihre Begeisterungsfähigkeit und ihre Verrücktheiten mitzuerleben. Sie war so anders als ich, und besonders in dieser ersten Woche war sie eine gute Ablenkung von einigen anderen Themen in meinem Leben, die auf der Sonnenscheinskala nicht gerade weit oben rangierten.

Vor allem: Hull. Am Tag nach meiner Rückkehr aus dem Camp hatte ich unbedingt seine Version der Geschichte erfahren wollen. Als ich am nächsten Morgen aufwachte, konnte ich ihn schon in der Küche mit meinen Eltern streiten hören. Ich schlich die Treppe runter und schnappte immerhin ein paar Gesprächsfetzen auf:

»Glaub bloß nicht, dass du nach der Nummer, die du gestern abgezogen hast, auf magische Weise genau das kriegen wirst, was du willst. So funktioniert die Welt nicht, Hull.«

»Ach, du glaubst wohl, ich hab das, was ich gesagt habe, nicht so gemeint?«

»Das will Dad damit nicht sagen, Hull. Natürlich werden wir dir so lange wie nötig helfen. Aber mich wundert, wie wenig Reue du zeigst. Du scheinst nicht bereit –«

Mom schwieg plötzlich, weil ich aus Versehen auf ein besonders knarziges Dielenbrett getreten war. Die Landkarte der Seufzer und Stöhngeräusche des neuen Hauses kannte ich noch nicht so gut.

»Izzy?«, rief sie.

Lässig kam ich in die Küche geschlendert, überhaupt nicht wie jemand, der sie gerade belauscht hatte. »Hey«, sagte ich. Hull hatte einen fetten blauen Fleck im Gesicht und sah älter aus als bei meiner Abreise ins Camp. Ich ging zu ihm und küsste ihn auf die Wange. »Hab dich vermisst, während ich weg war.« Manchmal müssen Geschwister einander angesichts von höheren Mächten, besonders, aber nicht nur elterlichen Mächten, unterstützen. Da spielte es auch keine Rolle, dass ich nicht alle Einzelheiten kannte.

Mein Vater seufzte. »Ich werde mal Bagels holen gehen«, sagte er. Das ist seine typische Umschreibung von *Ich will jetzt keinen von euch sehen.*

»Ich hab keinen Hunger«, sagte Hull. »Kann ich in mein Zimmer gehen?«

Mein Vater machte sich nicht mal die Mühe, darauf zu antworten. Schließlich sagte meine Mutter: »Dann geh«, und Hull stieg die Treppe rauf, ohne einen von uns noch mal anzusehen. Dad zog sich geräuschvoll die Schuhe an und verschwand durch die Haustür. Als die beiden endgültig aus dem Zimmer waren, bat ich Mom, mir zu erklären, was los war.

»Ach, Izzy«, sagte sie und wischte die Küchentheke mit einem Lappen ab. »Es ist kompliziert.« Dann kam sie zu mir, legte die Arme um mich und lehnte ihren Kopf an meinen.

Mom ist der Umarm-Typ, ich nicht. Aber diesmal ließ ich es über mich ergehen, weil sie so traurig wirkte. »Die Polizei behauptet, dein Bruder habe Leute mit Granpas Jagdmesser bedroht. Und er hat ein paar ziemlich seltsame Sachen gesagt, seit wir ihn bei der Polizeiwache abgeholt haben. Dass er sich was antun will und solches Zeug.«

»Was?« Ich machte mich aus ihren Armen los. »Was genau hat er gesagt?«

Sie hielt immer noch den Lappen in der Hand, und während sie nach den richtigen Worten suchte, verdrehte sie ihn so heftig, dass ihre Hände ganz fleckig aussahen.

»Er hat gesagt …« Sie zögerte, und ich fragte mich, ob es ihr so schwerfiel, die Worte auszusprechen, oder ob sie nach einer Version suchte, die mich am wenigsten aufregen würde. »Er hat so was gesagt wie ›Für euch wäre es doch bequem, wenn ich verschwinden würde. Also vielleicht beseitige ich mich selbst und bringe damit euer Leben für euch in Ordnung.‹«

»Ist das dein Ernst?«

»Und dann noch, dass das quasi sein Hochzeitsgeschenk an uns wäre. Du weißt ja, wie er sein kann.«

»Moment.« Sie zerrte noch immer an dem Lappen herum, und ich kämpfte gegen das Bedürfnis an, ihn ihr aus den Händen zu reißen. »Hull hat also gedroht, sich umzubringen, und Dad spaziert los, um Bagels zu kaufen? Wollt ihr beiden nicht vielleicht irgendwas dagegen tun?«

Mom zerfloss quasi auf ihrem Küchenhocker und rieb sich die Schläfen. Dazu machte sie diese geräuschvolle Zwerchfellatmung, wie immer, wenn sie versuchte, Ruhe zu bewahren. »Und was würdest du vorschlagen, was wir tun sollen, Izzy?«

»Äh, keine Ahnung. Ihn in eine Klinik bringen?«

»Wir haben schon ein paar Optionen recherchiert, aber Labor Day ist nicht gerade der optimale Tag, um jemanden in einer Klinik unterzubringen. Morgen versuchen wir, ihn in einem Programm für Jugendliche an der Uniklinik Columbia einzuquartieren.«

»Toll.« Ich weiß nicht, warum ich in dem Moment so wütend war. Das war nicht fair, und ich hatte ja auch keine bessere Idee. Aber ich glaubte damals eben immer noch, dass die Liebe unserer Eltern so grenzenlos wäre, dass sie uns vor allem schützen könnte: vor der Welt, vor uns selbst. Bislang hatte das im Großen und Ganzen ja auch gestimmt. Diese Illusion würde sehr bald zersplittern, aber wie bei so vielen Brüchen schmerzten die ersten Risse am schlimmsten.

Meine Mutter richtete sich gerade auf und sah mich scharf an. »Dein Bruder war in letzter Zeit sehr … schwierig. Du warst nicht hier und musstest nicht jeden Tag damit umgehen, Izzy.«

Das ist doch völliger Irrsinn, dachte ich, während ich die Treppe hinauf und zu Hulls Zimmer stapfte. Ich hämmerte an seine Tür, legte das Ohr daran, konnte nichts hören und geriet prompt in Panik.

»Hull! Ich werde diese Tür eintreten, wenn du sie nicht sofort aufmachst!«, schrie ich mit ungefähr vierundachtzigmal mehr Entschlossenheit, als ich tatsächlich besaß. »Ich habe letzten Monat eine Menge Wanderungen gemacht! Meine Beine sind super stark.«

Einen Atemzug lang herrschte Stille. Zwei Atemzüge lang. Drei. Dann hörte ich, wie auf der anderen Seite der Schlüssel umgedreht wurde. Ich öffnete die Tür. Das Zimmer war immer noch chaotisch und sah praktisch genauso aus wie an dem Tag, als ich ins Sommercamp gefahren war. Nur dass jetzt noch mehr Bücher und Klamotten verstreut herumlagen. Hull saß auf dem Boden und hatte die Knie zu sich herangezogen. Er sah mager aus.

»Was ist los, Hull?«, fragte ich barsch. »Das ist doch verrückt.«

Er sah mich an und zog eine Augenbraue hoch. »Nein. Ich bin verrückt.«

»Bist du gestern wirklich in eine Schlägerei geraten?«

»Yep.«

»Mit wem?«

»Nur ... mit Kretins. Mit den Taugenichtsen dieses illustren Bezirks.«

»Und du findest es total in Ordnung, dass Mom und Dad dich morgen in die Klapsmühle karren? Anstatt in die Schule zu gehen?«

»Ich werde morgen ohnehin nicht in diese Schule gehen«, sagte Hull langsam, aber entschieden. »So viel steht schon mal fest.«

Frustriert marschierte ich auf und ab. »Was ist mit deinen Noten? Mit allem, wofür du gearbeitet hast?«

Er zuckte mit den Achseln. Ich konnte nicht ganz begreifen, was hier passierte. Entweder war mein Bruder psychisch krank oder er spielte irgendein Spiel. Und so wütend die Reaktion meines Vaters mich auch gemacht hatte – es war nicht komplett auszuschließen, dass Hull meine Eltern manipulierte. Aber es war, als würde ich ihn mit seinem blauen Augen nicht mehr richtig kennen.

Ich kann es euch nicht verübeln, wenn ihr Hull nicht besonders sympathisch findet. In der Geschichte, die ich hier erzähle, ist er der Unruhestifter. Deshalb müsst ihr mir einfach glauben, dass der in der Geschichte meines Lebens mehr war als das. Er war auch der Spaßstifter, wenn wegen Schneesturm die Schule ausfiel und wir Wettkämpfe mit sich ständig ändernden Regeln austrugen. Er war Loyalitätsstifter, wenn ich mit unseren Eltern stritt, denn ihm fiel immer das perfekte Argument ein, um mich zu unterstützen. Er war auch Geborgenheitsstifter, wenn ich an dem schwindenden, aber immer noch greifbaren Band des Zwilling-Seins zupfte, das sich zwischen uns spannte. Dann konnte ich spüren, dass am anderen Ende dieses Bands noch jemand war. Selbst jetzt, während ich das hier schreibe, kann ich unser Zwillingswort flüstern und seine körperliche Nähe fühlen. Etwas, das ich nie mit jemand anderem erlebt habe.

»Bork«, sagte ich an jenem Tag, aber er antwortete mir nicht. Stattdessen rollte er sich auf dem Boden klein zusammen und schlief ein. Ich nahm mir ein Buch von einem der Stapel. Memoiren von Henry Kissinger. So verbrachte ich den letzten Tag der Sommerferien auf dem Fußboden seines Zimmers sitzend, wo ich stumm und stur Wache hielt.

~ ~ ~

Schlimm genug, wenn Hull damals mein einziges Problem gewesen wäre, aber da gab es noch etwas oder besser: noch jemand, der ständig meine Gedanken für sich beanspruchte. Ich hatte mir ja schon an dem Abend, als wir uns kennenlernten, gesagt, dass ich nicht an ihn denken und die Möglichkeit, dass das mit uns beiden etwas werden könnte, gar nicht in Erwägung ziehen sollte. Ich weiß noch, was ich weiter vorn über Liebe auf den ersten Blick geschrieben habe. Trotzdem war ich einfach eine Sechzehnjährige, die sich hoffnungslos verknallt hatte.

Als ich an dem Abend, nachdem ich Tristan zum ersten Mal gesehen hatte, endlich eingeschlafen war, träumte ich einen extremst peinlichen erotischen Traum: von einer sonnenbeschienenen Waldlichtung, wo die Sonne unsere nackte Haut wärmte und das Gras fast wie ein Trampolin federte, als wir uns auf den Boden fallen ließen. Das volle Programm sozusagen. Ich wachte mit glühendem Gesicht auf und schämte mich aus zwei Gründen: 1. weil ich mich so zwanghaft mit jemandem beschäftigte, der mir nur ein klein wenig Aufmerksamkeit geschenkt hatte, und 2. weil meinem schlafenden Hirn nichts Besseres eingefallen war als ein romantisches Klischee. Trotzdem lag ich lange zwischen den verdrehten Laken wach und bemühte mich, um einen neuentdeckten Knoten der Sehnsucht herum zu atmen. Der befand sich direkt unter meinen Rippen und war so festgezurrt, dass es fast weh tat.

Und dann der erste Schultag, als ich ihn in unserer Klassenzimmerstunde entdeckte und er mir zulächelte. Dabei hatte er mich so offen und freudig angesehen, dass mir das Blut die ganze Stunde über noch durch meinen liebestrunkenen Schädel gedonnert war. Aus dem Augenwinkel hatte ich ihn beobachtet, und als er sich im Literaturkurs meldete und etwas sagte, führte mein Herz einen Stepptanz auf. Er hatte also nicht nur ein hübsches Gesicht, sondern ich hatte jetzt den Beweis dafür, dass er auch noch schlau war. Der Knoten zog sich noch fester.

Vor dem Kursraum wartete er auf mich. Er hätte auch gehen können, aber er wartete dort und wies mich auf einen weiteren gemeinsamen Kurs hin und duftete nach Pfefferminzseife. Ich hätte fast den Arm ausgestreckt und seine Hand gedrückt, weil sich das einfach richtig anfühlte. Und ich schätze, ich hoffte … ja, was genau hoffte ich? Irgendwas Einfaches, denke ich, als könnte man eine Liebesgeschichte so einfach beginnen, wie man in ein frisches Shirt schlüpft.

Dämlich. Denn noch am selben Tag bereitete Brianna diesen Tagträumen unabsichtlich ein jähes Ende. Es fing in Trigonometrie an, keine vier Schulstunden nachdem sie und ich draufgekommen waren, dass wir einander kannten. Wir sollten immer zu zweit ein Übungsblatt kontrollieren, aber das war so einfach, dass uns danach noch reichlich Zeit blieb, in der wir uns flüsternd unterhielten. Brianna erzählte mir von ihrem Bruder, davon, wie sie ihn hasste und sich gleichzeitig dauernd Sorgen um ihn machte. »Ich meine, er wurde vor zwei Tagen verhaftet, und ich hab was echt Großes getan, um ihm zu helfen. Aber er scheint irgendwie das Risiko, das ich eingegangen bin, gar nicht zu –«

»Leute!«, rief Mr Mashariki von seinem Pult vorne im Klassenzimmer. »Weniger Getuschel, mehr Mathe.«

Ich wurde rot. Normalerweise wäre es mir peinlich gewesen, von einem Lehrer gleich am ersten Schultag ermahnt zu werden (das war nicht mein Style), aber in dem Moment lenkte mich dieser Zufall ab, der einfach zu groß war, um noch Zufall zu sein. Dann klingelte es.

Brianna und ich wussten schon, dass wir auch die nächste Schulstunde zusammen hatten, und schwammen gemeinsam durch die Menge, die jetzt, am Ende des Schultags, schon mehr rempelte. Brianna zog mich in ihrem Kielwasser in Richtung Physikraum hinter sich her. Ich wollte mehr über ihren Bruder erfahren und vor allem über seine Verhaftung, aber bevor ich eine intelligente Frage formulieren konnte, sah ich Tristan von der entgegengesetzten Seite auf die Tür zusteuern. Unsere Blicke trafen sich wieder, aber diesmal ohne Vogelgezwitscher und Schmetterlinge. Er bedachte mich mit einem halben Lächeln, senkte dann den Kopf und verschwand im Kursraum. Ohne ein Wort. Das fühlte sich an wie eine Ohrfeige aus heiterem Himmel.

Wie viel konnte Brianna aus dieser Szene herauslesen? Die Frage war unmöglich zu beantworten. Sie sagte nur: »Kennst du T?«

»Bin ihm vor ein paar Tagen zum ersten Mal begegnet. Da kam er mir irgendwie, ich weiß auch nicht, netter vor.«

»Nett. Yeah, kann sein. Aber ein seltsamer Typ.« Die Leute um uns herum verliefen sich langsam. Sie fasste mich am Ellbogen und beugte sich verschwörerisch zu mir. »Er ist ein super Schachgenie, weißt du. Und er hat diesen Jungen am Sonntag so übel besiegt, dass der komplett durchgedreht ist und ein Messer gezogen hat. Da sind natürlich alle ausgerastet. Deshalb ist mein Bruder auch im Knast gelandet.« Brianna schüttelte den Kopf und zuckte dann mit den Schultern. »Und all das wegen dem stillen, nerdigen Little T. Das würde man ihm doch nicht zutrauen, wenn man ihn so sieht, oder?«

Ich ließ mich auf einen Platz ziemlich weit hinten im Klassenzimmer sinken. Der Lehrer, Mr Hawkins, war albern und witzig, und er hätte eigentlich mein Lieblingslehrer des ganzen Tags sein müssen, aber ich befand mich ja kaum auf derselben Existenzebene. Mir mochten ein paar Details fehlen, aber die entscheidenden Dinge hatte ich jetzt zusammen. Ein Schach spielender Junge, der ein Messer zog und eine Szene machte? Es war nicht schwer zu erraten, wer das gewesen war, nachdem mich gemeinsame DNA mit ihm verband. Und Tristan war in die Story verwickelt. Und Briannas Bruder. Tristan saß jetzt ein paar Reihen vor mir, und ich verbrachte den Großteil der Stunde damit, seinen Hinterkopf zu betrachten und mich zu fragen, wie um alles in der Welt der – im wahrsten Sinne des Wortes – Junge meiner Träume dazu gekommen war, mit meinem

Zwillingsbruder eine Schachpartie auf Leben und Tod zu spielen.

Ich könnte jetzt behaupten, ihn nach dieser Stunde gemieden und mich durch Französisch gebüffelt zu haben, aber wozu? Mein Herz und mein Stolz waren ramponiert, und ich zu enttäuscht, um Verben zu konjugieren. Selbst wenn ihr nichts an dieser langen, verrückten Geschichte nachempfinden könnt, möchte ich doch wetten, dass ihr wisst, wie sich das anfühlt.

~ ~ ~

Das war also mein neues Leben. Ich musste die erste Woche an der neuen Schule alleine hinkriegen. Ich musste versuchen, Freunde zu finden. Und ich musste mich zwanghaft mit dem einzigen Menschen beschäftigen, nach dessen Aufmerksamkeit ich mich sehnte, der aber anscheinend, noch bevor ich ihn auch nur kennengelernt hatte, ein Feind meiner Familie geworden war. Obwohl Brianna ja einige Kurse mit mir zusammen hatte, fühlte ich mich einsam. Nie zuvor war ich ohne Hull zur Schule gegangen.

Mom fing an, ihn täglich zur Therapie zu fahren, und wenn sie abends zurückkamen, sahen die beiden total geschafft aus. Dad ging wie gewohnt zur Arbeit, da sein neues Semester einige Wochen zuvor begonnen hatte. Wenn er abends heimkehrte, wirkte er total abgelenkt und irgendwie sauer. Ich saß meine Unterrichtsstunden ab, dachte abwechselnd an Hull und Tristan. Und wenn ich nach Hause kam, konnte ich meinem Zwillingsbruder nicht in die Augen schauen, weil ich mich fragte, wen genau er gemeint hatte, als er von *Kretins* gesprochen hatte.

Meine Eltern gehörten immer zu den Lasst-uns-zusammen-als-Familie-zu-Abend-essen-Leuten. Und diese Neigung war nie härter auszuhalten als in jener Woche. Wir wirkten so angestrengt und ausgesucht höflich wie eine unglückliche Familie viktorianischer Briten. Anfangs versuchte Dad noch, Hull und Mom jeden Tag über das Therapieprogramm auszufragen, aber Hull ließ ihn komplett abblitzen, während meine Mutter immer nur sagte: »Es ist ein langer Prozess.« Ich wagte einen oder zwei Ausbruchsversuche, indem ich amüsante Geschichten über irgendwas erzählte, das ich von Brianna gehört hatte. Doch meine Eltern wirkten abwesend und lächelten immer erst im Nachhinein.

Ich glaube an Ärzte. Ich glaubte auch an diejenigen, die täglich versuchten, Hull zu helfen. Aber damals wünschte ich mir mehr als alles andere, einer dieser Menschen zu sein, die kraft ihres Charismas und ihres Optimismus Dinge in Ordnung bringen können. Einmal sah ich Hull über den Tisch hinweg an, und sein Gesicht war so unheimlich leer, dass ich versuchte, ihm wie mit einem Laserstrahl Glück und Mitgefühl zu schicken. Leider passte ich nicht auf, wo mein Arm sich während meiner Laser-Nummer befand, und so schleuderte ich den Löffel aus einer Schüssel mit Tomatensauce, was für schlimme rote Spritzer auf der Tischdecke sorgte. Hull nahm es kaum zur Kenntnis. Mein Vater verzog das Gesicht, sagte aber nichts. Meine Mutter meinte: »Ach, das macht nichts, Izzy.« Und ich bin mir bis heute nicht sicher, was das mit der Tomatensauce war, aber ich war dem Weinen damit näher als in der ganzen restlichen Woche.

Tristan
The Knight

Am Donnerstagabend im Park überlege ich, das Spiel absichtlich zu verlieren. Gegen diesen Jungen habe ich schon mal gespielt und ich könnte ihn mit hinter dem Rücken gefesselten Händen schlagen, aber ich bin sauer auf Marcus. Wegen seines Getues, der versteckten Drohungen und dauernden Kommentaren zu Izzy in den letzten paar Tagen. Und meine einzige Möglichkeit, es ihm heimzuzahlen, ist, ihn ein bisschen Cash verlieren zu lassen, das er schon sicher geglaubt hat. Aber gegen Ende kriege ich Panik, und das Gewinnen passiert wie ein Reflex, eine schlechte Angewohnheit. Ich spiele ein protziges Ende, bei dem ich meine Dame opfere und mein Gegner aufstöhnt, als ihm klarwird, dass es vorbei ist. Marcus triumphiert, und es ist sogar noch schlimmer, als wenn ich ehrlich gespielt und schnell gewonnen hätte. Ich kann echt nichts richtig machen.

Richtig wäre gewesen, Marcus zu sagen, was ich für Izzy empfinde, als ich gestern merkte, wie er sie auf dem Flur von oben bis unten anglotzte. Ich weiß, dass das nicht so viel anders war als die Art und Weise, wie ich sie bei jeder sich mir bietenden Gelegenheit ansehe. Aber ich fand es trotzdem schrecklich.

»Das ist sie also? Gar nicht so übel, T«, sagte er zu mir, als er mich aus dem Augenwinkel neben sich bemerkte, den Blick aber nicht von Izzy abwandte. »Bisschen langweilig, aber mit einem netten Arsch.«

Warum habe ich da nichts gesagt? Klar, aus Feigheit, aber auch aus einem anderen Grund: Es besteht einfach keine Chance, dass Izzy mich so sehr will wie ich sie. Tatsächlich zeigt Izzy mir gegenüber inzwischen alle Anzeichen von Verachtung. Das konnte ich schon am ersten Schultag in ihrem Gesicht sehen. Es wirkte, als hätte sie es zwischen Literatur und Physik ausgetauscht. Mein Bauch merkte es noch vor meinem Verstand. Sie musste hinter die Sache mit Hull gekommen sein. Mit ihrem Zwillingsbruder! Natürlich war es so, denn ihre offensichtliche Intelligenz ist eine der Eigenschaften, für die ich mich für sie vor einem heranrasenden Lkw legen würde.

»Gegen Ende warst du ziemlich böse«, sagt Marcus, als wir vom Park nach Hause laufen. »Ich weiß, du denkst, ich kann dir nicht folgen, aber wie lange schaue ich dir jetzt schon zu? Zwei Jahre? Wahrscheinlich wäre ich selbst inzwischen ganz gut, nachdem ich den Meister so viele Stunden beobachtet habe.«

Ich zucke mit den Achseln, immer noch wütend darüber, dass ich es nie schaffe, etwas anderes zu tun als genau das, was Marcus von mir will. »Vielleicht solltest du dann einfach selber spielen. Dir den Mittelsmann sparen.«

Marcus wirft mir einen Blick zu, und ich zucke innerlich zusammen, aus Sorge, vielleicht zu angriffslustig gewesen zu sein, und sofort hasse ich mich für diese Befürchtung. Aber er lacht nur. »So weit würde ich nicht gehen, T.«

Wir weichen einer Gruppe von Joggern aus, die uns wie ein Rudel entschlossener Schlittenhunde auf dem Gehweg entgegenkommen. Marcus bleibt stehen und lehnt sich an eine Betonpyramide, die einen Baum vor dem Umfallen schützen soll. Jemand hat eine fröhliche, idyllische Landschaft drauf gemalt: Windmühlen und Häuser, die nichts mit Brooklyn von heute zu tun haben. Ich könnte einen Joint brauchen, um alles ein bisschen lockerer zu sehen, aber Marcus zündet sich eine von diesen Zigarillos mit Fruchtgeschmack an, die ich nicht ausstehen kann. Ich schnaube wie ein Pferd und versuche, so den Blaubeergeruch aus der Nase zu bekommen. *Candy that will kill you*, hat er das Zeug schon mal genannt. Dabei ist die Welt voller Sachen, die einen umbringen.

»Du denkst, ich hab für das Mädchen nicht genug in der Birne«, sagt er.

Ich brauche eine halbe Sekunde, um zu kapieren, dass er von Izzy redet. »Doch, hast du«, sage ich tonlos.

»Ich weiß auch, dass du denkst, mir geht's nur darum, White Boy eins auszuwischen«, sagt Marcus, »und das nervt dich irgendwie. Aber ich sag dir jetzt mal was, T. Vielleicht bin ich gar nicht der Blödmann, für den mich alle halten.«

»Keiner hält dich für einen Blödmann, Marcus.« Mein

Kopf fängt an zu dröhnen, beschleunigt durch den Rauch, und der Schmerz schlägt genau zwischen meinen Augen zu.

Marcus bläst einen perfekten Rauchring, und wir sehen ihm beide nach, wie er aufsteigt und verschwindet. »Vielleicht will ich dieses Mädchen, weil ich es verdiene.«

Marcus haut mir auf die Schulter und versichert mir noch mal, dass ich eine gute Partie gespielt habe. Dann brummt sein Handy, und er taucht in die nächste U-Bahn-Station ab, ohne sich die Mühe zu machen, mir zu erklären, wo er hinwill. Normalerweise hätte ich nichts gegen die Gelegenheit, alleine nach Hause zu laufen, einfach um runterzukommen. Aber heute kann ich kaum aufhören zu grübeln. Ich bin mir nicht sicher, ob ich Marcus glaube, dass sein Interesse an Izzy nichts mit Hull zu tun hat. Aber ihm jetzt zu erzählen, dass ich mich für Izzy interessiere, würde ihm zu verstehen geben, dass ich derjenige bin, der das kluge Mädchen verdient, nicht er.

Die Sache ist die: Marcus ist auch schlau. Nicht auf dieselbe Art wie Izzy, aber er ist schnell im Denken und geistesgegenwärtig. Aber er ist auch der emotionalste Mensch, den ich kenne, was bedeutet, dass er jederzeit irgendwas Bescheuertes, Unüberlegtes tun könnte. Ich habe ihn schon Leute, die ihm was schuldeten, filzen gesehen – und zwar nicht, weil er das Geld brauchte, sondern weil ihn ihr fehlender Respekt gekränkt hat. Oder letzten Sommer, als er eines Abends mit Blut auf dem T-Shirt nach Hause kam. Ich saß auf den Stufen vor seinem Haus und brachte seiner kleinen Schwester Chantal gerade Tic-Tac-Toe bei. Er sagte, wir sollten reingehen und für den Rest des Abends auch nicht mehr rauskommen. Marcus selbst blieb sogar in den Tagen danach in der Wohnung, was selten vorkommt. Aber irgendwann ging er wieder raus und tat, als sei nichts gewesen. Also war er damals entweder übel in die Scheiße geraten, oder er war ein paar Tage lang abergläubisch, was ihm auch sehr ähnlich gesehen hätte. Die Ungewissheit zwischen diesen beiden Möglichkeiten macht mich total fertig.

Auf dem Nachhauseweg komme ich an dem dominikanischen Restaurant mit der gelben Tür vorbei. Dieses Mädchen aus dem Park, Brianna, räumt gerade die Tische draußen ab, aber sie bemerkt mich nicht. In der Schule hatte ich ein paarmal gesehen, wie sie sich mit Izzy unterhielt. Ich schätze, die beiden sind befreundet. Nachdem ich an dem Lokal vorbei bin, drehe ich mich um und beobachte sie, wie ein Spanner, noch ein, zwei Minuten lang aus dem Schatten eines Hauseingangs. Brianna ist klug und hübsch: Warum kann Marcus sich nicht für sie interessieren statt für Izzy? Brianna geht zurück ins Restaurant, und ich trete gegen die Wand des nächstbesten Gebäudes. Aber die rührt sich nicht. Kein bisschen.

~ ~ ~

Am Samstag findet das erste Schachturnier des Schuljahres statt, ein Freundschaftsturnier gegen ein poshes Internat in Manhattan. Also quäle ich mich am Freitagmorgen für das Treffen des Schachclubs extra früh aus dem Bett.

Mr Karapovsky, Coach des Schachclubs an der Highschool, ist einer dieser Typen, dessen Gesicht unter dem Gewicht seiner Haare zu schrumpfen scheint. Grauschwarze Büschel wachsen ihm aus Ohren und Nasenlöchern, und mit jedem Monat scheinen seine kräftigen Augenbrauen ihm die Sicht mehr einzuschränken. Er ist alt, richtig alt, wahrscheinlich die älteste Person, die noch an der Schule arbeitet. Seinen Job als Biolehrer für die Freshmen hat er vor ein paar Jahren aufgegeben, und jetzt kriegt er wahrscheinlich nur noch ein bisschen was bezahlt, um den Schachclub weiter zu betreuen. Er stand schon kurz davor, auch damit aufzuhören, doch dann kam ich.

»Du bekommst nur ein-, vielleicht zweimal in einem Leben einen brillanten Schüler, Triiis-tahn«, hat er schon häufiger zu mir gesagt, während er mir auf den Rücken klopfte und mir seinen Atem ins Gesicht blies, der nach mit Knoblauch eingelegtem Gemüse roch. »Für dich bleibe ich.« Das ist eine Menge Druck. Es gibt mir das Gefühl, wenn ich es nicht bis zum Großmeister schaffe, bevor Mr K stirbt, wird das die größte Enttäuschung seines Lebens sein. Was einiges heißen will, denn ich bin mir ziemlich sicher, dass er seine Frau hasst, in einer schrecklichen Wohnung haust und jeden Tag zu Mittag Sardinen aus der Dose isst.

Ende letzten Jahres schaffte unser Team einen überraschenden zweiten Platz bei der Schachmeisterschaft des Staates New York, und die Einladung zur nationalen Meisterschaft schlugen wir nur aus, weil wir die Reisekasse für dieses Jahr schonen wollten, wenn unsere besten Spieler alle zurückkämen und wir sogar noch besser sein würden. Aber während ich im Park überragend war, blieb ich in der Welt des offiziellen Turnierschachs schon seit einer Weile unter dem Rating von 2300 Punkten. Ich schaffte es einfach nicht, über diese Zahl hinwegzukommen, und ich wusste, dass Mr K das nervös machte.

Im Schachclub läuft es normalerweise so: Wir kommen rein und machen eine kleine Übung mit Mr K. Dann erklärt er das Thema des Tages, zum Beispiel Spieleröffnungen oder die Springer für einen Zangenangriff zu nutzen oder so was. Danach teilen wir uns in Gruppen auf, um uns mit dem Thema zu beschäftigen. Zumindest theoretisch gibt es drei Gruppen, aber in Wirklichkeit sind es vier: Anfänger, mittleres Niveau, Fortgeschrittene und dann noch Anaïs, Pankaj und ich. Wir drei sind so verdammt gut, dass wir praktisch außerhalb der üblichen Kategorien stehen.

Ich will nicht angeben. Es ist einfach eine Tatsache. Außerdem sind wir nicht nur gut, sondern auch Freaks, ein Trio aus Nerds und Außenseitern, und zwar nicht nur in Bezug auf unsere Fähigkeiten im Schach. Deshalb ist auch niemand neidisch auf uns. Pankaj trägt einen schütteren flaumigen Schnurrbart, den er nie rasiert. Und selbst nach Jahren voller Erfolg ist er immer noch so nervös, dass er oft mitten im Spiel und bei laufender Uhr aufs Klo rennen muss. Anaïs ist ein übergewichtiges, leicht reizbares blondes Mädchen, das immer wieder sagt, eigentlich lieber Klarinette zu spielen. Ihr Talent im Schach nutzt sie eigentlich nur, um ihrem leicht gruseligen Dad eine Freude zu machen, der wirklich jedes

Mal mit Blumen für sie bei den Turnieren aufkreuzt. Aber wie auch immer, ich weiß, dass ich auch nicht gerade der King of Cool bin, also versuche ich, nicht über Pankaj oder über Anaïs herzuziehen, die wirklich sehr gut Schach spielen. Oder jedenfalls gut genug, um es das zweite Jahr in Folge in das Ranking auf Landesebene zu schaffen. Aber ich spreche wohl für uns alle, wenn ich sage, dass wir inzwischen schon ziemlich genervt voneinander sind. Mr K zwingt uns nicht, uns mit dem Thema des Tages zu beschäftigen, wenn wir dazu keine Lust haben. Meist verbringt er die meiste Zeit damit, berühmte Spiele zwischen Großmeistern mit uns durchzugehen. Was sonst so im Klassenraum los ist, ignoriert er weitgehend.

Am Freitag sind alle müde und knatschig, weil wir zu diesem frühmorgendlichen Treffen kommen mussten, anstatt wie sonst am Nachmittag. Alle mit Ausnahme von Mr K, der geradezu aufgekratzt wirkt. Das liegt an der Aussicht, das Internat Westcroft zum ersten Mal seit Jahren zu schlagen. Diese teuren Privatschulen nerven ihn, weil sie endlos Geld in ihre Schachteams investieren können. Mr K liebt Underdogs, und Anaïs, Pankaj und ich passen ganz gut in sein Schema.

Anstatt über Großmeister reden wir heute über die stärksten Spieler im Westcroft-Team: Dan Arshevsky, Ronald Santos, Isadora Desmains, Eamon Kennedy. Die Namen kommen mir vom letzten Jahr vage bekannt vor. Ich sollte mich konzentrieren und versuchen, mich an Partien zu erinnern, die ich bereits gegen sie gespielt habe. Stattdessen habe ich die ganze Zeit nur Izzys Gesicht im Kopf. Als es zur ersten

Stunde klingelt und ich dadurch wieder zu mir komme, sieht Pankaj mich besorgt an.

»Wirst du morgen auch so weggetreten sein?«, fragt er, nachdem wir Mr K zum Abschied zugewunken haben, der uns das Versprechen abgenommen hat, für ausreichend Schlaf zu sorgen.

»Pankaj, du könntest diese Idioten schlagen, wenn du halb im Koma liegen würdest«, sage ich, und er lächelt schwach. Dabei stimmt das. Ein Schachspiel zu gewinnen ist leicht. In der Liebe zu gewinnen scheint die größere Herausforderung zu sein. Ich straffe meine Schultern und mache mich auf den Weg zur ersten Stunde.

Izzy
The Queen

Es wurde Freitag, bis ich Tristan wieder sprach. Und auch das nur, weil wir beide in derselben zufällig eingeteilten Gruppe landeten, die über eine Predigt von Jonathan Edwards diskutieren sollte. Mir rutschte das Herz in die Hose, als Mr Berger unsere Namen direkt hintereinander vorlas. Wir setzten uns nebeneinander, nahmen aber nicht richtig Blickkontakt auf. Zu unserer Gruppe gehörten noch ein unglaublich schüchternes Mädchen namens Mireille und Alex, ein hochgewachsener Junge mit dämlichem schiefem Grinsen, der seine Anwesenheit in diesem Kurs auf Collegeniveau dem Optimismus von irgendwem verdankte. Ich hasse Gruppendiskussionen schon unter den besten Bedingungen, und das hier waren bestimmt keine. Deshalb hielt ich den Blick auf mein Heft gerichtet, als stünden darin die Geheimnisse des Universums geschrieben. Alex streckte sich und sortierte seine schlaksigen Extremitäten.

»Dieses alte Zeugs ist dermaßen langweilig«, sagte er,

während er ununterbrochen Autorennen auf seinem Handy spielte. »Die Sommerlektüre war ja wenigstens noch ein bisschen hot. Warum können wir nicht gleich zu den Walfängern, Ehebruch und dem ganzen Scheiß kommen?«

»Wortwahl, Mr Robinson«, sagte Mr Berger an seinem Pult ein paar Schritte entfernt, ohne sich auch nur die Mühe zu machen, von dem Aufsatz, den er gerade korrigierte, aufzusehen. »Und hören Sie auf, Nachrichten zu schreiben, sonst konfisziere ich das Ding.«

»Sorry«, murmelte Alex. Dann senkte er die Stimme und meinte: »Dieser Edwards klingt ja mal nach einem richtigen Scheißkerl.«

Mireille kicherte.

»Ich glaube nicht, dass er mit diesem ganzen Gerede von wegen *über den Feuern der Hölle schweben* besonders brutal sein wollte«, sagte Tristan. »Er findet das bestimmt hilfreich. Damit will er jeden davor bewahren, schreckliche Fehler zu begehen.«

»Yeah, aber es ist der übliche patriarchalische Bullshit«, sagte ich. »Er ist sich so sicher, dass er ein Monopol auf die Wahrheit hat, dass er alle rumkommandiert, anstatt die Leute ihre eigenen Entscheidungen treffen zu lassen.«

»Also, ja, aber nur, wenn du das aus dem Zusammenhang reißt«, sagte Tristan. »Die Leute, die sich das angehört haben, kamen alle in seine Kirche, also waren sie mit seiner Version der Wahrheit einverstanden.«

»Woher weißt du das?«, fragte ich.

»Also …«

»Ich meine, wir wissen doch nicht, was sie sich dachten, während sie in der Kirche saßen und sich die Predigt anhörten.«

»Oooh, jetzt hat sie dich aber drangekriegt, T«, unterbrach Alex uns.

»Vielleicht hatten die Leute einfach nur Angst«, sagte ich. »Weil sie in diesem neuen Land waren und hier nach ihrem Glück suchten. Sie verstanden vielleicht nicht alles, was um sie herum passierte, aber jeden Tag versuchten sie, ihr Bestes zu geben. Und dann kommt dieser Kerl wirklich daher, der seine Überlegenheit betonen will, und er führt sich auf wie … wie …« Mein Gesicht fing an zu glühen. Ich hatte das Gefühl, selbst gleich in ein Höllenfeuer zu tappen.

»Führt sich auf wie ein Arschloch«, half Mireille mir aus.

»Danke, Mireille«, sagte ich. »Er führt sich wie ein Arschloch auf.«

»Wortwahl!«, ging Mr Berger wieder dazwischen und sah mich über den Rand seiner Brille missbilligend an. Ich lehnte mich auf meinem Stuhl zurück, so dass Alex mich zur Hälfte verdeckte.

»Wisst ihr, so einen Mist kann auch nur ein Mann von sich geben«, sagte Mireille. »Die Welt wäre ein so viel besserer Ort, wenn Frauen das Sagen hätten.« Ich hatte Mireille gar nicht als Feministin abgespeichert, war aber froh, dass jemand mich unterstützte.

»Ich meine, wir können lange hier sitzen und uns darüber unterhalten, dass weiße Männer die ganze Neuzeit über an den Hebeln der Macht saßen«, meinte Tristan. »Aber ist es wirklich Edwards Schuld, dass er in seiner Zeit und an jenem Ort gelebt hat?«

»Was ist dann mit Anne Bradstreet?«, fragte ich und sah ihm endlich direkt ins Gesicht. Plötzlich war ich wie von Sinnen vor Wut und hätte ihm am liebsten diesen undurchdringlichen Ausdruck aus dem Gesicht geschüttelt. Ich wollte ihm gegen seinen kaputten Knöchel treten, bis er wieder so weh tat wie in dem Moment, als ich ihn zum ersten Mal gesehen hatte, und damit all die peinlichen Träume auslöschen, die ich nach wie vor von ihm träumte.

»Tja, was soll mit ihr sein?«

»Sie war religiös. Sie war ein *Produkt* derselben Zeit. Aber sie drohte den Leuten nie mit Höllenfeuer. Sie benahm sich nie wie ein Arschloch. Sie konzentrierte sich auf ihre eigenen Erfahrungen, und dafür liebten die Leute sie.«

»Oooh, Treffer versenkt«, sagte Alex. »Wer ist überhaupt Anne Bradstreet?«

»Ich glaube, du verstehst nicht, worum es geht«, sagte Tristan.

»Und ich glaube, du und Jonathan Edwards, ihr seid beide Arschlöcher.« Alex und Mireille lachten jetzt und sahen einander an, als wollten sie sagen: *Das Mädchen spinnt total.* Tristans Mund stand ein Stückchen offen, während er mich anstarrte.

»Leute, was ist denn heute mit euch los?«, seufzte Mr Berger noch, bevor es klingelte. »Na schön, vergesst nicht, zur Vorbereitung auf Montag den Abschnitt über John Smith zu lesen.«

Tristan war pfeilschnell zur Tür hinaus, noch bevor das Klingeln aufhörte. Er kam nicht mal zu Physik am Nachmittag. Blieb einfach verschwunden. Ich ging die ganze Stunde lang die Diskussion im Kopf immer wieder durch. Eine Spur meiner ursprünglichen Empörung konnte ich noch fühlen, aber das alles dominierende Thema war Peinlichkeit.

Niemand muss mir erzählen, es sei bei dem Gespräch nicht wirklich um Jonathan Edwards gegangen. Glaubt mir, ich wusste schon, während es passierte, dass ich mich benahm wie eine Brandstifterin mit einem brennenden Streichholz in der Hand, die gleichzeitig danach giert und sich davor fürchtet, alles in Flammen aufgehen zu sehen. Und das machte es so besonders entsetzlich.

Tristan
The Knight

Manchmal stelle ich mir vor, dass wir, wenn wir sterben, auf dem Weg in was für ein anderes Reich auch immer, gezwungen sind, durch einen Flur zu laufen. Dort hängen riesige gerahmte Gemälde der Augenblicke unseres Lebens, die wir am meisten bedauern. Der Moment in der fünften Klasse, als ich Benji davon erzählte, dass mir Schamhaare gewachsen waren, und dieser Dreckskerl namens Curtis es hörte und einen Spruch reimte, der jahrelang kursierte (der Spruch hängt gerahmt an einem Ehrenplatz). Oder als ich damals unserem Nachbarn in Atlanta versprach, seine Fische zu füttern, während er verreist war; ich vergaß es und zwei davon starben – der Augenblick würde da auch zu finden sein.

Aber ich werde definitiv einen hübschen Rahmen für den Moment reservieren, als ich dachte, es wäre eine gute Idee, mich mit dem Mädchen meiner Träume auf eine angepisste Diskussion einzulassen. Und zwar über etwas so Bescheuertes wie die frühe amerikanische Literatur. Es ist mein großer Fehler, dass ich in jedem einzelnen Augenblick beweisen muss, wie recht ich habe. Und dass ich jedem in einem Raum zeigen muss, wie schlau ich bin. Selbst wenn das Thema so unwichtig ist wie ein heuchlerischer Puritaner, selbst wenn die Person, mit der ich mich streite, weitaus wichtiger ist als ich mit meinem idiotischen Bedürfnis, zu beeindrucken. Auch wenn ich weiß (und natürlich weiß ich es), dass wir in Wirklichkeit über sie und mich und die Entfernung zwischen uns reden. Also an die Wand damit in der Galerie der Peinlichkeiten.

In Wahrheit werde ich das Gefühl nicht los, Izzy wäre vielleicht besser dran, wenn sie mir nie begegnet wäre. Daher habe ich beschlossen, mich im Hintergrund zu halten. Das schaffe ich: Sie aus der Ferne bewundern oder vielleicht sogar für immer aus ihrem Leben verschwinden.

~ ~ ~

Marcus hat natürlich andere Vorstellungen. Als ich mich zum Mittagessen an den Tisch setze, grinsen er und seine Schlägertruppe mich so seltsam an, als hätten sie eben erst aufgehört, über mich zu reden. Frodo hat an den Nasenlöchern eine Kruste von irgendwas, und tief in mir verschließt sich etwas vor Ekel, aber ich nicke trotzdem zur Begrüßung. Heute gibt's Pizza, weil Freitag ist. Versuch, dich darauf zu konzentrieren.

»Hey, T«, sagt Marcus. »Wir haben uns gerade über die Party von R. J. unterhalten.«

R. J.s Partys sind episch und so monumental, dass sich die Legende darum schon über mehrere Epochen erstreckt und durch verschiedene geologische Schichten reicht. Ihre Ursprünge gehen zurück zu der Zeit, als seine älteren Schwestern, damals die beliebtesten Mädchen an unserer Schule, anfingen, Partys zu schmeißen, wenn ihre Eltern alljährlich eine Großmutter in Jamaika besuchten und ihren feierfreudigen Nachwuchs zu Hause ließen. Das ist über zehn Jahre her, aber schon seit ich nach Brooklyn gezogen bin, gibt es *R. J.s Party*. Da er dieses Jahr Senior ist, könnte das die letzte große Sause sein. Keiner wäre so blöd, sich das entgehen zu lassen. R. J. hat auch schon das Thema für dieses Jahr bekanntgegeben: Odyssee im Weltraum, inklusive Dark Room, den er *Final Frontier* nennt und wo mit Sicherheit Dutzende meiner Klassenkameradinnen flachgelegt werden.

»Das wird bestimmt lit«, sagt K-Dawg, wie immer halb in seine eigene Welt abgetaucht.

Ich nicke. »Cool.« Peperoni. Kauen. Nicht an sie denken.

»Also musst du morgen mit mir zu Izzy gehen«, sagt Marcus. »Ihr von der Party erzählen und sie dazu bringen, dass sie mit uns hingeht. Dann übernehme ich.«

Die flüchtige Vorstellung von Marcus und Izzy zusammen im Final Frontier reicht schon, damit mir ganz übel wird. Aber wenn er sich mal an einem Plan festgebissen hat, kann man ihn nicht mehr davon abbringen. Außerdem kann ich mir unmöglich eine Welt vorstellen, in der Mädchen und erst recht ein ganz bestimmtes Mädchen mich Marcus vorziehen würde. Das ist noch nie passiert, und es gibt keinen Anlass zur Hoffnung, dass es mit Izzy anders sein wird. Vor allem nicht nach der Szene heute Vormittag. Also stecke ich in der Klemme. Höchste Zeit, dieses Spiel aufzugeben.

»Marcus, ich glaube, du hast da eine falsche Vorstellung. Izzy ist nicht mit mir befreundet. Sie mag mich noch nicht mal.« Frodo kichert, und ich sehe ihn an, aber er sagt nichts.

»Yeah, aber du kennst sie doch besser als wir alle, stimmt's?«, sagt Marcus und haut mir dabei auf die Schulter. Das Fett der Pizza kleidet meine Mundhöhle aus. Am liebsten würde ich das Zeug komplett wieder auskotzen. Mit Marcus abzuhängen ist vielleicht der beste Diätplan, den man sich vorstellen kann. Jetzt lege ich mein Stück vorsichtig zurück auf den Teller, während er weiterlabert. »Ich denke, dass sie meinen Namen kennt, aber …«

»Na klar kennt sie den«, sagt Tyrone beflissen. Treuer Schoßhund. Marcus wirft ihm nur einen Blick zu, schon kuscht er.

»Wie gesagt, sie wird schon wissen, wer ich bin, aber vielleicht könntest du ein gutes Wort für mich einlegen. Und ich glaube, ich werde ihr morgen früh schon irgendeine Kleinigkeit schicken, nur für alle Fälle. Rosen vielleicht? Glaubst du, sie mag Rosen?«

»Alle Mädchen mögen Rosen«, springt Tyrone ihm bei. »Als ich Roxanne am Valentinstag mal Nelken geschickt habe, da –«

»Ich will wissen, was T denkt«, sagt Marcus und sieht mich eindringlich an.

»Klar. Rosen«, sage ich. Marcus nickt, und alle anderen am

Tisch entspannen sich ein wenig. K-Dawg zeigt uns irgendein dämliches Video von einem Hund, der als Spinne verkleidet ist, aber da fällt mir etwas ein, und ich unterbreche.

»Weißt du, ich habe eine Idee. Im Literaturkurs habe ich sie sagen gehört, dass sie Anne Bradstreet mag.« Verständnislose Blicke von allen. Aber egal. »Ich kann dir helfen, ein Buch mit ihren Gedichten zu finden, das du Izzy statt der Rosen schenken kannst. Das hätte mehr Bedeutung.« Es ist mein Versuch eines klassischen Gabelangriffs, eines Zugs mit zwei unterschiedlichen Zielen. Erstens wird es Marcus davon überzeugen, dass ich versuche, ihm wirklich zu helfen. Und zweitens ist Izzy zu schlau, um nicht zu durchschauen, von wem das Buch wirklich ist. Und obwohl ich noch vor zwei Schulstunden entschlossen war, sie für immer in Ruhe zu lassen, man muss eben mit den Figuren spielen, die man hat. Außerdem gefällt mir die Idee, ihr etwas zu geben, um die Auseinandersetzung von heute Morgen wiedergutzumachen. Es ist riskant und könnte auch nach hinten losgehen, aber es ist das Beste, was mir spontan einfällt.

»Na schön, T«, sagt Marcus und nickt nachdenklich. »Wir machen, was du am besten findest. Das Buch können wir heute Nachmittag auf dem Weg zum Park besorgen. Ich hab ein paar Spiele für dich ausgemacht.«

Es klingelt, und alle packen ihre Sachen zusammen. Frodo beugt sich zu mir, und seine widerliche Nase ist dabei nur eine Haaresbreite von meiner Wange entfernt. »Keine Sorge, Mann. Sich eine als Zweiter vorzunehmen ist auch nicht schlecht.«

Ich hasse mich dafür, dass ich ihm als Antwort auf solchen Dreck nicht ins Gesicht spucke. Die Vorstellung, Izzy gleich in Physik zu sehen, ertrage ich heute nicht. Also beschließe ich, die letzten beiden Stunden zu schwänzen, was ich noch nie getan habe, und obwohl ich später noch mal herkommen muss, um mit Marcus in den Park zu gehen. Als ich durch einen Seitenausgang aus der Schule verschwinde, bete ich zu Anne Bradstreet oder wem auch immer, der mich hört, dass Frodo bei einem schrecklichen Unfall seine Nase aus dem hässlichen Gesicht geschnitten bekommt.

~ ~ ~

Turnierschach ist im Gegensatz zu einer eher zufälligen Partie in einem Park nicht gerade ein Zuschauersport. Man sitzt viel herum, wartet auf die Bekanntgabe der Matchpaarungen, während Siebtklässler durch die Gegend rennen und Pupswitze machen. Die Partien selbst sind meist still, bis auf das schwere Atmen der besorgten künftigen Verlierer und einen gelegentlichen Ausruf, auf den sofort ein tadelnder Blick folgt. Wie deine Mannschaftskollegen sich schlagen, kriegst du kaum mit, bis es vorbei ist, weil du zu beschäftigt mit deinem eigenen Spiel bist.

Patrice hasst es, zu Schachturnieren zu gehen. Das hat sie mir zwar noch nie ins Gesicht gesagt, aber sie findet jeden erdenklichen Grund, um sich davor zu drücken. Ich nehm's ihr nicht übel. Anderen Leuten dabei zuzuschauen, wie sie ein Spiel spielen, das einen selbst nicht interessiert, ist für niemanden ein spannender Zeitvertreib. Trotzdem ist es für mich eine gewisse Befriedigung, wenn sie, die sich sonst so genau an die Regeln hält, irgendeine lahme Ausrede vorbringt. Und so überrascht es mich auch nicht, als ich am Samstagmorgen auf der Küchentheke einen Zettel vorfinde, auf dem steht, sie müsse ein paar der Beete im Grüner-Daumen-Garten um die Ecke winterfest machen. Ich nehme mir einen von den Bran-Muffins, die sie mir hingestellt hat. (Auf der Tupperware-Box klebt ein kleiner Zettel mit der Aufschrift »Bra(i)n Food!« – der mir verrät, dass sie ein schlechtes Gewissen hat, weil sie das Turnier schwänzt.) Dann laufe ich zur U-Bahn.

Wenn man die Westcroft betritt, fühlt sich das nicht unbedingt an, als käme man in eine Highschool, sondern eher, als ginge man in eine Kirche. Das liegt nicht nur an der neogotischen Architektur oder der heiligen Tradition dieser ehemaligen Pfarrschule. Eher überfällt einen so eine Art Schwere, wenn man in das Haus der Genies eintritt. Das Haus reicher Genies. Ich war hier schon mal, also versuche ich, diesmal cool zu bleiben und lässig an den jüngeren Schülern der Sagan vorbeizuschlendern, die mit offenen Mündern die hohen Decken und Buntglasfenster bestaunen. Durch Geld wirst du nicht gut im Schach, sage ich mir. Es macht dich nur reich.

Im Speisesaal treffe ich auf Mr K, der nur zu gern bereit scheint, mir meine Geistesabwesenheit gestern zu verzeihen, wenn ich ihm heute ein paar Siege liefere. Er trägt, was Anaïs und ich seine Glücksjacke nennen: eine Strickweste mit einer Spur mehr Blau als seine alltäglichen grauen Jacken. Pankaj ist auch schon da, außerdem noch ein nervös aussehender Junge namens Arthur, der aufgestellt wurde, um das Viererteam unserer Mannschaft zu vervollständigen. Er schüttelt mir die Hand, als wären wir Schauspieler, die denselben Film drehen, in dem ich allerdings der Star bin. Ich setze mich zu den anderen und ziehe mir gleich die Kopfhörer über die Ohren. Es soll so aussehen, als würde ich Musik hören, dabei will ich mich in Wirklichkeit nur mit niemandem unterhalten. Lieber bin ich allein und schwelge in der Erinnerung an den Moment auf dem Spielplatz, als ich Izzy das erste Mal traf und alles zwischen uns noch neu und perfekt war. Ich versuche sogar während Mr Ks zusammenhangsloser Motivationsrede an diesem Gefühl festzuhalten.

Heute Vormittag spielt jeder von uns zwei Partien. Meine erste Gegnerin ist Isadora Desmains. Na klar: Dorie. Es zeigt, wie abgelenkt ich gestern war, dass ich ihren vollen Namen nicht erkannt habe. Seit fast zwei Jahren habe ich nicht mehr gegen sie gespielt, aber in unserer überschaubaren Szene ist sie berühmt-berüchtigt. Sie trägt Feenflügel und flauschige Enten-Pantoffeln sowie glitzernde fingerlose Handschuhe als Accessoires zu ihrer spießigen Westcroft-Uniform. Gelegentlich bringt sie ihr Haustier, ein Meerschweinchen namens Mike Huckabee, zu einem Turnier mit. Das ist selbstverständlich streng verboten, aber sie hat ihn als Assistenztier registrieren lassen und sogar den Schachverband der Vereinigten Staaten seinetwegen genervt. Zähneknirschend hat man ihr erlaubt, ihn bei den Eltern und den anderen Leuten, die bei Turnieren auf dem Flur warten müssen, zu lassen.

Im Rucksack trägt sie eine Thermoskanne mit in Milch eingeweichten Fruit Pebbles bei sich und schlürft die Cerealien im Laufe des Tages, als wären sie Kaffee. Sie wiegt bestimmt keine fünfzig Kilo, aber gerade wenn es dir so vorkommt, als sitze dir eine Zehnjährige, die aus dem Mund nach Fruit Pebbles riecht, am Tisch gegenüber, fängt sie an, Nietzsche zu zitieren. Kurz gesagt: Dorie ist ein witziger Sonderling, wie sie einem in der Schachwelt hin und wieder begegnet. Sie ist nicht wirklich mein Typ, aber ich kenne eine Menge Nerds, die heftig in sie verknallt sind. So wie Pankaj, der sehnsüchtig zu unserem Tisch blickt, als ich Dories Hand schüttle.

»*Sacrébleu*«, sagt Dorie. »Gegen den großen und mächtigen Tristan. Das Schicksal muss mir feindlich gesonnen sein.« Sie zwinkert mir zu.

»Hey, Dorie«, sage ich. »Wie geht's Mike Huckabee?«

»Er leidet ein wenig unter Skorbut, aber im Moment erholt er sich in meinem Zimmer. Danke der Nachfrage.«

Ein Moderator verkündet den Start der Partien, und wir legen los. Dorie ist sehr gut. Sie spielt kreativ und schreckt nicht davor zurück, Risiken einzugehen oder die Regeln zu beugen, wenn es ihr passt. Trotzdem gerät sie früh mit ihren Türmen in Schwierigkeiten und kann ihren Nachteil nicht mehr aufholen. Ich gewinne ohne viel Mühe, und wir spazieren raus in die Eingangshalle, um uns dort die Zeit zu vertreiben, bis die erste Runde vorbei ist.

»Was ich nicht kapiere«, sagt Dorie, »ist, warum du immer noch nicht für Westcroft spielst. Ippolito *sabbert* schon, so gern würde er dich coachen. Wahrscheinlich würde er

Harakiri begehen, wenn die Kommission sich weigerte, dir ein Stipendium für die Schulgebühren zu geben. Also, woran hängt's?«

Ich zucke mit den Achseln. Dories Vorstellung ist ehrlich gesagt gar nicht so abwegig. Westcroft hat mich am Ende meines Freshmanjahres abzuwerben versucht. Aber damals hatte ich an der Sagan endlich das Gefühl dazuzugehören. In Brooklyn bei Patrice zu leben war noch neu und eine willkommene Abwechslung. So schnell wieder bei ihr aus- und in ein Internat zu ziehen, wäre mir undankbar vorgekommen. Und obwohl Mr K alt und manchmal ein bisschen deprimierend ist, ist er doch ein guter Coach. Ich wollte ihn nicht verraten. Heute kann ich jedoch nicht anders als an das abgelehnte Angebot denken. Ich erlaube mir für einen Moment, mir ein anderes Leben vorzustellen: ein Leben, in dem ich Marcus' Launen nicht mehr ertragen, Patrice keinen Platz in ihrer Wohnung mehr wegnehmen und mit dem Mädchen meiner Träume nicht über alte Prediger streiten müsste.

»Im Ernst«, sagt Dorie und pustet sich eine Strähne ihres pinkfarbenen Ponys aus den Augen. »Du solltest drüber nachdenken.« Sie gibt mir einen Kuss auf die Wange, wobei ihre Lippen von Gloss oder Fruity Pebbles kleben. Dann tänzelt sie zu Musik, die außer ihr niemand hören kann, über den Flur davon.

In der nächsten Runde spiele ich gegen Ronald Santos, den Star der Westcroft-Mannschaft. Er ist tough, und ich denke schon, dass es vielleicht auf ein Remis hinausläuft. Doch am Ende gelingt mir ein Sieg mit einem Schluss, den ich mir aus einer berühmten Partie – Andersson gegen Stean – gemerkt habe. Anaïs, Pankaj und Arthur gewinnen auch alle ihre Spiele. Es ist ein Gemetzel. Mr K sieht so glücklich aus, wie ich ihn noch nie gesehen habe. Eine ganze Hälfte seines Munds ist zu einem Lächeln nach oben verzogen.

BRIANNA

The Rook

Am Samstagnachmittag gehe ich Izzy zu Hause besuchen. Eigentlich sollen wir Physikhausaufgaben machen, aber hauptsächlich will ich ihr die Karten legen. Ich weiß, sie glaubt nicht daran, noch nicht, aber wenn sie erst sieht, auf wie unheimliche Weise ich recht behalte, wird sie ihre Meinung ändern. Außerdem ist ihre Mom eine von diesen coolen Müttern, und ich möchte gerade lieber nicht bei meinen Eltern und Hector sein. Seit dem Zwischenfall im Park sind sie nervös und gereizt, obwohl Hector nicht offiziell angezeigt worden ist. Mai und Pai sind eben altmodisch, und die Möglichkeit, dass die Cops Jungs wie meinen Bruder unfair behandeln könnten, käme ihnen nie in den Sinn.

Izzys Haus ist auf die Art hübsch, dass man gleich sieht, da ist richtig Geld da. Das überrascht mich ein bisschen, weil sie immer so freundlich ist und diese eher langweiligen Klamotten trägt. Jedenfalls bin ich verlegen, während ich warte, dass sie mir öffnet. Als sie mir die Tür aufmacht, spiele ich die Coole und staune im Haus auch nicht laut über jede Kleinigkeit: etwa die wunderschönen Figuren und Vasen und anderes Zeug, das auf Bücherregalen herumsteht, als hätte es jemand dort vergessen, oder das Rack für die Schallplatten, das selbst wie ein Kunstwerk aussieht, oder die Wandteppiche, die ihre Eltern wahrscheinlich aus Ferien an entlegenen Orten mitgebracht haben. Es ist so still, dass ich mir wie in einer Gruft vorkomme, das macht mich ein bisschen weniger eifersüchtig auf den super Fernseher im Wohnzimmer.

»Wo sind denn alle?«, frage ich.

»Äh, mein Dad ist bei der Arbeit, schätze ich«, sagt sie und macht eine spektakuläre Rolle rückwärts auf eine fett gepolsterte Couch. »Und Mom ist mit meinem Bruder zu einem Termin gefahren.«

»Ich wusste noch nicht mal, dass du einen Bruder hast.«

»Habe ich. Einen Zwillingsbruder, um genau zu sein.«

»Boah! Das ist so cool. Dein Sternzeichen ist Zwilling, und du bist auch noch ein echter Zwilling? Das muss ja Glück bringen.«

Izzy schnaubt. »Das bin so ich! Glücklich, glücklich, glücklich.«

»Moment, wenn du einen Zwillingsbruder hast, warum ist der dann nie in der Schule?«

Izzy rollt sich ganz klein zusammen und drückt sich in eine Ecke der Couch. Das sieht aus, als versuche ihr großes Haus, sie zu verschlucken. »Das ist kompliziert«, sagt sie. »Er hat täglich Arzttermine. Deshalb bin ich mir nicht so sicher, wie das weitergehen wird.«

»Ist er krank?«

»Yeah«, sagt sie. »Ich schätze schon.«

Sie will anscheinend nicht darüber reden, also lasse ich mich im Schneidersitz auf dem dicken Teppich nieder und hole einen Satz Tarotkarten aus meiner Tasche. Es sind meine Lieblingskarten, ein alter Rider-Waite-Satz, den Hector mal zu Weihnachten in einem Secondhandladen für mich gefunden hat. Weich und mit abgenutzten Ecken. »Vielleicht geben die Karten dir einen Rat zu deinem Bruder.«

Izzy lässt sich darauf ein, aber dann steht sie auf, um uns ein paar Snacks zu holen, während ich die Karten auf dem Wohnzimmerteppich auslege. Daran kann ich ablesen, dass sie sich nicht besonders intensiv auf die Fragen konzentriert, die sie eigentlich dem Universum stellen soll. Das Ergebnis ist eine chaotische Mischung starker Karten.

»Wow«, sage ich. »Da ist eine Menge los. Wir haben die *Liebenden* neben dem *Rad des Schicksals*, aber auch die *Königin der Schwerter*, die Trauer und Selbstschutz bedeutet. Und den *Gehängten*, was nicht immer so schlimm ist, wie es klingt. Vielleicht repräsentiert das deinen Bruder? Viele Widersprüche wirken hier. Deutlich machtvollere Karten als bei einem typischen Blatt. Also, vielleicht hast du bald einige wichtige Entscheidungen zu treffen. Und hier ist noch der *Ritter der Kelche*, allerdings verkehrt herum, was Leichtsinn oder Betrug bedeuten kann.« Ich bin ganz darin versunken, all das zu sortieren, so dass es mich völlig unvorbereitet trifft, als Izzy mich etwas fragt.

»Hey, Brianna, kennst du einen Marcus?«

Schlagartig bin ich mit meiner Aufmerksamkeit bei ihr. Izzy hat immer noch denselben traurigen, abwesenden Blick, deshalb glaube ich nicht, dass sie mir blöd kommen will. »Ja, vielleicht. Wieso fragst du?«

»Das war total seltsam«, sagt sie. Dann greift sie nach einem Buch, das auf dem Couchtisch liegt und wirft es mir zu. Ich versuche, cool mit der Sache umzugehen, aber als ich seinen Namen auf der Titelseite innen lese, wird mir auf der Stelle so kalt, dass ich fast Gehirnfrost kriege. Das ist er definitiv. Ich erkenne seine Handschrift. *Roses are red, violets are blue. You're so fine that I want to get to know you. Von: Marcus.*

»Woher hast du das?«, frage ich ein bisschen zu scharf, denn sie sieht mich irritiert an, bevor sie antwortet.

»Jemand hat es heute Morgen durch den Briefschlitz geworfen. Aber ich habe mit diesem Marcus noch nie ein Wort geredet.«

»Das ist ja eigenartig«, sage ich.

»Ist er nett?«, fragt Izzy.

»Er ist ...« *Wunderschön. Perfekt. Die Liebe meines Lebens, auch wenn er das noch nicht weiß*, schlägt mein Verstand mir vor, was überhaupt nicht weiterhilft. »Er ist cool. Einer dieser Typen, die jeder kennt. Oder von denen jeder wenigstens schon gehört hat.«

»Aha«, sagt Izzy. Konzentriert runzelt sie die Stirn. Ich

versuche einzuschätzen, was Marcus in ihr gesehen hat, um sich zu dieser Marcus-untypischen Geste hinreißen zu lassen. Sie ist hübsch, aber unauffällig: dünn, mit seidigem Haar, wie weiße Mädchen es haben, und sie riecht gut, irgendwie pudrig und blumig; ich stelle mir vor, dass die gute Fee bei Cinderella so duftet. Aber sind das Eigenschaften, auf die Marcus steht? Das kann ich kaum glauben.

»Marcus hängt viel mit meinem Bruder ab«, sage ich vorsichtig. »Aber ganz ehrlich, ich bin mir nicht sicher, ob er dein Typ ist. Ich, äh, kann ihn dir in der Schule mal zeigen.«

»Aha«, sagt Izzy wieder. »Aber woher weiß er überhaupt, wer ich bin? Vielleicht ist er nur nett zu mir, weil er weiß, dass ich deine Freundin bin.«

Nichts wäre mir lieber als das, aber ich will mir das nicht einreden. »Yeah, vielleicht.«

»Oder vielleicht kommt das gar nicht von ihm.« Sie sieht aus, als wollte sie noch mehr sagen, zögert aber. »Sagen deine Karten irgendwas dazu?« Sie deutet mit dem Kopf auf die ausgelegten Tarotkarten. Das *Lächeln der Sphinx*, die über dem *Rad des Schicksals* thront, sieht plötzlich aus wie Marcus' Grinsen. Ich streiche mit den Händen über die Karten, schiebe sie zusammen und stopfe den Stapel in meine Tasche.

»Die Karten sind gerade verwirrend«, sage ich. »Vielleicht können wir es später noch mal versuchen.«

Eine Weile arbeiten wir halbherzig an den Physikhausaufgaben. Izzy ist gut darin, das kann ich sehen, aber sie wirkt abgelenkt, und das bin ich auch. Es dauert länger als nötig. Schließlich meint sie, dass sie versprochen hat, das Abendessen für ihre Familie zuzubereiten, und jetzt anfangen muss zu kochen. Ich beschließe, die Gelegenheit für meinen Abgang zu nutzen.

»Ich bring dich noch zur Tür«, sagt sie.

Ich trete als Erste nach draußen, deshalb sehe ich sie auch zuerst. Marcus und T stehen auf dem Gehweg vor Izzys Haus. Es sieht aus, als würden sie eher da rumstehen und sich unterhalten und nicht einfach zufällig vorbeigehen. Beide schauen zu mir. Nein, das stimmt nicht: Sie schauen an mir vorbei. Zu Izzy.

»Tristan«, sagt Izzy, die aus dem Haus getreten ist und neben mir stehen bleibt. Ich brauche einen Moment, um zu begreifen, dass sie von T spricht, weil eigentlich niemand seinen richtigen Namen benutzt. Dann erinnere ich mich an den seltsamen Moment vor ein paar Tagen. Das war vor der Physikstunde, und sie starrte ihn auf dem Flur an.

Marcus stößt T gegen die Schulter, und wie eine Marionette, an deren Fäden jemand zieht, sagt T: »Oh, hey, Izzy. Wir sind ... sind vorbeigekommen, um hallo zu sagen.« Sie kommen auf uns zu, und ich rücke näher zu Izzy. Die Eckpunkte eines Vierecks nähern sich einander, die vier Ecken der Erde falten sich zusammen. »Hi, Brianna«, fügt T noch hinzu.

»Hey, Caballito«, sagt Marcus, starrt aber weiterhin Izzy an und wirkt dabei sehr erfreut.

T sieht dagegen genauso verlegen und elend aus, wie ich

mich fühle. »Ähm, Izzy. Ich glaube, du kennst meinen Cousin Marcus noch nicht.«

»Deinen Cousin?«, sagt Izzy.

»Yeah, ich und T, wir sind wie Brüder, weißt du«, sagt Marcus und streckt die Hand aus, um Izzys zu schütteln. »Freut mich, dich kennenzulernen.«

»Hast du mir ein Buch geschenkt?«, fragt Izzy.

Marcus vollführt eine schüchterne Verbeugung. Diese Geste Mädchen gegenüber kenne ich von ihm, seit er neun Jahre alt war. Wie ich feststelle, hat er ihre Hand immer noch nicht wieder losgelassen. »Hey, dann hast du es bekommen? T meinte, es würde dir vielleicht gefallen. Aber wir haben gerade darüber geredet«, fährt er fort, »dass nächstes Wochenende diese Party ist. Du hast vielleicht noch nicht davon gehört, weil du in der Gegend hier ja noch neu bist und alles. Aber diese Party solltest du echt nicht verpassen, Izzy. Die sollte sie nicht verpassen, was, T?«

»Stimmt«, sagt T.

»Was für eine Party denn?«, fragt Izzy und zieht ihre Hand zurück.

»Redet ihr von R.J.s Party?«, frage ich.

»Yeah, siehst du, Brianna weiß, was läuft«, sagt Marcus und lächelt mich an.

»Wir sollten da alle zusammen hingehen«, platzt es aus mir heraus, bevor ich den Gedanken zu Ende gedacht habe. Die Partys bei R.J. sind berüchtigt für Affären, und ich kann mir kaum was Schlimmeres vorstellen, als den ganzen Abend zuzuschauen, wie Marcus Izzy anbaggert, aber vielleicht fällt mir bis zum nächsten Wochenende ja noch etwas ein, um das Ganze auf Eis zu legen.

»Yeah, klar«, sagt Marcus zuckersüß. »Wir können alle zusammen hingehen. Wie findest du das, T?« Marcus hebt die Hände und macht scherzhaft Schattenbox-Bewegungen in seine Richtung. Links-rechts, links-rechts.

»Klar, klingt gut«, sagt T, doch er schaut Izzy an, nicht Marcus. Und sie schaut ihn an. Und da sehe ich das ganze Bild. Ein visuelles Geschenk der Geister. Die Verbindung zwischen ihren Augen ist wie eine Zündschnur, die an beiden Enden brennt. Ihre Körper strahlen Hitze und Licht aus wie zwei Sterne. Diese Hitze ist tatsächlich so intensiv, dass Erleichterung wie ein Heißluftballon in mir hochsteigt. Ich frage mich, wie ich das bisher übersehen konnte. Marcus scheint es noch immer nicht zu sehen.

»Dann ist das abgemacht«, sagt er. »Dann genießt mal weiter euren Samstag, Ladys.« Damit drehen sie sich um und gehen davon. T sieht allerdings aus, als würde er vergehen, weil er den Blickkontakt zu Izzy abbrechen muss.

»Also, das war ja mal seltsam«, sage ich, als sie außer Hörweite sind, auch wenn das offensichtlich die Untertreibung des Jahres ist.

»Ja«, stimmt Izzy mir zu. Sie hatte sich nicht die Mühe gemacht, Schuhe anzuziehen, und steht jetzt nur mit Socken an den Füßen auf den Steinplatten. Der Wind zerzaust ihre Haare, und sie sieht aus wie aus einem anderen Zeitalter. Als würde sie im Bug eines Schiffes segeln.

»Du hast mir gar nicht erzählt, dass du auf T stehst.« Sie

antwortet nicht darauf, aber die Verlegenheit, vielleicht sogar Furcht, steht ihr ins Gesicht geschrieben. »Ist doch okay«, sage ich, lege einen Arm um ihre Taille und drücke sie leicht. »Ich hab da eine Idee.«

Izzy

The Queen

Die Party: Wir segelten auf dem trägen Fluss der Woche darauf zu; spähten durch Fernrohre, versuchten, uns Details auszumalen, und machten Pläne, lange bevor wir dort anlegten. Sollte es einem der anderen – Marcus, Tristan, Brianna – gelungen sein, in der Woche an irgendwas anderes als die Party zu denken, dann waren sie schon mal besser als ich.

Nachdem Marcus uns zu der Party eingeladen hatte und nachdem ich versucht hatte, in Tristans Gesicht die Wahrheit über das Buch mit den Gedichten zu lesen, zog ich Brianna zurück ins Haus und erzählte ihr alles über meinen Bruder und Tristan. Ich schnitt sogar das Thema an, vor dem mir am meisten gegraut hatte: Dass ich vermutete, Hull sei zumindest teilweise für den Zusammenstoß ihres Bruders mit der Polizei verantwortlich. Nachdem sie irgendwas über Schuhe gemurmelt hatte, was ich nicht kapierte, meinte sie, ich soll mir keine Sorgen darüber machen. Tatsächlich kam es mir vor, als sei ihr selbst ein Stein vom Herzen gefallen.

»Jungs in dieser Gegend geraten manchmal in Prügeleien«, sagte sie und winkte ab. »Da ist es am besten, sich rauszuhalten und um seine eigenen Angelegenheiten zu kümmern.« Leichter gesagt als getan, aber ich verstand schon, worauf sie hinauswollte. Hull hatte nicht an mich gedacht, als er zu der Schachpartie ging. Warum sollte ich an ihn denken, wenn ich entschied, mit wem ich befreundet sein wollte?

Was Brianna sonst noch erzählte, das klang ehrlich gesagt komplett verrückt, aber mein Herz wünschte sich, dass es stimmte, als sie meinte, Tristan ginge mir deswegen aus dem Weg, weil er sich nie um irgendwas bemühen würde, was Marcus für sich selbst wollte. Als ob der coolste Typ an unserer Schule verrückt nach mir sein könnte. Aber wenn Tristan auch nur dachte, an dieser abwegigen Vorstellung könne was dran sein, also ... vielleicht war das der Grund, warum er mir nach den ersten glückseligen Begegnungen die kalte Schulter gezeigt hatte. Die bloße Idee verschaffte mir eine Spur Erleichterung und Hoffnung.

»Ich habe einen Plan«, erklärte Brianna. »Es gibt eine Möglichkeit, herauszufinden, ob er auf dich steht. Und du wirst dich nicht damit rumschlagen müssen, dass Marcus dir auf der Party auf die Pelle rückt. Das wird alles gut, meine Liebe. Vertrau mir.«

Während Brianna mir ihren Plan erläuterte, entging mir nicht, dass sie ziemlich eindeutig auf Marcus stand. Aber was soll's? Möglicherweise war es für alle das Beste, wenn jeder bekam, was er oder sie wollte. Ich drehte ihren irren Plan in meinem Kopf hin und her, während ich zu Hause Zwiebeln und Knoblauch hackte. Als die Enchiladas fertig waren und ich Mom und Hull den Weg vor dem Haus raufkommen hörte, hatte ich beschlossen, mich darauf einzulassen.

~ ~ ~

Um die Basis für Briannas Plan zu legen, gab ich meine distanzierte Haltung zu Tristan auf. Am Montag, als ich mich im Literaturkurs hinter ihn setzen wollte, wirkte er verunsichert und verständlicherweise wachsam.

»Ist hier für den Anne-Bradstreet-Fanclub reserviert?«, fragte ich und lächelte, um meine Nervosität zu kaschieren.

Er schwieg zunächst, und ich sah seinem Gesicht an, wie er schnell ein Dutzend mögliche Reaktionen durchging – Rechtfertigung, Distanz, Misstrauen. Aber dann setzte sich dieses süße, echte Lächeln durch, nach dem ich süchtig werden sollte.

»Yep«, sagte er. »Ist es ab sofort.«

Bis heute fällt es mir schwer, zu erklären, was genau an ihm mich dazu brachte, zeitweise den Verstand zu verlieren. Normalerweise kann man ja, sobald man jemanden näher betrachtet, all die kleinen Schwachstellen erkennen. Doch bei Tristan war es umgekehrt. Je mehr Zeit ich mit ihm verbrachte, desto perfekter wurde er. Wie er mich ansah und mir zuhörte, wirklich zuhörte, während ich etwas sagte, anstatt zu überlegen, was er als Nächstes sagen würde. Wie er verlegen mit den Achseln zuckte, als ich ihn fragte, wo er Schach spielen gelernt hatte. Schon damals wusste ich, dass er gut sein musste, um Hull zu schlagen. Die Art und Weise, wie er den Ton einer Unterhaltung so behutsam ändern konnte, dass alles wieder leicht erschien (vorausgesetzt ich suchte nicht gerade Streit mit ihm). Am selben Tag beschwerte ich mich über meine Mutter. Das ist ein einfaches Thema, wenn man die Neue ist. Ich erzählte ihm, dass ich meine fürchterliche Singstimme von ihr geerbt hatte, aber wenigstens wusste, dass sie fürchterlich war. Deshalb sang *ich* auch nicht unter der Dusche so laut und falsch U2-Songs, dass man unten in der Küche befürchten musste, dass die Milch sauer werden würde. Jedes Mal, wenn ich mich darüber beschwerte, bekam Mom diesen entrückten Blick und erzählte, dass Bono bei einem Konzert 1987 eindeutig Blickkontakt mit ihr aufgenommen hatte.

»Sag mir, dass deine Mom so was auch macht«, bat ich. »Sag mir, dass ich damit nicht allein bin.«

»Meine Mom ist tot«, sagte er so schlicht, als hätte er festgestellt, »der Himmel ist blau«.

Mir fiel total dämlich die Kinnlade runter. Am liebsten wäre ich zum Feueralarmkasten an der Wand gerannt und hätte ihn eingeschlagen, nur um fliehen zu können. Aber Tristan meinte: »Ist schon okay. Das ist lange her. Nur ob meine Mom Bono angemacht hätte, da bin ich mir nicht so sicher.«

»Ganz ehrlich, ich kann mir kaum vorstellen, dass das jemand anders außer meiner gestörten Mutter überhaupt probiert.«

»Sei nicht so streng mit deiner Mom. Sie hat dich großgezogen, allein deshalb ist sie für mich in Ordnung.« Dann lächelte er, und unsere Wege trennten sich. Jeder Gedanke an Tristan (den Perfekten!) zog den Knoten meiner Sehnsucht fester und brachte mich dazu, auf dem Weg zu Sozialkunde so fest auf meine Lippe zu beißen, dass sie zu bluten anfing.

Kurz gesagt, ich verliebte mich jeden Tag heftiger in ihn, bemühte mich aber, alles unter Kontrolle zu behalten. Meine wahren Gefühle sollten erst bei der Party zum Vorschein kommen. Inzwischen hatten Brianna und ich einen detaillierten Plan ausgeheckt, der mutig, schwindelerregend kompliziert und ein klein wenig brillant war. Mit jeder Faser meines Körpers wünschte ich mir, dass die Sache funktionierte. Gleichzeitig schwankte ich täglich heftig zwischen optimistischer Zuversicht und verzweifelter Furcht vor dem Scheitern. Ständig war ich kurz davor, die ganze Sache abzublasen.

Was Marcus betraf, der hätte nicht netter zu mir sein können. Wir hatten keinen einzigen Kurs zusammen, doch jedes Mal, wenn ich ihn auf dem Flur traf, unterbrach er, was immer er gerade tat, lächelte, umarmte mich und fragte, wie mein Tag sei. Ich will nicht bestreiten, dass mein Herz schneller schlug, wenn er mich an seine muskulöse Brust presste. Und nicht zu verachten war auch der Triumph, als ich das Getuschel hörte, das um mich herum entstand, nachdem Marcus begonnen hatte, mich mit seiner Aufmerksamkeit zu überschütten. Ich verstand, warum Brianna sich dermaßen in ihn verguckt hatte. Und trotzdem … die Art und Weise, wie er mich ansah, erinnerte mich irgendwie an einige von Moms Kunden, wenn sie ihren Schmuck begutachteten, bevor sie etwas Teures kauften: Sie lobten den Wert der Arbeit und suchten gleichzeitig eifrig nach einem Makel.

Handel dir keinen Ärger ein, ermahnte ich mich selbst. Das sähe mir ähnlich, mich einerseits im Lächeln des coolsten Typen der Schule zu sonnen und andererseits sein Verhalten für den Vorboten von Unheil zu halten. »Meine kleine Pragmatikerin«, pflegte Mom mich zu nennen.

Dieses ganze Planen und Berechnen lenkte mich von etwas ab, das ich ansonsten wahrscheinlich hätte kommen sehen, wenn ich auch nur einen Gedanken daran verschwendet hätte. Am Freitag erzählten meine Eltern mir, dass Hull, nachdem er in der kommenden Woche sein Vollzeit-Therapieprogramm beendet hätte, an unsere alte Highschool zurückkehren durfte, um dort seine letzten beiden Schuljahre zu absolvieren. Eigentlich keine große Überraschung, aber es beunruhigte mich trotzdem. Noch nie war mein Zwilling mir so fern und unerreichbar erschienen. Er erzählte es mir nicht einmal selbst. Während unsere Eltern gemeinsam das Abendessen zubereiteten und ich an der Küchentheke Hausaufgaben machte, war er oben in seinem Zimmer. Und obwohl ich wusste, dass damit Hulls großer Wunsch in Erfüllung ging, kam es mir seltsam vor, als mein Vater mir dasselbe Angebot machte, nämlich an die Hope Springs zurückzukehren. Die Sagan High war groß, laut und manchmal fast überwältigend. Dort liefen ein paar toughe, furchterregende Typen herum, das Essen war schrecklich, und viele der baulichen Einrichtungen sahen aus, als wären sie vierzig Jahre alt, denn genau das waren sie auch. Aber dennoch gefiel es mir dort. Hope Springs war wie ein flauschiger Pulli, mit all dem selbstverantwortlichen Lernen und vertrauten Gesichtern, aber ein Pulli, aus dem ich inzwischen rausgewachsen war. Mein Stundenplan an der Sagan war mit all den AP-Kursen ein richtiges Workout für mich, doch das mochte ich. Und natürlich war da Tristan. Seltsam, wie wenig mir plötzlich etwas bedeutete, das für Hull alles war.

»Nein«, sagte ich. »Mir gefällt es hier.«

»Gott sei Dank«, sagte Dad und hackte aggressiv an einem Brokkolistrunk herum. »Wir könnten uns das sowieso nicht leisten. Aber wir mussten dich zumindest fragen.«

~ ~ ~

Normalerweise brauche ich eine halbe Stunde, um mich fertigzumachen, bevor ich das Haus verlasse. Inklusive Duschen. Das ist für mich irgendwie eine Frage der Ehre. Aber an jenem Samstag, dem Tag der Party, war ich besonders sorgfältig. Ich lieh mir einen schwingenden Rock mit mehreren Lagen Stoff aus dem Kleiderschrank meiner Mom. Er hatte ein Muster in den Farben Fuchsia und Orange, das mir schon immer gut gefiel. Außerdem sah er aus wie etwas, das Brianna anziehen würde. Meine Mom würde ihn nicht vermissen, denn in ihrem Schrank herrschte eine Art explodiertes Chaos, in dem Kleidungsstücke manchmal für zwei oder drei Jahre verschwanden. Dazu zog ich ein enges T-Shirt an, das ich normalerweise nur unter einem Pulli getragen hätte. Das Haar steckte ich mir zu einem Bun hoch.

Dann trug ich mehr Eyeliner auf als sonst und zusätzlich dunkelroten Lippenstift. Normalerweise benutze ich gar keinen Lippenstift, da ich die schlechte Angewohnheit besitze, mir auf die Lippen zu beißen, wenn ich mich in der Schule oder bei den Hausaufgaben konzentriere. Ich musterte mich gerade im Badezimmerspiegel, um sicherzugehen, dass ich genau so aussah, wie mit Brianna besprochen, als Hull, ohne anzuklopfen, reingelatscht kam.

»Äh, hallo? Ich könnte auch nackt hier stehen. Lern endlich mal Manieren.«

Anstatt sich umzudrehen und wieder zu verschwinden, blieb Hull im Türrahmen stehen und sah mich aus schmalen Augen an. »Was hast du denn vor? Du siehst total anders aus.«

»Ich weiß gar nicht, wovon du sprichst.«

»Doch, weißt du. Du siehst aus wie eine billige Flamencotänzerin.«

Ich hatte gedacht, ich sähe hübscher aus – schlimmstenfalls wie eine talentierte Flamencotänzerin. Sein Kommentar schmerzte. Außerdem wirkte die Leidensmiene, mit der er durchs Haus schlich, auch aufgesetzt. Nicht echt, sondern wie eine sorgsam einstudierte Performance.

»Na, du siehst jedenfalls wieder mehr wie du selbst aus. Vor allem nachdem du Mom und Dad so manipuliert hast, dass du kriegst, was du wolltest.«

»Du hast doch keine Ahnung, wovon du –«

»Oh, spar dir das, Hull«, sagte ich und schob mich an ihm vorbei aus dem Bad.

»Das sind nicht deine Freunde«, sagte er. Ich blieb stehen und drehte mich zu ihm um.

»Wer?«

»Wen auch immer du gleich triffst. Die wissen nicht das Geringste über dich. Die suchen nur nach Möglichkeiten, um dich auszunutzen.« Was bewirkte wohl, dass sein Gesicht ganz verzerrt war? Eifersucht? Wut?

»Warum musst du immer von allen das Schlimmste erwarten?«

»Warum musst du immer so naiv sein?«, fragte er und folgte mir auf den Flur. »Die Menschheit hat sich nicht zu kuscheligen Teddybären entwickelt, und das gilt auch für dich, selbst wenn du gern was anderes vortäuschst.«

»Du kannst einem echt leidtun«, sagte ich und schloss die Tür meines Zimmers, als würde ich hinter diese Aussage einen Punkt machen. Dann fing ich an, Sachen in meine Handtasche zu packen, während ich mir vormachte, Hull hätte mich nicht getroffen. Aber ich war verunsichert. Wie gut kannte ich Tristan oder selbst Brianna? Nicht besonders gut. An der Hope Springs kannten wir alle fast schon unser Leben lang. Mich überkam ein Moment akuter Sehnsucht danach, mit Philip ins Kino oder mit den Mädchen meiner alten Pfadfinderinnentruppe Pizza essen zu gehen. Tatsächlich hätte ich mehr Lust auf alles andere gehabt als auf eine Party mit lauter Fremden. *Aber das ist das neue Normal*, dachte ich und besprühte mich mit einem Parfum, das schon seit unserem Umzug auf meiner Kommode einstaubte, *und ich gewöhne mich besser mal daran.*

Wir hatten besprochen, uns um neun Uhr an der Ecke unseres Blocks zu treffen. Ich war so nervös und fürchtete, als Erste dort zu sein und wie ein Loser herumzustehen, dass ich zu lange rumtrödelte. Deshalb standen die anderen drei schon dort und beobachteten mich, wie ich auf Absätzen, die höher waren als alles, was ich sonst trug, zu ihnen joggte. Als ich zum Stehen kam, gab es diesen Moment, in dem ich mir sicher war, sie würden gleich losprusten und mir erklären, das sei nur Spaß gewesen und ich könne gar nicht mitkommen. Kein Platz mehr.

»Du siehst phantastisch aus«, sagte Brianna. *»Muy guapa, mami.«* Daran, wie locker lässig sie sich bewegte, merkte ich, dass sie schon was getrunken hatte. Das hatten wir so nicht geplant, aber ich war trotzdem erleichtert, dass alles wirklich wahr und ich erwünscht war. Als sie mich umarmte und mir ihren Whiskey-Atem ins Gesicht blies, lachte ich laut. Keiner von der Hope Springs hatte so einen Samstagabend. Ich hatte, so unwahrscheinlich das auch sein mochte, eine Clique, und wir würden glücklich und zufrieden leben bis ans Ende unserer Tage. In diesem Moment war ich davon überzeugt.

»Yeah«, sagte Marcus. »Brianna weiß immer, was geht.« Es war schon dunkel, aber seine weißen Zähne strahlten wie von innen beleuchtet. Tristan blickte ein paarmal verstohlen zu mir und ließ dann den Rest eines Joints auf den Gehsteig fallen, wo er sie mit der Spitze seines Sneakers austrat.

»Zeit zu gehen«, sagte er.

Wir hatten zwanzig Minuten zu Fuß vor uns, aber wir

waren kaum losmarschiert, als Brianna in ihrer Handtasche wühlte und zwei harmlos aussehende Limoflaschen rausholte. Eine mit dunkler, eine mit durchsichtiger Flüssigkeit.

»Hier ist Whiskey drin, die habe ich für T und Izzy mitgebracht«, sagte sie und drückte mir die Flasche in die Hand. »Ich weiß, dass du lieber Gin magst, deshalb ist die für dich«, sagte sie zu Marcus und warf ihm die mit der klaren Flüssigkeit zu.

Ich versuchte, Blickkontakt mit Brianna aufzunehmen. Schließlich hatten wir besprochen, nicht zu viel zu trinken, damit uns der Tausch gelingen würde. Aber sie sang jetzt ein spanisches Lied und klapperte den Rhythmus mit den Absätzen ihrer Sandalen. Marcus lächelte sie an und nahm große Schlucke aus der Flasche. Der Abend schien von allgemeiner Trinklaune schon jetzt leicht verschwommen, so dass ich nicht lange zögerte. Ich ließ mich etwas zurückfallen, bis ich neben Tristan ging und schraubte den Deckel von der Flasche. Das Zeug schmeckte nicht nach Whiskey. Eher nach Herbstlaub und gemahlenem Schimmel oder so mit einer Spur heißen Metalls. Ich musste kurz husten und würgen. Dann hielt ich die Flasche Tristan hin.

»Ich trinke nichts«, sagte er, und ich zog die Flasche, leicht verlegen, wieder zurück. Ruckartig wandte Brianna den Kopf nach hinten.

»Komm schon, Wunderknabe. Das ist eine *Party*«, sagte sie.

Tristan zuckte mit den Achseln und sah ein bisschen genervt von ihr aus. Aber er nahm die Flasche und trank einen Schluck daraus.

Das Getränk selbst war langweilig, aber ich fühlte mich, als hätte es mich von innen mit Kohlensäure gefüllt, die jetzt durch meinen ganzen Körper sprudelte. Arme und Beine waren leicht und locker, als könnten sie von mir wegschweben und weit, immer weiter bis in den Himmel schweben. Ich schaute zu Tristan hinüber, der noch einen weiteren Schluck nahm und schon fröhlicher wirkte als noch Augenblicke zuvor. Er sah perfekt aus, strahlend, fast wie von einem Kranz aus Licht umgeben. Da blickte er zu mir, und es war, als würden alle Sprudelbläschen in mir auf einmal platzen. Ein total seltsames Gefühl, wie Kitzeln von innen, und ich konnte gar nicht anders als loslachen. Tristan fing auch an zu lachen. Ich war erst ein paarmal beschwipst gewesen, aber was auch immer Brianna in diesen Drink gemixt hatte, ich konnte nicht genug davon bekommen. Tristan strahlte und lachte – so dass ich beinah auf den ganzen Plan gepfiffen, ihn gepackt und sofort geküsst hätte.

Doch da drehte Marcus sich um und ging rückwärts weiter, damit er uns sehen konnte. »Über was kichert ihr beiden da hinten denn?«, fragte er.

»Nichts«, sagte Tristan, aber aus irgendeinem Grund mussten wir gleich noch heftiger lachen.

»Wie fühlst du dich?«, sagte Brianna, und es klang echte Neugier aus ihrer Stimme. Deshalb dachte ich auch angemessen über diese Frage nach.

»Ich fühle mich«, sagte ich schließlich, »wie ein Welpe mit

Flügeln.« Das brachte dann alle zum Lachen. Ich hakte mich bei Marcus und Tristan unter, als wären wir in *Der Zauberer von Oz*, und hüpfte ein wenig. Wenn ihr versucht hättet, mir in diesem Moment zu sagen, dass wir einander alle nicht wirklich von Herzen mochten, dann hätte ich euch nicht geglaubt. Hulls warnende Worte verwehten im Abendwind (weg damit!). Ich war verliebt und die Welt wunderschön.

»Crazy Girl«, sagte Marcus, aber er lachte auch. Und dieses Gelächter trug uns so schnell und zuverlässig wie ein fliegender Teppich zu der Party.

~ ~ ~

Als wir ankamen, war die Party schon in vollem Gang. Das Haus, relativ klein, in Split-Level-Bauweise und mit pfirsichfarbener Verkleidung, sah ein bisschen heruntergekommen aus, wie die meisten Häuser in dieser Gegend. Aber vielleicht entstand der Eindruck auch nur, weil im Vorgarten bereits leere Bierdosen herumlagen. Jugendliche aus der Schule, von denen ich ein paar vom Sehen erkannte, standen auf der Plattform verteilt, die als Veranda diente. Fast alle begrüßten Marcus, der sie nur mit einem Kopfnicken bedachte, bevor er sich durch die Tür ins Haus schob.

Das Motto war *Weltall,* und jemand hatte die Wohnzimmerwände mit hunderten dieser Glow-in-the-dark-Sterne beklebt. Auf einem Bildschirm lief *Star Wars* ohne Ton. Ein Song, den ich nicht kannte, ließ die Wände vibrieren. Ein paar Schritte links von uns kreischte ein Mädchen so laut auf, dass alle eine Sekunde lang innehielten, aber danach unterhielt sie sich einfach weiter, was alle anderen dann auch taten. Wir bahnten uns als Schlange aus vier Körpern einen Weg durch die Menge. Marcus ging natürlich vorne, dahinter Tristan, der den Arm ausstreckte und meine Hand nahm, als er sah, dass Brianna und ich im Gedränge stecken zu bleiben drohten. Obwohl das nur ein paar Sekunden waren, kam es mir vor, als würde ein Stromkreislauf sich schließen. Sehnsucht und das dringende Bedürfnis danach, dass der Plan funktionierte, durchzuckten mich.

An einer Wand stand ein Klapptisch und darauf eine riesige Schüssel mit violetter Bowle. Die Musik ließ kleine zittrige Wellen über die Oberfläche der Flüssigkeit rollen. Ein gefaltetes Stück Tonpapier klärte über die eher etwas unglückliche Bezeichnung des Getränks auf: »Black Hole Juice.« Das hielt mich aber nicht davon ab, einen Pappbecher davon anzunehmen, den Marcus mir anbot. Briannas Drink hatte göttlich geschmeckt, das Zeug hier erinnerte eher an Kool-Aid-Limopulver mit Traubengeschmack.

Ein drahtiger dunkelhäutiger Junge mit kurzen Braids, die ihm vom ganzen Kopf abstanden, kam zu uns. Marcus und er gaben sich die Hand und stießen mit den Schultern aneinander. Seine Lippen bildeten mehrmals das Wort *willkommen*. Demnach war das also R. J., der Master of Ceremonies hier. Wir besuchten denselben Sozialkundekurs, doch mir war bisher nicht klar, dass er der berüchtigte Partyveranstalter war.

»T und Brianna kennst du ja«, sagte Marcus so laut, dass

ich ihn über den ganzen Partylärm hinweg verstehen konnte. »Und das hier ist mein Date, Isabelle.« Wie seltsam, von jemandem so beansprucht, so in Besitz genommen zu werden, während dieselbe Person dir auch noch einen falschen Namen gibt – und das alles in nur einem Satz. Ich warf verstohlen einen Blick zu Tristan. Der lehnte an der Wand und starrte in seinen Becher. Dabei sah er umwerfend aus.

Ich wandte mich wieder R.J. zu und beugte mich vor. »Cooles Shirt!«, brüllte ich. Er trug ein Neil-deGrasse-Tyson-T-Shirt, vielleicht sogar ein selbstgemachtes, mit einem Bild des Astrophysikers und dem aufgedruckten Zitat »Weltraumforschung ist eine Naturgewalt an sich«.

»NDT ist mein Held!«, rief R.J. Dann änderte sich die Musik, und jemand brüllte seinen Namen, woraufhin er fröhlich weiterzog.

Marcus fasste mich am Ellbogen und zusammen gingen wir, gefolgt von Tristan und Brianna, in Richtung der hell erleuchteten Küche. »Du bist ja echt nett, Izzy«, sagte Marcus und klang dabei überrascht. Als hätte er erwartet, eine Weltklasse-Bitch als Date zu dieser Party eingeladen zu haben.

Die Küche war nicht nur heller, sondern auch weiter weg von dem wummernden Boxen, aber genauso überfüllt wie die restliche Wohnung. Leute drängelten sich um einen Tisch mit Snacks, auf dem stapelweise Tüten mit Cheetos und Fritos lagen, die meisten davon schon aufgerissen. Wir hätten auch was zu essen mitbringen sollen, dachte ich, aber ich war zu abgelenkt gewesen, um an solche Höflichkeiten zu denken. Aber ob mit Chips oder ohne schienen die Leute begeistert davon zu sein, Marcus zu sehen. Zwei seiner Freunde, K-Dawg und Tyrone, die Brianna mir schon in der Schule gezeigt hatte, umarmten Marcus wie einen lange verschollenen Bruder, als wir sie in der Küche trafen.

»Jetzt geht die Party richtig ab«, sagte Tyrone. Er war mager und wirkte wie falsch zusammengesetzt; seine Ohren waren viel zu tief am Kopf. Er grinste zwar ungefähr in meine Richtung, machte sich aber nicht die Mühe, sich vorzustellen.

K-Dawg (der in Wirklichkeit Kevin hieß, wie Brianna mir erzählt hatte, aber schon lange nicht mehr auf diesen Namen hörte, selbst bei Lehrern nicht) hob wie in Zeitlupe eine Bierdose an seinen Mund. Zu seinem Babyface mit hängenden Augenlidern trug er einen großen Afro, was irgendwie an ein Plüschtier erinnerte, vielleicht an einen schläfrigen Löwen. Doch dann hielt seine Hand mitten in der Bewegung inne, kurz vor den Lippen, an denen Krümel klebten. »Moment mal, Moment mal«, sagte er und sah mich unter seinen langen Wimpern hervor an. »Ist das Izzy? Sie sieht ja gar nicht aus wie –«

Weiter kam er allerdings nicht, weil Marcus den Arm ausstreckte, ihm einen Klaps verpasste und sagte: »Yeah, dumbass, das ist Izzy.«

»Schon okay«, sagte ich. »Viele Leute finden es seltsam, dass ich nicht wie mein Bruder aussehe. Wir sind ja schließlich Zwillinge. Aber wir sind zweieiig, deshalb können wir so unterschiedlich aussehen wie ganz normale Geschwister auch.«

Man hat im Leben nicht viele Gelegenheiten, ein Gespräch

mit einem Record-Scratch-Sound zum Stillstand zu bringen, und ich müsste lügen, um zu behaupten, ich hätte das nicht genossen. Das war meine Gelegenheit, um zu sagen: »Hört mal, ich weiß alles über euren Beef mit meinem Bruder. Und ich bin so cool, dass mir das echt sonst wo vorbeigeht.« Dann sah ich ihnen der Reihe nach ins Gesicht. K-Dawg hatte vergessen, seine Bierdose wieder runterzunehmen. Tyrone sah fast wütend aus. Tristan wirkte nervös. Und Marcus ... ich würde fast sagen, er sah mich mit einer gewissen Bewunderung an. So als besäße ich eine Eigenschaft, mit der er nicht gerechnet hatte. Jedenfalls herrschte, obwohl die Party um uns herum ungehindert weiterging, in dieser Ecke der Küche Stille, in der man Grillen hätte zirpen hören.

Dann stieß jedoch ein hübsches Mädchen mit einem leuchtend roten Schal zu uns, das Tyrone aufs Kinn küsste, in die Mitte unserer Runde sprang und dort begann, sich zu dem Drake-Song zu bewegen, der jetzt aus den Boxen dröhnte. Der Damm der aufgeladenen Stille brach, und die Zeit verging wieder normal.

»Leute, seid ihr bekifft?«, sagte das Mädchen. »Oder warum seid ihr alle so still?« Als Nächstes fiel sie quietschend Brianna um den Hals. »Diese Ohrringe sind so schön, dass ich dich dafür schlagen könnte, Bitch.«

Brianna lachte. »Roxanne, das hier ist meine Freundin Izzy!«, rief sie über den Lärm hinweg, der nach wie vor herrschte.

»*Enchantée*«, schrie Roxanne. Falls die Jungs über meinen Auftritt eben sprachen, dann verpasste ich das, weil ich mich mit Brianna und Roxanne unterhielt. Ein Rätsel, was sie an Tyrone fand, denn sie selbst war wirklich ziemlich cool, auf diese Art von Leuten, die gerne auf Bühnen stehen. Tristan begrüßte sie mit Ghettofaust, und dann standen wir vier ein paar Minuten zusammen, redeten über Kinofilme und aßen die Reste aus einer Tüte Chips mit Sour-Cream-und-Onion-Geschmack. Roxanne bestand darauf, dass *Cinderella* der beste Disney-Klassiker wäre. Tristan machte sich für *Die Schöne und das Biest* stark, was auch schon immer mein Favorit war.

»Das Biest ist emotional komplex. Immer auf der Grenze zwischen Aufopferung und Selbstverteidigung«, sagte Tristan, und ich spürte ein kleines Echo des Kribbelns von vorhin.

»Aber wenn du es kompliziert magst, warum dann nicht gleich *Der König der Löwen*?«, fragte Roxanne. »Simba als Hamlet und so.«

»Yeah, aber Hamlet kriegt es im Original mit Ophelia ja nicht gebacken und lebt mit ihr glücklich bis ans Ende ihrer Tage. Den Schluss verkacken beide doch total.«

»Ich würde ja liebend gern eines Tages Hamlet spielen«, sagte Roxanne. »Den ersten schwarzen weiblichen Hamlet.«

Bevor jemand Gelegenheit hatte, darauf einzugehen, drückte Marcus mir schon einen weiteren Becher Bowle in die Hand und fragte, ob wir uns oben umsehen wollten. »R.J. meinte, die Party findet im ganzen Haus statt«, sagte er. »Und er hat gesagt, man müsste sich echt alle Zimmer ansehen, um das Motto richtig zu würdigen.«

»Ja, klar«, sagte Roxanne und rollte mit den Augen. »Das glaube ich sofort, dass es dir ums Motto geht, Marcus.«

Der riskanteste Moment unseres Plans rückte schnell näher, also mussten Brianna und ich wachsam sein. Zu viert schlenderten wir aus der Küche. Auf der Treppe hakte ich mich bei Brianna unter, aber ich fürchtete mich, ihr ins Gesicht zu sehen. Nur für den Fall, dass meine Unsicherheit ansteckend wirkte. So marschierten wir, während unsere Hüften immer wieder zusammenstießen, mit entschlossen geradeaus gerichtetem Blick an R. J.s Zimmer vorbei, wo vor einem Fenster ein Teleskop aufgebaut war. (Die Leute, die im Schneidersitz auf dem Boden hockten und einen Joint herumgehen ließen, beachteten es nicht im Geringsten.) An der Tür zum Badezimmer hing eine große und bemerkenswert detaillierte Zeichnung eines Space Shuttles. Jemand hatte mit Filzstift draufgekritzelt: »Wie pissen Astronauten im Weltall?« Schließlich kamen wir zu einem Schlafzimmer, das vielleicht R. J.s Schwestern oder seinen Eltern gehörte. Die Tür war geschlossen und mit lauter bunten Schildern beklebt. *The Final Frontier*, stand da. *Bitte keine Handys oder anderes Licht. Leise reinkommen. Betreten auf eigene Gefahr.*

Das Zimmer zum Knutschen, logisch. Brianna hatte mir schon erzählt, dass es das auf jeder Party von R. J. gab. Sie hatte sogar gesagt, dass sie sich dort vor zwei Jahren von R. J. höchstpersönlich hatte anfassen lassen. Ohne BH. Das war bei seiner Party mit dem Motto Baseball gewesen, und das Zimmer hieß *Unter der Tribüne*. Ich verriet Brianna nicht, dass ich das selbst zwei Jahre später noch niemandem erlaubt hatte.

Die Gedanken, die in meinem Kopf kreisten, lauteten ungefähr so:

1. Bitte, lass es funktionieren.
2. Das wird nie funktionieren.
3. Bitte, lass es funktionieren.

Marcus griff schon nach dem Türknauf, da legte Brianna ihre Hand auf seinen Arm, was ihn innehalten ließ.

»Warte«, sagte sie. »*Ladies first.*«

BRIANNA

The Rook

Warte«, sage ich. »*Ladies first.*«

Marcus nickt, vollführt eine kleine Verbeugung und deutet wie ein Gentleman auf die Tür. Ich werfe T einen Blick zu, von dem ich hoffe, er ist glühend und verführerisch genug, so dass auch Marcus ihn bemerkt. Als könne ich es kaum erwarten, in dem Zimmer T in die Finger zu kriegen. Als ob … T sieht total entsetzt aus. So, als würde er jeden Moment die Treppe wieder runterstürmen. Ich verstehe echt nicht, was Izzy in ihm sieht. Seit letztem Wochenende, als ich sah, wie er sie anstarrte, bin ich mir ziemlich sicher, dass ihre Zuneigung auf Gegenseitigkeit beruht, aber er ist so ein seltsamer Typ, so ein kalter Fisch, dass ich lieber auf Nummer Sicher gehen wollte und einen Liebestrank gemixt habe, den die beiden heute Abend schon getrunken haben. Aus Beifuß und Zimtstange, Granatapfelkernen und ein paar anderen Zutaten, alles vermischt und zwei volle Nächten im Mondlicht durchgezogen, dann mit Whiskey gemixt, sorgsam abgeseiht und in eine Colaflasche gefüllt. Ob es funktioniert? Ich denke schon, aber ich bin mir nicht sicher, weil die ganze Welt sich heute irgendwie schräg anfühlt.

»*Ladies first*«, wiederholt Marcus.

Izzy und ich schlüpfen in das Zimmer, ziehen die Tür fast komplett hinter uns zu und bewegen uns rasch vom Eingang weg in die absolute Dunkelheit. Ich mache mir schon Sorgen, dass wir im Dunkeln gegen irgendwen oder irgendwas stoßen, dass wir etwas Unerwünschtes spüren oder hören, doch es ist ganz still. Es ist ja noch früh am Abend. Als ich Izzy neben mir nervös atmen höre, will ich ihr schon fast ein paar beruhigende Worte zuflüstern, denn ich bin so gelassen wie ein Athlet vor seinem Rennen. Aber da geht auch schon die Tür auf und es bleibt keine Zeit dafür. Selbst in dieser Schwärze kann ich an der Größe und den Bewegungen seiner Silhouette Marcus erkennen. Ich strecke den Arm aus und ziehe ihn wortlos in meine Richtung und weiter ins Zimmer. Schon spüre ich seine kräftigen Hände, seine starken Arme, die nach mir greifen. Marcus umarmt mich, so dass ich das harte Metall seiner Kette durch den dünnen Stoff seines Shirts fühle. Dann löst sich alles, diese ganze Party, Izzy und T, in nichts auf.

Was gibt es schon zu sagen über das, was in der dunklen Leere des unendlichen Weltraums passiert? Das sind Momente wie Honig, Momente wie Tanz, Momente, als würden wir gemeinsam auf etwas zu rennen. Seid ihr jemals eine lange Strecke gelaufen und habt am Horizont einen Orientierungspunkt gesehen? Zuerst scheint er sich überhaupt nicht zu verändern, so als ob ihr es nie bis dorthin schaffen würdet? Aber als ihr näherkommt, gegen Ende, rast dieser Punkt auf euch zu. Erst da merkt ihr, dass ihr euch die ganze Zeit über so schnell bewegt habt, dass ihr auf diesen bestimmten Punkt zugestürmt seid, der euch ins Herz eines schwarzen Loches saugt.

So ist das. Genau so.

Tristan
The Knight

Ein paar Augenblicke warte ich auf dem Flur. Ich kann die Vorstellung nicht ertragen, das Zimmer zu betreten. Mein Herz wird stehen bleiben, wenn ich mich im selben Raum befinde, wo Marcus mit den Händen über Izzys Körper fährt und ihre Haut schmeckt. Nein, mein Herz wird nicht nur stehen bleiben, es wird explodieren, und morgen früh werden sie meine Leiche im ersten Stock von R. J.s Haus finden. Mit aufgerissener Brusthöhle.

Und trotzdem.

Ich bin nicht so egozentrisch, dass ich mir nicht vorstellen kann, wie Brianna sich fühlen muss, wenn sie im Dunkeln auf jemanden wartet, der einfach nicht kommt. Ich weiß noch, wie sie damals im Park stehen blieb und mich wieder auf die Füße zog, damit ich vor den Cops weglaufen konnte. Sie war immer anständig zu mir, wenn auch nicht gerade eine Freundin, und nur Gott weiß, warum sie heute mit mir rummachen will. Vielleicht einfach aus Einsamkeit, und weil das ein Thema ist, das ich ganz genau kenne, kann ich es ihr nicht abschlagen. Ich werde sie ein paarmal küssen, und dann verschwinden wir aus diesem verdammten Raum wieder nach unten. Und obwohl ich es hasse, verkatert zu sein, werden wir danach Bier trinken, bis wir ein bisschen glücklich benebelt sind. Mit diesem festen Vorsatz trete ich durch die Tür.

Sie ist sofort da, legt einen Arm um meinen Hals, den anderen um meine Taille, und ich kann nicht anders, als reflexartig zusammenzucken. Doch dann sind ihre Lippen an meinem Ohr. So nah, dass ich sie am Flaum meines Ohrläppchens spüre. *Ich bin's*. Sie sagt die Worte so leise, dass sie eher ein Hauch als ein Flüstern sind und ich schon glaube, sie mir eingebildet zu haben, bis ich sie erneut höre. *Ich bin's*. Irgendwie weiß ich, dass es Izzy ist, auch wenn ich ihre Stimme nicht wirklich höre und das überhaupt keinen Sinn ergibt. Aber so ist es, da ist *sie*, wahr wie nur irgendwas auf der Welt. Izzy. Und solange ihr Körper sich an meinen presst, sind meinem Verstand Erklärungen egal. Ich würde Minuten, Stunden oder auch ewig hier schweben, in der ungewissen Dunkelheit. Ihr Arm um meinen Hals ist die einzige Gewissheit, die zählt.

Dann verschränkt sie jedoch ihre Finger mit meinen, und wir schlüpfen zurück auf den Flur hinaus. Jetzt kann ich sie sehen, ihren nervösen, fragenden Blick und den Finger, den sie auf ihre Lippen legt. Unten tobt die Party, aber hier im oberen Stock des Hauses ist es relativ still. Ein paar Leute warten vor der Badezimmertür, einige gehen die Treppe runter. Die Kiffer haben R. J.s Zimmer verlassen, und genau da hinein folge ich ihr. Sie blickt rasch über ihre Schulter und zieht dann die Tür hinter sich zu.

»Tut mir leid«, sagt sie. »Ich hätte es dir früher erklären sollen, aber ich wusste nicht, wie. Marcus ist dein Cousin, und ich dachte, dass du vielleicht denkst, dass er denkt …« Sie verstummt.

Ich muss wieder an die Galerie der Augenblicke, die ich bereue, denken, Momente, in denen ich nicht wusste, was das Richtige gewesen wäre. Mein Leben besteht aus einer ganzen Kette davon. Aber selbst ein Idiot kapiert es, wenn das Universum ihm einen so unübersehbaren Hinweis gibt. Also lege ich eine Hand an ihre Wange, beuge mich vor und küsse sie.

Ich bin zwar kein Experte oder so, aber ich würde eine Menge darauf wetten, dass das einer der zehn perfektesten Küsse in der Geschichte der Menschheit ist. Unsere Lippen passen zusammen, als wären sie füreinander gemacht. Der Lärm in meinem Kopf hört für eine Minute auf. Ich kann ihre süße Wärme schmecken. Dann berühren unsere Zungen sich, was nicht eklig ist und an Schnecken erinnert, wie ich das schon manchmal erlebt habe. Es passiert eher sanft und schnell, perfekt getimt treffen sie sich in der Mitte. Ich fühle mich wie mit sprudelnden Blubberblasen abgefüllt und weiß nicht mehr, wo ich aufhöre und sie anfängt. Es ist so perfekt, dass ich fürchte, meine Beine könnten unter mir nachgeben. Deshalb lege ich einen Arm um ihre Taille. Vordergründig, um sie zu umarmen, aber in Wirklichkeit, um mich festzuhalten. Und das ist auch wundervoll: die Wärme und der beruhigende Druck eines anderen Körpers, zwei Menschen, die einander halten. Der Kuss endet, doch sie bewegt ihr Gesicht nicht von meinem weg. Wir sind fast gleich groß. Ich bemerke eine kleine Sommersprosse an ihrem äußeren linken Augenwinkel und die sanfte Kurve ihres Nasenrückens: winzige Details, die wie ein Geschenk sind.

»Was sollen wir machen?«, fragt sie. »Was sollen wir machen?«

»Das hier«, sage ich. »Mehr davon.«

Ihre besorgte Miene entspannt sich, ein stummes Lachen, und weil ich weiß, dass sie nicht leicht zum Lachen zu bringen ist, empfinde ich auch das als Geschenk. Aus der Bewegung stößt sie wieder gegen mich, diesmal zu einem kraftvolleren Kuss, weniger zärtlich, sondern eher fröhlich. Man kann also gleichzeitig lachen und küssen, denke ich. Wie erstaunlich.

Dann gleiten ihre Hände auf meine Brust herunter, und sie lehnt sich zurück. »Wir müssen da wieder reingehen.«

»Wohin rein?«

»In … in das andere Zimmer. Ich habe Brianna da mit Marcus zurückgelassen, und er darf nicht merken, dass sie das ist.« Und da erkenne ich das Chaos, und ich muss schmerzhaft schlucken. »Niemand darf davon erfahren«, sagt sie, und ich denke, ungelogen, dass Marcus uns alle drei killen würde, aber das sage ich nicht.

»Alles wird gut«, sage ich. »Wir reden später und kriegen das alles geregelt.«

»Ja«, sagt sie und küsst mich noch ein paarmal mit kleinen, flüchtigen, aber trotzdem wunderbaren Küssen. Dann schleichen wir zurück auf den Flur, wobei ich ihre Hand ganz fest umklammere. Als wir uns zurück in den Raum, der Final Frontier heißt, schieben, sehe ich gerade noch einen Schatten am anderen Ende des Flurs, und vor lauter Angst krampft sich mein Magen zusammen. Tricksereien liegen mir nicht. Deshalb rede ich mir ein, dass da nichts war.

Wir warten in der Nähe der Tür mit umeinander geschlungenen Armen. Es ist zu warm hier drin und zu dunkel. Zwar gibt es auch hier im Dunkeln leuchtende Sterne, aber sonst keine Lichtquelle. Deshalb kann ich auch niemanden sehen und höre nur Flüstern und Gekicher sowie schweres Atmen aus einer Ecke. Das Ganze kommt mir so schäbig vor, dass ich Izzy hier drin nicht mal küssen will. Dafür atme ich den Duft ihrer Haut und halte sie eng an mich gedrückt. Sie erwidert die Umarmung. Eine gefühlte Ewigkeit warten wir so, obwohl ich doch eigentlich nur mit ihr weglaufen will. Weit, weit weg.

Dann ist da eine Bewegung in der Dunkelheit. Sie spannt ihren Körper an und löst sich von mir. Brianna und sie müssen irgendein Signal vereinbart haben, denn leise höre ich sie »Brianna?« flüstern. Dann sind die beiden auch schon zur Tür hinaus und ziehen mich mit sich. Auf dem Flur stehen wir einen Augenblick nur da und blinzeln einander an. Ihre Mienen sind schwer zu enträtseln, und es bleibt keine Zeit zu überlegen, was jetzt zu sagen wäre, denn auch Marcus betritt jetzt den Flur. Sein Gesichtsausdruck ist leichter zu entschlüsseln: schläfrig, befriedigt, ein bisschen selbstgefällig.

»Izzy und ich wollten gerade aufs Klo«, sagt Brianna eilig

und zieht Izzy auch schon mit sich den Flur hinunter. In dem Moment, als sie die Tür erreichen, kommt jemand aus dem Bad. Die beiden flitzen hinein, ohne sich um die anderen Leute zu kümmern, die davor Schlange stehen.

»Euer Ernst, Leute?!«, ruft ihnen jemand nach.

»Scheißlesben!«, schreit jemand anders.

Unten bejubeln die Gäste einen Song, den die Playlist gerade einspielt. Marcus nickt mit dem Kopf mit, aber ich spüre nichts. Dafür steckt noch ein viel ruhigerer, subtilerer Rhythmus in meinem Körper. Mein Herzschlag ist quasi die Bassline des in meinem Kopf auf Dauerschleife laufenden Videos: wie sie aussah, wie sie sich anfühlte.

»Das ist total irre«, sagt Marcus.

»Hä?«

»Als diese ganze Sache anfing, wollte ich einfach beweisen, dass ich sie haben kann. Das weißt du doch«, sagt Marcus. Ich sehe das Grübchen in seiner linken Wange, das Einzige, was ihn immer noch wie ein kleiner Junge wirken lassen kann. »Aber jetzt ... keine Ahnung. Sie ist so nett und irgendwie wahnsinnig süß. Und voller Überraschungen, wenn du weißt, was ich meine. Vielleicht ist es ja Schicksal, dass sie in unseren Block gezogen ist. Ich mag sie echt, T. Vielleicht verliebe ich mich sogar in sie.«

Izzy

The Queen

Brianna hatte Mühe, die Tür abzuschließen, und fluchte dabei leise vor sich hin. Als ich den Arm ausstreckte, um ihr zu helfen, sah ich, wie ihre Hände zitterten. Ich kam nicht gleich darauf, warum. Der Plan war doch ihre Idee gewesen und hatte wundersamerweise funktioniert, quasi wie am Schnürchen. Ganz ehrlich hatte mir im Vorhinein am meisten Sorgen gemacht, wie Tristan reagieren würde. Ob ich mir nicht doch eingebildet hatte, dass da irgendwas zwischen uns war. In meinem Kopf drehte sich immer noch alles um die Erkenntnis, dass es stimmte. Mehr als stimmte. Es war ein großer, entzückender, sternenübersäter Himmel der Wahrheit.

»Ist das zu fassen, dass es tatsächlich geklappt hat?«, fragte ich sie.

Brianna antwortete nicht. Sie riss nur eine Menge Toilettenpapier ab und wischte sich damit übers verschwitzte Gesicht, bevor sie es ins Klo warf. Dann lehnte sie sich ans Waschbecken und schnaufte irgendwie seltsam. Der Raum war plötzlich so eng, dass ich Beklemmungen bekam. Außerdem hatte ich immer noch den klebrig süßen Geschmack des Punschs hinten in der Kehle.

»Ist dir … schlecht?«, fragte ich.

Sie warf mir einen vernichtenden Blick zu, der besagt: Sei nicht so verdammt bescheuert. Wenn ich jetzt so zurückblicke, kommt es mir tatsächlich bescheuert vor, wie viel Zeit ich in den Tagen vor der Party damit verbracht hatte, über die Details des Plans nachzudenken, damit er funktionierte, aber wie wenig darüber, wie es sich tatsächlich anfühlen würde, ihn durchzuziehen. Letztendlich spielte es keine Rolle, wessen Idee das gewesen war. Die Folgen hatten alle zu tragen.

Doch in dem Badezimmer an jenem Abend konnte ich das alles noch nicht so deutlich sehen. Hauptsächlich überlegte ich, wie ich diskret danach fragen konnte, wie weit die beiden gegangen waren. Weil es auch das war, was genau Marcus mit mir vorgehabt hatte. Oder besser: Was er glaubte, mit mir gemacht zu haben. Mit mir! Dabei kannte er mich doch gar nicht.

»Bist du okay?«, fragte ich Brianna. Sie wollte schon antworten, schwieg aber doch und setzte dann noch mal an.

»Yeah«, sagte sie. »Mir geht's gut. Lass uns trotzdem von hier verschwinden, okay?«

»Klar.« Oh, klar, alles war gut. Brianna, meine einzige Freundin an der Carl Sagan, und ich hatte unsere Freundschaft auf spektakuläre und innovative Weise aufs Spiel gesetzt. Ich hatte mich schon immer an Strohhalme geklammert, selbst wenn es dafür eigentlich bereits zu spät war. »Tut mir leid, Brianna. Es ist meine Schuld. Ich hätte mir das besser überlegen müssen.«

»Es ist nicht deine Schuld«, sagte sie und klang dabei immer wütender. »Ich bin doch kein Baby, das nicht selbst denken kann. Außerdem verstehst du mich ganz falsch. Mit Marcus rumzumachen ... ich wusste ja, dass es toll sein würde, und das war es auch, und ich bedaure es nicht. Es ist nur ... er wusste ja nicht, dass ich das war, verstehst du? Und er wird es nie erfahren. Das ist so, als wäre ich nicht mal da gewesen.«

Tröstende Worte schmolzen auf meiner Zunge, kamen aber nicht über meine Lippen. Ich konnte sie nicht wie eine echte Freundin drängen, Marcus alles zu erzählen. Ich fühlte das ganze Gewicht unseres Geheimnisses, obwohl Brianna es war, die es tragen musste.

Ich hatte schon ein weiteres »Tut mir leid« auf der Zunge, schluckte es aber wie einen ungekauten Bissen runter. »Du siehst heute so hübsch aus«, sagte ich stattdessen.

In Wahrheit sah sie in jenem Moment so, so müde aus, und ich konnte erahnen, wie sie mit fünfzig aussehen würde. Aber dann putzte sie sich mit einem Stück Klopapier die Nase und nahm die Schultern zurück, als würde sie sich für einen Bühnenauftritt bereitmachen. Da schlug jemand gegen die Tür und rief: »Hört auf, da drinnen zu knutschen! Ich muss pissen!«

»Fuck you!«, schrie Brianna zurück. Dann drehte sie sich zu mir und brachte ein dünnes Lächeln zustande. »Bereit?« Ich nickte, und da hakte sie sich bei mir unter, genau wie wir es auf dem Weg hierher getan hatten. Nur fühlte es sich jetzt anders an. »Ich werde so tun, als hätte ich zu viel getrunken, verstanden? Das benutzt du dann als Ausrede, um uns von hier wegzubringen.«

Arm in Arm torkelten wir aus dem Bad. Brianna grinste wie betrunken und streckte den in der Schlange Wartenden ihren Mittelfinger hin. Ich entschuldigte mich bei Marcus mit ein paar schnellen Worten und erklärte, ich müsse Brianna nach Hause bringen.

»Ach, Caballito geht's gut«, sagte er.

Brianna stöhnte erbärmlich und wankte an meinem Arm wie ein unbefestigtes Segel. »Ich muss gleich spuuuucken.«

»Das hast du doch schon, Süße.« Dazu tätschelte ich ihre Schulter und war von uns beiden beeindruckt.

Tristan meinte, er würde uns begleiten. Marcus bot an, auch mitzukommen, aber man merkte, dass er lieber bleiben würde, wozu ich ihn energisch drängte. Da grinste er mich an, und ich bemühte mich, darin nichts Anzügliches zu sehen.

»Ich schau dann morgen mal bei dir vorbei, Baby«, sagte er, und dann küsste er mich, bevor ich es irgendwie verhindern konnte. Falls ich noch einen weiteren Beweis dafür gebraucht hätte, dass das, was ich mit Tristan hatte, das einzig Richtige war, dann hätte Marcus' nasser Kuss dafür gereicht. Er erinnerte mich an schale Limo, warm und klebrig, ohne das geringste Prickeln. Und ich musste mich danach total zusammenreißen, um keine Grimasse zu schneiden. Tristan oder Brianna wagte ich nicht anzusehen.

»Okay«, sagte ich nur. »Lasst uns von hier verschwinden.«

Tristan und ich verschränkten hinter Briannas Rücken die Arme, und sie ging gespielt wackelig und unsicher, während wir uns die Treppe runter und mitten durch die Party schlängelten. Dabei gab sie eine bessere Schauspielerin ab, als Roxanne es je sein könnte. Die Musik war jetzt altmodisch, lauter Hits aus der Zeit, bevor wir geboren wurden. Alle brüllten »Jump around!« und rempelten uns an. So versuchten wir, zur Haustür zu kommen. Die frische Luft draußen und der solide Asphalt unter unseren Füßen waren die reinste Erleichterung. Wir waren noch keinen Block gegangen, als Brianna sich gerade aufrichtete und uns abschüttelte. Ich spähte zu Tristan hinüber, und sein Gesicht war ein einziges großes Fragezeichen. Trotzdem war es unmöglich, es ihm damals zu erklären, und vielleicht ist es das sogar immer noch.

Hinter uns blieb ein Streifenwagen mit blinkenden Lichtern auf dem Dach vor R.J.s Haus stehen. Die Sirene quäkte ein paarmal, um seine Ankunft zu vermelden. Ohne darüber zu sprechen, beschleunigten wir unsere Schritte, bis wir die Party vollständig hinter uns gelassen hatten.

»Was sagt man dazu, T?«, meinte Brianna. »Da rennen wir schon wieder gemeinsam vor den Cops weg. Das wird langsam zur Gewohnheit.« Und dann lachte sie, aber es klang irgendwie gezwungen.

Tristan antwortete nicht darauf. Von da an gingen wir schweigend weiter. Die einzigen lauten Geräusche waren Musik und Stimmen aus einigen Bars, an denen wir vorbeikamen. Der Mond war noch nicht ganz voll, aber er hatte diesen seltsamen herbstlichen Orangeton. An dem Abend sah die Farbe beinah künstlich aus, wie ein greller Farbklecks. Ich versuchte, mich an die wissenschaftliche Erklärung dafür zu erinnern, aber mir fiel nichts ein. Kurz überlegte ich sogar, Brianna und Tristan danach zu fragen, doch es schien, als stünden sie unter einem Bann; sie marschierten mit gesenktem Blick vor sich hin.

Brianna wohnte näher bei der Party, als mir bewusst gewesen war. Um sich an unserer Ecke zu treffen, war sie vorhin einen Umweg gegangen. Der Weg zur Party war in meinem Kopf schon in den Hintergrund gerückt, als gehörte er zu einer früheren Ära.

»Tja«, sagte sie vor einem geschlossenen Café, »hier wohne ich. Man sieht sich am Montag.« Brianna war normalerweise der Typ, der andere umarmte, ein Fan großer Verabschiedungen nach jeder Schulstunde, aber an diesem Abend ging sie ohne Umschweife auf die Tür zu und steckte den Schlüssel ins Schloss.

»Brianna«, sagte ich, bevor mir bewusst wurde, dass ich mehr nicht zu sagen hatte. Deshalb entschied ich mich für »Danke«. Sie lächelte mich zaghaft an, glaube ich, denn im Dunkeln war es nicht gut zu erkennen. Und dann war sie auch schon im Gebäude verschwunden.

Ich holte tief Luft, und nur weil sich das zittrig anhörte, bemerkte ich mein Schaudern. Tristan und ich sahen einander an. Zwei Schiffbrüchige, die nach einem Sturm gestrandet waren. *Narrenschiff*. Der Ausdruck kam mir unwillkürlich in den Sinn und setzte sich dort fest, um in den langen

Sekunden widerzuhallen. Ich dachte, er würde gleich den Mund aufmachen und mir erklären, dass das niemals funktionieren konnte und wir deshalb nach Hause gehen und so tun sollten, als hätte es diesen Abend, die Party und den Kuss nie gegeben. Ich bin mir nicht sicher, ob ich den Mut gehabt hätte, ihm zu widersprechen.

Stattdessen sagte er: »Ich glaube, ich bin in dich verliebt. Eigentlich weiß ich es sogar. Es ist das Einzige, was ich mit Sicherheit weiß, seit wir uns auf dem Spielplatz zum ersten Mal begegnet sind.«

Und dann war da auf einmal keine Entfernung mehr zwischen uns, und wir küssten uns heftig, drängend, als versuchten wir, irgendwas zu retten. Dieses sprudelnde Gefühl in meinem Bauch war wieder da. Und es meldete sich so plötzlich zurück, dass es fast weh tat. Als hätte ich eine Dose eiskalte Limo in einem langen Zug in mich reingeschüttet. Wir standen ein paar Minuten da, verschmolzen miteinander, bis ich am ganzen Körper erschauerte. Ich bin mir nicht sicher, ob ich aus dem Augenwinkel etwas sah, eine Bewegung am Fenster der Wohnung im ersten Stock. Vielleicht war es auch nur die Möglichkeit, dass Brianna uns beobachtete. Jedenfalls flüsterte ich Tristan ins Ohr: »Wir sollten woanders hin.«

Das war nicht gerade ein Augenblick großer Eloquenz meinerseits, aber Tristan schien zu verstehen. Er nickte, und seine glatte Wange strich über meine. Dann gingen wir los.

~ ~ ~

Kurz dachte ich, er würde mich auffordern, über den Zaun zu klettern, und ich hätte nicht gezögert, es zu versuchen. Dabei war der locker zweieinhalb Meter hoch, und daran hochzuklettern hätte wahrscheinlich Lärm gemacht und wäre sowieso zum Scheitern verurteilt gewesen. Aber zu meiner Überraschung fischte Tristan seinen Schlüsselbund aus der Tasche und suchte dann einen Schlüssel heraus, der in das Vorhängeschloss am Tor passte.

»Meine Tante organisiert hier mit«, flüsterte er zur Erklärung. »Sie hat mir einen Schlüssel gegeben, damit ich auf dem Weg zu meinem Sommerjob morgens gießen konnte.« Wir standen vor einem Stadtgarten, einer Freifläche mit zahlreichen Beeten zwischen zwei Brownstowns. Es war nicht mehr weit zu unserem Block. Wenn ich zur nächsten Ecke spähte, konnte ich den Spielplatz im Dunkeln erkennen, wo ich Tristan zum ersten Mal gesehen hatte. Und wenn ich die Straße im richtigen Winkel überquert hätte, dann hätte ich vermutlich sogar unser Haus gesehen. Aber Zuhause war das Letzte, woran ich jetzt denken wollte. Tristan öffnete das Tor langsam und geräuschlos. Ich folgte ihm in den Garten.

Eine Laterne auf der anderen Straßenseite spendete uns genug Licht, so dass wir sahen, wo wir hintraten. Ein paar der Beete waren bereits abgeerntet und für den Winter umgegraben, aber der Großteil des Gartens war noch grün. Tomatenpflanzen und Zucchiniranken hatten zwar begonnen zu welken, es hingen jedoch noch große Früchte daran. Jemand hatte auf seinem Beet nur einen einzigen unförmigen Kürbis liegen. Im hinteren Teil des Grundstücks sah man Obstbäume und Geranien in großen Töpfen und dazwischen ein paar Bänke. Hinter den Bänken hatten Kinder die Ziegelmauer mit Regenbogen und dicken Vögeln bemalt. Nachdem wir uns hingesetzt hatten, fuhr ich mit dem Zeigefinger den blauen Flügel eines Vogels nach. Unter den Bäumen war es dunkler, da das Licht der Straßenlaternen nicht bis hierher reichte. Der übrige Garten sah wie beleuchtet und verzaubert aus.

»Ich wusste gar nicht, dass du ein Gärtner bist«, sagte ich.

»Bin ich auch nicht. Ich folge nur den Anweisungen meiner Tante Patrice und bemühe mich, ihre Pflanzen nicht umzubringen.« Er griff nach meiner Hand und begann, die Linien in der Handfläche nachzuzeichnen.

»Izzy, an dem Tag, als ich mir den Knöchel verletzt habe, als ich aus dem Park weggerannt bin …«

»Du musst mir das nicht erklären.«

»Ich weiß, aber lass es mich trotzdem sagen.« Er machte eine Handbewegung, als wolle er seine Brille hochschieben, dabei trug er an dem Abend Kontaktlinsen. Dann griff er wieder nach meinen Händen. »Ich wünschte, ich könnte es rückgängig machen«, sagte er. »Ich wünschte, ich hätte die Partie gegen Hull nie gespielt. Marcus setzt sich manchmal seltsame Dinge in den Kopf …« Er verstummte.

»Es spielt keine Rolle.«

»Doch, tut es. Ich muss tougher werden und mich gegen Marcus zur Wehr setzen. Wir werden einen Weg finden, um ihm das mit uns zu sagen. *Ich* werde einen Weg finden, es ihm zu sagen. Aber du sollst wissen, dass mir das, was passiert ist, leidtut.«

Mir tat es auch leid. Dass Hull so unbesonnen und störrisch gewesen war, dass er irgendwas getan hatte, um Marcus' Wut überhaupt auf sich zu ziehen. Mir tat leid, dass unser erster Kuss eine Geheimaktion gewesen war. Aber wenn ich all das laut ausgesprochen hätte, dann hätte es geklungen, als wollte ich mich für Hulls Existenz an sich entschuldigen, und dazu war ich nicht bereit.

Stattdessen sagte ich: »Weißt du, was die letzten Worte meiner Grandma an mich waren? Sie sagte: ›Das ist alles Schnee von gestern, mein Schatz.‹ Mein Dad hat das nicht gut aufgenommen, als hätte sie alle Hoffnung aufgegeben, aber ich finde es immer noch tröstlich. Schließlich gibt es doch nicht so viele Dinge, auf die es am Ende ankommt, oder?« Hätte man mich in diesem Moment gefragt, hätte auf meiner Liste nur ein einziger Punkt gestanden. »Also lass uns nicht über Hull sprechen. Nicht jetzt. Lass uns von was anderem reden.«

»Dann reden wir darüber, wie du mich auf der Party geküsst hast.«

Ich lachte. »Ehrlich gesagt bin ich mir ziemlich sicher, dass du mich geküsst hast.«

»Sicher?« Er beugte sich näher zu mir, so dass seine Nasenspitze meine streifte und ich die Wärme seines Atems spürte. »Ungefähr so?« Er strich dabei immer noch über meine Handflächen, so dass ich mich fragte, ob er darin die Zukunft lesen konnte, wie Brianna es für möglich hielt.

Diesmal waren unsere Küsse inniger, suchender, als könnten wir damit, wie unsere Körper sich begegneten, alles über den anderen erfahren. Brianna war diejenige, die etwas von Magie verstand, ich wollte sonst immer wissenschaftliche Erklärungen, aber in jener Nacht erschien es ganz plausibel, dass eine magische Veränderung in uns stattgefunden hatte. Durch eine Mischung unserer Partikel vielleicht. Oder durch Transsubstantiation. Ich küsste ihn, auf den Hals, auf sein Ohr und versuchte, mich im Augenblick zu verlieren.

Plötzlich blitzte das Bild von Brianna vorhin im Badezimmer vor meinem inneren Auge auf. Die Zeichen des Alters in ihrem Gesicht. Deshalb konnte ich mich nicht entspannen.

»Ich bin mir nicht sicher«, sagte ich, und meine Stimme schwankte am Satzende, aus Unsicherheit, wie ich ihn beenden sollte. »Ich bin mir nicht sicher, ob ich heute Abend mehr als das hier machen möchte.«

Tristan legte den Arm um mich und schaute mir in die Augen. »Denkst du, das stört mich? Wir könnten die ganze Nacht lang nur das machen. Wir könnten nur das für immer machen.« Und in einer Version dieser Geschichte, die ich derzeit benutze, um einschlafen zu können, passiert genau das.

ZWEITER TEIL

Tristan

The Knight

Wenn Izzy die beste Droge ist, die ich je probiert habe, dann ist Auntie Patrice ein schrecklicher Entzug. Diesmal wartet sie nicht mal, bis ich in die Küche getappt komme, sondern rumpelt gleich in mein Zimmer. Ihre Stimmbänder hat sie anscheinend schon aufgewärmt, weil sie mich anschreit, noch bevor ich ganz wach bin. Izzy und ich sind bis in die frühen Morgenstunden im Garten geblieben, haben uns geküsst und unterhalten. Ich dachte, es wäre mir gelungen, unbemerkt in die Wohnung zurückzuschleichen, doch angesichts von Patrice' Lautstärke bin ich mir da nicht mehr so sicher.

»Zum zweiten Mal in einem Monat!«, sagt sie. »Und bevor du wieder den Unschuldigen spielst – Cherry hat mir schon erzählt, dass du auf derselben Party wie Marcus warst, also schlage ich vor, dass du mir mal erklärst, was da los war.«

Zunächst habe ich Mühe, meine Arme aus den Laken zu

befreien, dann stütze ich mich auf die Ellbogen. Ich habe höllische Kopfschmerzen vom Alkohol. Vielleicht auch von dem Adrenalinschub hinterher. »Was ist zum zweiten Mal in einem Monat?«

Patrice atmet mit geblähten Nasenflügeln aus und stützt die Hände auf die Hüften. »Dass Marcus verhaftet wurde.«

»Was?« Das macht mich wach. Ich erinnere mich natürlich an die Streifenwagen, aber ich war mir sicher gewesen, dass ein paar Cops, die eine Party beenden, kein großes Ding sind – und Marcus keinen Ärger machen würde. »Ja, wir waren auf einer Party, aber ich bin früher gegangen, um eine Freundin nach Hause zu begleiten, der es nicht gutging. Und Marcus hat das getan, was alle anderen auf der Party auch gemacht haben. Zumindest als ich gegangen bin.«

»Und was genau war das? Bridge spielen?« Auntie Patrice hebt die Arme, um ihre Fassungslosigkeit zu unterstreichen. »Muss ich dir das buchstabieren, Mr Jahrgangsbester, dass Alkoholkonsum von Minderjährigen in diesem Land illegal ist?«

Sie hat natürlich recht, deshalb antworte ich ihr auch nicht, dass sie sich anscheinend nicht mehr besonders gut an ihre eigene Highschool-Zeit erinnert, wenn sie glaubt, auf Partys würde niemand trinken. Außerdem ist die einzige Erklärung, die ich mir dafür vorstellen kann, warum die Cops in diesem Haus voller Leute ausgerechnet Marcus verhaftet haben, dass sie ihn von der Schlägerei im Park oder irgendeiner anderen Sache, die Marcus ausgefressen hat, wiedererkannt haben. Aber weil ich vermute, dass Patrice diese Erklärung nicht gefallen wird, sage ich einfach überhaupt nichts.

»Tristan«, sagt sie, schon ein bisschen ruhiger, »was ist denn mit dir los?«

Ein winziger Teil von mir möchte ihr alles erzählen, möchte ein Modell dieser komplizierten Dreiecksbeziehung vor ihr entwerfen. Sie war schließlich immer lieb zu mir, und ich weiß, dass sie meine Mutter geliebt hat, wahrscheinlich mehr, als sie jemals zugeben würde. Aber irgendwas hält mich zurück. Vielleicht die Tatsache, dass ich mir Patrice' Einstellung zum Thema Liebe nicht annähernd vorstellen kann. Ihre Single-Freundinnen scherzen immer übers Onlinedating, wenn sie herkommen, aber das ist nicht Patrice' Ding. Ich weiß erstaunlich wenig über ihr Privatleben, obwohl ich ja schon zwei Jahre bei ihr wohne. Während ich also hier im Bett sitze und versuche, einzuschätzen, ob Patrice Verständnis für junge Liebe aufbringen könnte, komme ich zu dem Ergebnis, dass sie mich wahrscheinlich für einen Spinner halten wird. Und dass sie von Izzy oder, um genau zu sein, von der Vorstellung, dass wir beide zusammen sind, nicht begeistert wäre.

Also beschließe ich, es anders zu probieren.

»Nichts«, sage ich. »Nichts ist mit mir los. Und es ist ja nicht Marcus' Schuld, wenn die Cops ihn auf dem Kieker haben. Ich meine, du weißt doch, wie die sind. Vertrauensbonus geben die Leuten wie ihm nie.«

Ich spüre den wütenden Druck, der sich in ihr aufbaut, als

hätte ich unter einem sowieso schon heißen Wasserkessel die Flamme weiter aufgedreht. Falsche Aktion.

»Ich verstehe. Es ist die Schuld der Polizei. Tja, dann lass uns mal die Wahrscheinlichkeit senken, dass einer dieser bösen Cops deinen Weg kreuzt. Schule, Schachclub und dann direkt hierher. Bis auf weiteres. Ist das klar?«

»Aber ich hatte doch gar nichts damit zu tun! Ich hab dir doch gesagt, dass ich schon weg war.«

»Du scheinst zu glauben, dass das zur Diskussion steht«, sagt sie ganz cool. »Es ist mein Ernst, Tristan. Wenn du nicht in der Lage bist, dich an ein paar einfache Regeln zu halten, dann werden wir noch mal überdenken müssen, ob du hier wohnen kannst.« Sie schlägt auf dem Weg aus dem Zimmer die Tür zwar nicht zu, aber es kommt dem schon ziemlich nahe.

Ich lasse mich zurück auf mein Bett fallen und ziehe mir das Laken übers Gesicht. Was für eine Ironie, dass ich bisher fand, Hausarrest wäre eine ziemlich dämliche Strafe, vor allem für jemanden, der so introvertiert ist wie ich. An jedem anderen Tag wäre ich gern mit meinen Schachbüchern und meinem Laptop allein. Aber heute ist kein Tag wie jeder andere, und Izzy am anderen Ende des Blocks, aber trotzdem unerreichbar zu wissen ist eine Qual.

Ich greife nach meinem Handy und sehe, dass sie mir an die Nummer, die ich ihr gestern Abend gegeben habe, schon eine Nachricht geschickt hat.

Du bist der Zucker in meinem Morgenkaffee. Danke für gestern Abend.

Du bist die Erdbeermarmelade auf meinem Toast, schreibe ich zurück. Ich will, dass sie denkt, ich verbrächte auch so einen normalen, gemütlichen Sonntag, wie sie ihn offenbar hat. Ich muss sie bald sehen. Nachdem ich ein paar Minuten überlegt habe, schreibe ich ihr noch was.

Spielst du Schach?

~ ~ ~

Am Montag rase ich nach der letzten Unterrichtsstunde zum Übungsraum, weil ich hoffe, Mr K noch zu erwischen, bevor irgendwer anderes aufkreuzt. Da ist er und starrt mürrisch auf eine kaputte Schachuhr, die er zu reparieren versucht. Als er mich sieht, nimmt sein Gesicht einen etwas weniger traurigen Ausdruck als sonst an.

»Triiis-tahn«, sagt er, »es gibt eine neue Partie von Carlsen, die du sehr interessant finden wirst.«

»Super, Mr K. Aber ich habe mich gefragt, ob ich heute vielleicht in der Anfängergruppe aushelfen könnte.« Dieses Manöver mag ein bisschen zu offensichtlich sein, aber es ist auch nicht völlig abwegig. Mr K lässt die Fortgeschrittenen oft den Anfängern etwas beibringen. Trotzdem sieht er mich jetzt so an, als würde er den Braten riechen.

»Du willst den Anfängern helfen?«

»Yeah, wissen Sie, in letzter Zeit habe ich Konzentrationsprobleme, vielleicht würde es helfen, anderen ein paar Züge genau zu erklären. Damit ich mich konzentriere. Sie wissen schon.« Nichts davon ist total gelogen, sage ich mir. Es ist zwar auch nicht die ganze Wahrheit, aber wir wollen jetzt mal keine Haarspalterei betreiben.

»Ja, wenn du das möchtest.« Mr K seufzt. »Wir müssen uns allerdings auch bald auf das nächste Turnier vorbereiten. Dieser Yuri Zhubov von der Stuyvesant ist dieses Jahr sehr gut, wie du weißt. Aber heute ist es okay.«

Ich suche mir einen Stuhl, während die anderen auftauchen und ihre Namen auf die Anwesenheitsliste schreiben. Als plötzlich Izzy reinkommt, ist das, als würde der ganze Raum heller, strahlender. Sie trägt ein graues Kleid und schwebt wie der Mond über den Himmel auf Mr K zu. Dann sagt sie ihm, sie wäre neu und würde gern beim Schachclub mitmachen. Er zeigt auf die Anwesenheitsliste.

»Es ist so schön, dein Gesicht zu sehen«, sagt Izzy, als sie sich mir gegenüber an den Tisch setzt. »Seit der Physikstunde hatte ich schon fast vergessen, wie es aussieht.« Ich habe das Gefühl, sie sagt dauernd so perfekte Dinge.

Im Raum ist es laut genug, so dass niemand unsere Unterhaltung mitkriegt. Kurz verständigen wir uns darüber, wie schwer es ist, einander zwar im Unterricht zu sehen, aber nicht miteinander reden zu können. »Genauso, wie dich jetzt nicht zu küssen«, sagt sie, und es fällt mir so schwer, sie nicht zu berühren, wo mein ganzer Körper sich schmerzlich danach sehnt, aber wir wollen versuchen, das mit uns geheim zu halten, bis wir eine Idee haben, wie wir mit Marcus umgehen sollen.

»Ich hab das Gefühl, als würden mich alle anstarren«, sagt sie. »Marcus stellte sich heute Morgen hinter mich, als ich gerade an meinem Spind war, und fing an, mich auf den Hals zu küssen. Jetzt halten mich alle für seine neue Freundin, und plötzlich bin ich das heißeste Thema für Klatsch und Gerüchte im Umkreis von hundert Meilen.«

Wie bei einem alten Diaprojektor tauchen vor meinem inneren Auge nacheinander Bilder von Marcus auf, wie er sich über Izzy beugt, als wäre sie sein Eigentum, und ihren Duft einatmet, bevor er seine Lippen auf ihren Nacken presst. Ist da, als sie sich umdreht und ihn ansieht, nicht eine Spur eines Lächelns in ihrem Gesicht, Lust an der Schmeichelei? Das ist schwer zu ertragen.

»Was auch immer du jetzt gerade denkst, vergiss es«, sagt sie. »Ich weiß, er ist dein Cousin und so, aber wenn er sich jetzt einfach in Luft auflösen könnte, das wäre ideal.« Sie senkt ihre sowieso schon leise Stimme noch ein bisschen. »Es gibt nur einen einzigen Menschen, den ich will. Das ist die Wahrheit.«

Mr K ermahnt alle zur Ruhe und beginnt davon zu reden, wie man den Läufer im Endspiel einsetzt. Ich studiere Izzys dunkle Locken, während seine Stimme mich berieselt. Ich will mir jede kleinste Kleinigkeit an ihr einprägen. Ich will mehr über sie wissen als über Schach.

Als wir uns in Gruppen aufteilen, erklärt Mr K Pankaj und Anaïs, dass sie heute den Anfängern helfen sollen. Pankaj sieht erleichtert aus, Anaïs zuckt nur mit einer Schulter und seufzt. »Na, egal.« Sie trägt heute ihren Lieblingshoodie. Den mit dem Aufdruck CLARINET FOR LIFE auf der linken Brust.

»Also, was weißt du über Schach?«, frage ich, während ich das Brett auf dem Tisch zwischen uns aufbaue.

»Mhm, die Basics, würde ich sagen. Mein Bruder ist ziemlich gut, aber ich habe schon vor langer Zeit aufgehört, gegen ihn zu spielen, weil es langweilig war, immer zu verlieren. Tristan …« – sie senkt die Stimme wieder zu einem Flüstern – »warum starren dich hier alle an? Als hätten sie Angst vor dir.«

»Äh …«, mache ich. Ich will nicht wie ein Angeber wirken. Aber es fällt mir auch schwer, nicht doch ein klein wenig zu lächeln. »Ich schätze, weil ich ziemlich gut bin.«

»Nur ziemlich gut, ja?« Sie durchschaut mich. »Müssen wir echt spielen? Ich bin gekommen, um dich zu sehen, nicht um wirklich Schach zu spielen.«

»Ich meine, wo wir schon mal da sind? Da können wir es ja auch tun.«

»Ich weiß. Es ist nur …« Sie zuckt mit den Achseln und verzieht widerwillig das Gesicht. Keine Ahnung, ob sie mich nur aufziehen will. »Wenn ich daran denke, wie mein Bruder immer ewig lang über diese Kombinationen von Zügen nachgedacht hat. So langweilig wie ein Wettrennen ohne Ziellinie.«

»Oh, nein, nein, nein, nein, nein. Du willst mich nur provozieren, oder?«

Als Antwort zieht sie eine Augenbraue hoch. Das ist hot, muss ich zugeben. Der Rest des Klassenzimmers, die Stimmen und das rhythmische Schlagen auf die Schachuhren treten in den Hintergrund. »Hör zu, du kannst nicht wie ein

Computer Schach spielen und dir jeden Zug merken, den es da draußen gibt. Dann wird's wirklich langweilig. Du musst die Energie des Spiels spüren. Du musst die Figuren kennen, als wären es lebendige, atmende menschliche Wesen.«

»Aber das sind nur Schachfiguren. Was gibt es über die denn noch zu wissen, außer wie man sie bewegen darf?«

»So viel. Hier, nimm mal den.« Ich lege ihr einen Springer in die Handfläche und schließe ihre Finger drum herum. »Spürst du es? Es geht nicht darum, dass er sich L-förmig auf dem Brett bewegt. Er ist schlau und gerissen und späht immer um die nächste Ecke. Er kann, wie keine andere Figur, einen Haken um den Feind schlagen. Von Anfang an ist er mutig, stürmt vor die Frontlinie der Bauern, und selbst wenn er sich irgendwann opfern muss, kann er dabei dem Feind noch ernsthaften Schaden zufügen.«

»A-ha«, macht sie und klingt nicht überzeugt. »Erzähl mir mehr davon.«

»Also, du hast natürlich deine Dame«, sage ich und balanciere die schwarze Königin auf den Fingerspitzen. »Sie ist die mächtigste Figur im Spiel.«

»Ich dachte, das wäre der König.«

»Nein. Der König mag der wichtigste sein, aber nur, weil alle sich darauf geeinigt haben. Das ist so was wie Geburtsrecht. Aber die Dame ist mächtig wegen der Dinge, die sie *tun* kann. Sie ist wendiger und gefährlicher als alle anderen auf dem Feld. Und wenn sie an der richtigen Stelle steht, kann sie auch viele Figuren schützen. Und wenn sie geschlagen wird? Dann ist das, als hätte das Spiel seine Mitte verloren. Als wüssten die übrigen Figuren nicht mehr, was zu tun ist. Sie geraten in Verzweiflung.«

»Ich verstehe. Dann erzählst du jedes Mal, wenn du spielst, quasi eine Geschichte.«

»Genau. Eine Geschichte über das Leben.«

»Was ist mit dem hier?«, fragt sie und greift nach einem Läufer.

So machen wir eine Weile weiter, bevor wir schließlich eine Partie spielen. Izzy spielt wie jemand, der unerfahren, aber sehr klug ist. Ich mag es, ihr beim Nachdenken über ihren nächsten Zug zuzusehen. Da ist diese kleine Falte, die sich zwischen ihren Brauen bildet, oder die Art, wie sie die Finger nie still hält – entweder trommeln sie auf den Tisch oder schweben wie kleine Kolibris in der Luft. Gelegentlich werfen Anaïs oder Pankaj mir einen neugierigen Blick zu, aber sie haben gut damit zu tun, den Neulingen bei ihren ersten Schritten zu helfen. Und das scheint ihnen tatsächlich Spaß zu machen. Normalerweise verlieren sie beim Spieltraining gegen mich, deshalb kann ich mir vorstellen, dass das jetzt ein bisschen unterhaltsamer ist.

Ich mache sinnlose Züge, nur damit Izzy weiterspielt und ich sie beobachten kann, doch trotzdem vergeht die Stunde zu schnell. Während der Minutenzeiger weiterrückt, graust mir davor, in meinen normalen Alltag ohne sie zurückzukehren.

»Das hat Spaß gemacht«, sagt sie und beugt sich in diesen letzten flüchtigen Augenblicken übers Spielbrett. »Vielleicht könnte ich mich ja doch für Schach begeistern.« Dann tut sie es wieder: Sie liest meine Gedanken und fügt noch hinzu: »Aber ich finde, dass wir uns irgendwann diese Woche nachts heimlich treffen sollten. Wenn deine Tante schläft. Und meine Eltern natürlich auch.« Vorne im Klassenzimmer fordert Mr K alle zum Aufräumen auf.

»Wo denn?«, sage ich und zucke beinah zusammen, weil die Worte aus meinem Mund so lahm klingen. Warum sollte es überhaupt eine Rolle spielen, wo wir hingehen? Ich hätte einfach nur ja sagen sollen. Aber ihr scheint das nichts auszumachen.

»Wo immer du mit mir hin willst«, sagt sie. »Zeig mir deinen Lieblingsort in Brooklyn.«

Sobald sie das gesagt hat, weiß ich in meinem tiefsten Inneren, wo ich mit ihr hin möchte. Das ist so klar, fast wie eine Erinnerung der Zukunft. »Yeah, genau das sollten wir tun. Lass mich nur noch kurz Mr K auf Wiedersehen sagen, dann können wir zusammen nach Hause gehen.« Sie zwinkert mir zu.

Das ist einer der Momente, wo sich unser gemeinsames Geheimnis eher aufregend als furchterregend anfühlt.

»Dann warte ich draußen auf dich«, sagt sie.

Alle anderen haben es eilig, raus und aus der Schule zu kommen. Deshalb ist das Klassenzimmer in wenigen Augenblicken leer. Nur Mr K steht am Pult, schaut zerstreut auf die Anwesenheitsliste, die er als Nächstes direkt in den Papierkorb fallen lässt.

»Danke, Mr K«, sage ich. Dabei fürchte ich, ihn erschreckt zu haben, aber er schaut nicht mal hoch. Wahrscheinlich hatte er gespürt, dass ich noch da war. »Das heute hat mir für meine Konzentration echt geholfen.«

»Ja, ja, gut. Konzentration ist wichtig.«

Ich steuere auf die Tür zu und will mir innerlich schon dazu gratulieren, wie gut dieser Nachmittag gelaufen ist. Doch da ruft er mir nach. »Triiis-tahn. Liebe endet immer mit Leiden. Das weißt du, oder?«

Izzy
The Queen

Das menschliche Auge besitzt nur drei verschiedene Arten von Sinneszellen zum Farbensehen – das Auge eines Fangschreckenkrebses sechzehn. Wissenschaftler spekulieren, dass die Tiere daher ein viel größeres Farbspektrum sehen können, als es uns je möglich sein wird. Ungefähr so wie Dorothy in Oz im Vergleich zu Dorothy in Kansas. Keine Ahnung, wie es ist, ein Fangschreckenkrebs zu sein, aber näher als in den ersten Tagen mit Tristan werde ich ihm wohl nicht mehr kommen. Die Welt um mich herum erstrahlte in Farben, deren Existenz ich bis dahin noch nicht einmal geahnt hatte. Ich betrachtete am Morgen nach der Party eine Brombeere mit ihren prallen, perfekten, mit Saft gefüllten Kugeln, ihren Violett-, Rot- und Indigotönen und war mir ziemlich sicher, das Göttliche darin zu erblicken.

»Ist die nicht wunderschön?«, fragte ich und hielt sie meiner Mutter hin, die gerade an der Küchentheke eine Skizze für ein Schmuckstück anfertigte. Sie stimmte mir zu, allerdings nicht, ohne mich vorher erstaunt anzusehen. Wir wussten beide, dass das ein Satz war, den eigentlich sie sagen würde, nicht ich.

Tristan erklärte mir, er brauche noch ein bisschen Zeit, um sich zu überlegen, wie er mit Marcus reden sollte. Und da ihm das so wichtig zu sein schein, willigte ich ein, das mit uns geheim zu halten. Vorläufig zumindest. Marcus wich ich aus – auf seine liebevollen Begrüßungen in der Schule reagierte ich kühl, nie ging ich ans Telefon, wenn er anrief – und wenn er mich nicht in Ruhe ließ, murmelte ich vage, ich sei an keiner Beziehung interessiert. Ich erinnere mich, dass ich es ein bisschen amüsant fand, wie erstaunt Marcus bei all dem wirkte. Zurückweisung war er nicht gewohnt. Hätte ich ihm mehr Aufmerksamkeit geschenkt, wäre mir vielleicht aufgefallen, dass ich seine Gefühle verletzte.

Aber wahrscheinlich hätte mich das auch nicht gekümmert. Ich segelte durch diese Tage und kümmerte mich um nichts von alldem, was mich vorher beschäftigt hatte – nicht um meinen Bruder oder meine Eltern, nicht um meine Noten oder darum, was irgendwer von mir dachte. Eine einzige Sache ersetzte all das. Dabei handelte es sich um eine besondere Form von Wahnsinn, die jeder kennt, der sich je schlagartig verliebt hat.

~ ~ ~

In der ersten Nacht, als wir uns gemeinsam davonstahlen, war ich so nervös, dass jedes stinknormale nächtliche Geräusch eine Mini-Panikattacke bei mir auslöste. Das Knarzen, das einer meiner Schritte auf der Treppe auslöste, das unerwartet laute Klicken des Türschlosses. Wir hatten verabredet, uns kurz nach Mitternacht auf dem Spielplatz zu treffen. Als ich dorthin unterwegs war, raschelte ein Vogel oder ein Streifenhörnchen in einem Strauch, was mich so erschreckte, dass ich mir fast in die Hose machte. Aber ich war als Erste dort, und nachdem mein Herzschlag sich wieder beruhigt hatte, stellte ich fest, wie schön es eigentlich war, draußen zu sein, wenn alle anderen drinnen in ihren Betten lagen. Es kam mir vor, als gehöre die Straße, das ganze Viertel, mir.

Und dann Tristan – ich sehe ihn jetzt noch vor mir, wie er den Gehweg entlang auf mich zueilt: in seinen labberigen Chucks und das Gesicht fast ganz unter der Kapuze des Hoodies verborgen. Ich schmiegte mich an ihn, atmete seinen Duft nach frischer Wäsche ein. Bestimmt eine Minute lang stand ich so da, umarmte ihn, und es tat fast weh, dass wir all die schönen Dinge, die wir noch gemeinsam tun würden, nicht auf der Stelle erleben konnten. So ein großer Teil des Lebens besteht aus Warten.

»Bist du okay?«, flüsterte er.

»Yeah.«

»Dann lass uns von hier verschwinden.«

Wir gingen zur nächsten Subway Station, das war die der Linie C nach Manhattan. Der Bahnhof war so spät fast komplett verlassen, nur ein Obdachloser, der auf einer Bank schlief, war zu sehen. Wir schlenderten zum anderen Ende des Bahnsteigs und knutschten dort ein bisschen, wobei mir die Kurven seines Körpers immer vertrauter wurden. Manchmal fühlte es sich an, als würden wir zusammenwachsen. Wie Bäume, die man veredelt.

Dann fuhr die Bahn ein, in der vereinzelt noch ein paar Leute saßen. Deshalb ließen wir das mit dem Küssen und setzten uns nur händchenhaltend auf den Zweierplatz am Ende des Wagens.

»Wohin fahren wir?«, fragte ich.

»Das ist eine Überraschung.« Als ich das Gesicht verzog, sagte er: »Erzähl mir jetzt bloß nicht, dass du eine von diesen Leuten bist, die Überraschungen hassen.«

»Ich hasse sie nicht, aber hältst du sie nicht auch für überbewertet? Ist nicht einer der entscheidenden Faktoren von Freude, dass man sich auf etwas Gutes freuen kann?«

»Aber was ist mit dem Rätseln? Mit den unendlichen Möglichkeiten?«

»Ich denke lieber über die eine Möglichkeit nach, die dann auch Realität wird.« Ich fand meine Argumentation absolut schlüssig, aber er tat so, als würde er seine Lippen verschließen und danach den Schlüssel wegwerfen. Bei der letzten Haltestelle in Brooklyn stiegen wir aus.

Das war DUMBO, Down Under the Manhattan Bridge Overpass. Die Gegend, wo man Lagerhäuser in Kunstgalerien verwandelt hatte. Ich war ein paarmal mit meiner Mom hier gewesen. Sie hatte nach Inspiration gesucht oder sich mit Galeristen getroffen, aber ich kannte das Viertel nicht besonders gut. Um ehrlich zu sein, war es mir immer wie einer dieser extrem hippen Orte vorgekommen, voller versnobter Leute mit Look-at-me!-Klamotten. Ein Ort, wo ich nicht hinpasste. Deshalb haute mich die Überraschung zu dem Zeitpunkt noch nicht gerade um, aber meine Neugier war größer. Tristan griff nach meiner Hand und fing an zu rennen, bis wir den Gehweg entlanggaloppierten und dabei wie verrückt lachten. Das war ungefähr so albern wie in diesem Kitschfilm *The Sound of Music*, aber ich kann immer noch nicht daran zurückdenken, ohne zu lächeln.

Am Eingang zum Park zögerte ich, weil ich wusste, dass alle städtischen Anlagen um diese Uhrzeit offiziell geschlossen waren. Doch dann drückte Tristan meine Hand, zog mich mit sich, und ich wollte nicht kneifen. Ich kannte diesen Park. Er war eines dieser Projekte, um New York schöner und gemütlicher zu machen. Man hatte die verlassenen Lagerhäuser abgerissen, Grünflächen angelegt sowie Biergärten, Basketballplätze und Klettergerüste darauf verteilt, damit es zur bereits gentrifizierten Nachbarschaft passte.

»Es überrascht mich, dass dir das hier gefällt«, flüsterte ich, während wir an den Volleyballplätzen vorbei den Weg entlangliefen. »Macht dich das nicht auch irgendwie traurig, dass sie hier alles Alte abgerissen haben?«

»Alles verändert sich, Izzy«, sagte er.

»Ja, schon, aber ...« Ich verstummte, weil mir die Klagen meiner Eltern über die Veränderungen an der Lower East Side einfielen.

»Denkst du etwa wirklich, ihr wärt in unsere Gegend gezogen, wenn es sich dort nicht verändert hätte? Wenn es da noch so aussähe wie in der Kindheit meiner Mom?«

Da hatte er recht, das wusste ich, und ich war die Letzte, die etwas dagegen vorbringen konnte. Ich hielt also die Klappe und beeilte mich, mit ihm Schritt zu halten. Trotzdem machte es mich ein klein wenig traurig.

»Hier«, sagte er und zog mich auf einen Spielplatz mit allen möglichen Schaukeln. Da gab es Babyschaukeln, Wippen und Schaukeln in Tiergestalt.

»Hier wolltest du hin?«, fragte ich.

Er reckte einen Finger in die Höhe, wie jemand, der Einspruch erhebt. »Heb dir dein Urteil noch auf«, sagte er. Dann ging er zu den ganz normalen Schaukeln mit Hartgummisitzen an langen Ketten für die älteren Kinder und setzte sich auf eine davon. Er deutete mit dem Kopf auf die neben ihm. »Schaukel richtig hoch, dann wirst du schon sehen.«

Ich hatte das seit der Grundschule nicht mehr gemacht und fühlte mich ein bisschen eingerostet, aber als ich sah, wie begeistert Tristan mit den Beinen ausholte und den Oberkörper nach vorn lehnte, um mehr Schwung zu kriegen, folgte ich seinem Beispiel. Das Fliegen, die Schwerelosigkeit, der Moment, in dem sich die Richtung änderte. Vor und zurück. Das fühlte sich gut an, mein sich biegender Körper im Raum, der lange Rock, der um meine Beine flatterte. Unwillkürlich musste ich lachen.

Und dann sah ich es. Am höchsten Punkt der Schaukel, über der neuen Baumgrenze, eine Explosion von Lichtern: die Skyline von Manhattan. In diesen kurzen Momenten wirkte sie fast unwirklich, wie eine außerirdische, mit Sternen versehene Landschaft. *Kein Wunder, dass alle nach Brooklyn ziehen*, dachte ich. *Sogar Manhattan sieht von hier besser aus.*

»Wie hast du diesen Ort gefunden?«, fragte ich genau in dem Moment, als unsere Schaukeln auf gleicher Höhe waren.

»Marcus kommt im Sommer oft her, um sich abends die Spiele auf den Tischen anzusehen, an denen wir vorhin vorbeigelaufen sind. Und ich spaziere dann hier herum.« Ich schaute hinter mich, als meine Schaukel nach vorne schwang, und sah Tristans Zähne weiß schimmern. Er strahlte wie ein kleines Kind.

Hier die drei Dinge, die ich damals dachte:

1. Wir werden für immer jung sein
2. Wir sind die einzigen Menschen auf der Erde
3. Meine Brust wird zerreißen, weil ich ihn so sehr liebe

Als ich ans Ende dieser Liste kam, bemerkte ich, dass Tristan gegen den Schwung seiner Schaukel arbeitete. Ich dachte, er wolle aufhören, und das gab meinem Herz einen kleinen Stich, weil die Überraschung, die sich als so wunderbar erwiesen hatte, schon vorbei sein sollte. Doch dann begriff ich, dass er nur versuchte, synchron mit meiner Schaukel zu schwingen. Schließlich streckte er die Hand aus, und ich ergriff sie. Dann flogen wir in perfektem Einklang. Wir kicherten, aufgedreht von unserer eigenen Kraft und weil die Welt in ihrer ganzen Schönheit vor uns ausgebreitet lag.

Ich weiß nicht, wie lange wir so weitermachten, in der Luft gehalten durch Physik und Hochgefühl, bis hinter uns der Strahl einer Taschenlampe durch die Dunkelheit schnitt. Ein Polizist oder Wachmann. Bevor ich überlegen konnte, wie zu reagieren war, hatte Tristan die Schaukel auch schon verlassen und flog durch die Luft. Er gab ein Stöhnen von sich, als er auf seinem immer noch verletzten Knöchel landete.

»Spring!«, rief er.

Für den Bruchteil einer Sekunde glaubte ich, mein Körper würde mir nicht gehorchen. Ich umklammerte die Ketten beim Zurückschwingen so fest, dass ich spürte, wie sich der Abdruck in meine Handflächen prägte. Aber als die Schaukel wieder nach vorn schwang, fiel etwas von mir ab, und ich ließ los. Das Gefühl, frei durch die Luft zu fliegen, war großartig.

Die Landung verpatzte ich allerdings und stieß dabei Tristan fast um. Unsere Füße waren irgendwie durcheinander, als wir loslaufen wollten. Der sich auf und ab bewegende Strahl der Taschenlampe war jetzt näher, aber noch nicht zu nah. So konnten wir in der Weite des Parks verschwinden, in eine dunkle Senke, wohin das orangefarbene Licht der Halogenlampen nicht reichte. Ein paar Minuten später duckten wir uns zwischen Bäume, rangen nach Luft und sahen den Fluss unter uns dahinfließen. Die Skyline ragte gleich dahinter auf. Über dem Hafen kreiste ein Hubschrauber, und für einen Moment, indem mir das Herz fast stehen blieb, dachte ich, die suchen uns. So war es aber natürlich nicht. Hinter uns war alles still, keine Spur mehr von den Wachmännern.

»Brianna hatte recht. Das wird mit dir zur Gewohnheit«, sagte ich. »Wir sollten von hier verschwinden.«

»Yeah«, sagte Tristan. »Lass mich nur noch eine Minute

lang meinen Knöchel ausruhen.« Wir saßen auf dem Gras, das vom langen, heißen Sommer strohtrocken war und piekste.

»Tut er weh?«, fragte ich.

»Nee«, sagte er. »Nicht wirklich. Der Fuß fühlt sich nur noch ein bisschen schwach an. Das ist alles.«

Ich legte meine Hand behutsam auf den Saum seiner Jeans und schob den Stoff vom Knöchel weg. Dann beugte ich mich vor und drückte einen Kuss darauf.

Ich konnte ihn in der Dunkelheit tief ausatmen hören.

»Du bist eine Zauberin«, sagte er. Dann griff er nach einem meiner Füße und streifte den Schuh ab.

»Nein!«, sagte ich verlegen. »Tu das nicht! Der müffelt bestimmt! Wir sind doch gerade durch den Park gerannt.« Ich versuchte, meinen Fuß wegzuziehen, aber er hielt ihn fest. Dann beugte er sich über meine Zehen, und ich hörte auf mich zu wehren, aus Angst, ihm ins Gesicht zu treten.

»Ich liebe deine müffelnden Füße«, sagte er und drückte einen Kuss auf meine Fußsohle. »Ich liebe alles an dir.«

Und dann waren wir plötzlich wie ineinander verschlungen, pressten die Lippen aufeinander, und das harte Gras unter meinem einen nackten Fuß und der Rest der Welt waren sehr weit weg.

BRIANNA

The Rook

Schon als ich vor der Party meinen Plan ausheckte, wusste ich, dass sich zwischen Marcus und mir nichts ändern würde. Natürlich nicht. Aber ich hoffte es trotzdem. Dass irgendeine übernatürliche Kraft die Entfernung zwischen uns schrumpfen ließe und er sich, ohne zu wissen, warum, zu mir hingezogen fühlen würde. Die Sterne über unseren Köpfen würden sich neu ausrichten, den Navigationskurs unserer Leben ändern, so dass wir unweigerlich auf eine Kollision zusteuern müssten.

Als ich ihn ein paar Tage nach der Party an einen Spind gelehnt stehen und jemandem auf dem Handy eine Nachricht schreiben sehe, gehe ich zu ihm. Ich will die Elektrizität zwischen uns, die in jenem dunklen Raum so stark war, wieder zum Fließen bringen.

»Marcus«, sage ich und fasse ihn am Ellbogen. »Meinst du, wir könnten reden?«

Er lässt das Telefon sinken, schaut mir aber nicht wirklich

in die Augen. »Stimmt«, sagt er. »Du wolltest mir ja meine Zukunft vorhersagen.« Normalerweise würde mich so eine Äußerung von ihm begeistern, aber diesmal ist es nicht so ganz das, was ich mir erhofft habe.

»Klar«, sage ich. »Allerdings braucht man Zeit, um so etwas richtig zu machen. Komm doch mal bei mir vorbei.«

»Ich bin ein vielbeschäftigter Mann, Caballito«, sagt er wie ein Sitcom-Dad zu seinen nervigen Kindern und schielt dabei schon wieder auf sein Handy. Aber dann sieht er mich an, sieht mich richtig an und beugt sich so nah zu mir, dass seine Stirn meine fast berührt. Ich kann schon fast wieder diese schockartige Energie zwischen uns spüren. »Vielleicht könntest du mir gleich hier aus der Hand lesen. Mir einen kleinen Vorgeschmack geben.«

Und schon liegt seine Hand in meinen Händen. Breit und warm und kräftig, schön geformt. Die Linien darin bilden ein Netz, das mich aus mir selbst heraus und emporheben könnte. Ich habe vom Handlesen nicht viel Ahnung, doch das spielt keine Rolle.

»Was willst du wissen?«, frage ich.

»Wo ist meine Liebeslinie?«, fragt er so leise, dass es kaum noch ein Flüstern ist. Seine Augen folgen meiner Fingerspitze, die über seine Haut streicht.

»Die verläuft hier. Sie ist tief, was gut ist, und nicht unterbrochen.« Ich möchte seine Hand mit meinen Fingern umschlingen und den Kopf an seine Brust lehnen, wo er doch hingehört. Wenn er mich nur noch ein einziges Mal küssen würde, hier bei Tageslicht, dann würde er es wissen, würde meine Lippen wiedererkennen und offen sein für alle sich uns bietenden Möglichkeiten.

»Was sagt sie über mich und Izzy? Seit der Party benimmt sie sich seltsam.«

Mein Herz zieht sich zusammen, und dann läutet es zum ersten Mal an diesem Schultag. Marcus verspricht, später noch mal auf mich zuzukommen, aber ich kriege seine Worte kaum mit. Es spielt keine Rolle, ob es sich anfühlt, als hätte das Universum sich seit der Party verändert. Denn was Marcus und mich betrifft, ist alles genauso bescheuert wie vorher.

Bis auf die einzige echte Veränderung: Meine Seele besitzt jetzt eine raue, erhabene Seite. Ich habe gesehen, wie Marcus' Gesicht sich verändert hat, als er Izzy auf dem Flur entdeckte, oder welche Blicke sie und Tristan sich in Physik zuwerfen – all das reibt an dieser rauen Stelle in mir und reißt sie immer wieder auf. Und heraus quillt ein Zorn, von dem ich weiß, er ist unfair, ungerechtfertigt, aber ich kann nichts dagegen tun: Diese Narbe zeigt genau auf den schlechtesten Teil von mir.

~ ~ ~

Trotz aller Weitsicht konnte ich die Wirkung meines Schwindels so nicht vorhersehen. Ich hänge im Café herum und beobachte meinen Bruder, der mit Carlo Domino spielt. Carlo wird von allen Frodo genannt, weil er wie ein haariger kleiner Troll aussieht. Jedenfalls taucht Frodo in letzter Zeit häufiger hier auf. Heute Abend scheint er entschlossen, über

Marcus zu sprechen, auch wenn Hector das Thema nach der Sache mit den Cops nicht besonders mag. Er ist nicht sauer auf Marcus, will aber erst mal ein bisschen Gras über die Sache wachsen lassen.

»Der ist total psycho wegen diesem Mädchen, Alter. Das muss man echt gesehen haben, sonst glaubst du's nicht. Ich hätte ja nie gedacht, dass Marcus auf komische *chochas* steht, Mann.«

»Wie denn komisch?«

»Sie ist weiß, das ist schon mal das Erste. Aber nicht so wie ein heißes weißes Supermodel. Das auch nicht. Letztens hab ich ihn gefragt, ob ihre *cuca* vielleicht mit Diamanten oder sonst was gespickt ist ...«

»Hey, Mann, meine Schwester steht da drüben.«

»Und er meinte nur so was wie, ›Ich erzähl keine Intimitäten‹. Kannst du den Scheiß glauben? Ich weiß nicht, Mann. Das ist verrückt.«

»Seltsam«, sagt mein Bruder, aber ich merke, dass er überhaupt nicht bei der Sache ist.

»Was auch immer sie hat, T will auch was davon«, sage ich. Mehr braucht es nicht. Frodo zuckt richtig zusammen. Wie ein Hund, der ein Eichhörnchen erblickt hat.

»Was meinst du damit?«, fragt er und spricht mich zum ersten Mal heute Abend oder vielleicht überhaupt direkt an. Wann immer sie können, behandeln Jungs einen ja, als wäre man ein Stück Tapete.

»Genau, was ich gesagt habe. Ich meine, Izzy ist nett, aber die beiden zusammen?« Das zu sagen fühlt sich an, als würde ich an einer verschorften Wunde knibbeln. Ein paar Sekunden lang fühlt man sich besser, aber dann fängt es wieder an zu bluten.

»Denkst du, dass T sich an das Mädchen ranmacht?«, sagt Frodo. »Denn Marcus ist definitiv der Meinung, er und sie, also diese Izzy, sie wären sozusagen zusammen.«

Ich zucke mit den Achseln.

»Aha«, macht Frodo, und seine kleinen Trollaugen werden noch schmaler. Doch da wechselt Hector das Thema und lamentiert über das Trainerteam der Jets. Das Ganze dauert nicht länger als vielleicht eine Minute. Und wäre ich besser darin, Sachen zu vergessen, würde ich es sofort tun.

Aber ich bin nicht so gut im Vergessen. Als ich mir an diesem Abend die Karten lege, kann ich schon sehen, dass irgendwas Schlimmes passieren wird. Karten mit umgekehrten Schwertern erscheinen – eine nach der anderen. Es wird kommen, sagen die Karten. Und ich weiß, wer schuld daran ist.

Tristan
The Knight

Das Leben findet nicht mehr in der hellen Transparenz des Tages statt, sondern zu Zeiten und an Orten, die vom Schatten regiert werden. An dunklen Plätzen, wo Haut sich auf Haut pressen kann. Nachts tauchen wir in den Untergrund ab, folgen den Bahnlinien wie Wassertropfen im Wurzelwerk der Stadt, um dann im künstlichen Schimmer der Straßenlaternen wieder aufzutauchen. So durchstreifen wir die nächtlichen Versionen von Williamsburg, SoHo, Astoria und der Upper West Side. Die Dunkelheit ist voller seltsamer Bilder: die Frau im Abendkleid, die auf dem leeren Bahnsteig des F Train Akkordeon spielt; der Bettler mit kunstvoll verwirbelten Tattoos im Gesicht, der einen Goldfisch in einem Glas dabeihat; der Mann, der unter einer Straßenlaterne auf einer Bank sitzt, ein OP-Abdecktuch auf seinem Schoß glattstreicht und dann mit Händen, die in Gummihandschuhen stecken, einen Lachs-Bagel isst.

Eines Nachts spazieren wir an den Deckenkokons der Obdachlosen im Tompkins Square Park vorbei und setzen uns dann auf die Stufen vor dem Gebäude, in dem Izzy früher gewohnt hat. Dort küssen wir uns drängend. Ich glaube, wir versuchen beide, eine Spur von all den vergangenen Was-wäre-wenns zu erhaschen, uns all die möglichen Umstände zu überlegen, unter denen wir uns nie begegnet wären. Aber dann wandern wir wie immer nach Hause zurück, fürchten den unvermeidlichen Sonnenaufgang und den Kampf während der hellen Stunden.

Izzy besucht gewissenhaft den Schachclub, so dass es wenigstens irgendwas im Tagesverlauf gibt, worauf ich mich freuen kann. Denn ich habe immer noch Hausarrest. Weil Marcus nach wie vor nichts von uns weiß, wird es zu einer Folter der besonderen Art, nach dem Schachtraining zusammen, aber mit Abstand zwischen uns nach Hause zu laufen. Manchmal erzählt sie mir im Gehen, wie gerne sie mich küssen oder berühren möchte. Lauter Dinge, die sie mit mir anstellen wird, wenn es uns das nächste Mal gelingt, uns mitten in der Nacht hinauszuschleichen. Sie meint das natürlich spielerisch, als Flirt, aber es grenzt an Grausamkeit. Die unendliche Sehnsucht nach ihr hat zu viel Ähnlichkeit mit Schmerz.

Wir sind vorsichtig. Normalerweise. Einmal im Physikunterricht gibt es eine Gruppenarbeit, ein Experiment zur Streuung von Licht. Izzy, ich und zwei andere müssen uns in eine dunkle Abstellkammer quetschen, um Daten zu sammeln. Ich versuche, mich auf die Aufgabenstellung zu konzentrieren, nämlich auf die Bleistiftmarkierungen, die wir an der Wand anbringen sollen, um den Weg des winzigen Lichtpunkts zu dokumentieren. Ich bemühe mich, nur an die Gleichung zu denken, von der Tricia und Deshawn gerade sprechen. Aber die Dunkelheit macht mir zu schaffen. Mehr sogar als das süß vertraute Geräusch von Izzys Atem. Die Seligkeit, dass wir uns mitten an einem langen Tag in unserem natürlichen Lebensraum wiederfinden. Ich finde ihre Schulter, streiche mit der Hand darüber und beiße zärtlich hinein. Und dann rutschen meine Finger in den Ausschnitt ihres Kleids, in den warmen Unterschlupf ihres BHs, wo ich das perfekte Gewicht ihrer Brust halte, Deshawn sitzt vielleicht dreißig Zentimeter links neben mir. So nah, dass ich höre, wie er seine Brille auf dem Nasenrücken hochschiebt. Ich versuche, gleichmäßig weiter zu atmen, als Izzy mir in den Schritt greift und mich durch die Jeans anfasst.

»Ich kapier's nicht«, sagt Tricia, und ich höre ihren Stift über die Wand kratzen. »Die Zahlen werden nicht stimmen.«

»Das liegt an den Staubpartikeln in der Luft«, sage ich, doch meine Stimme klingt unnatürlich hoch und angespannt. Fast als hätte ich einen Zug Helium aus einem Luftballon eingeatmet. Izzy lacht. Ich räuspere mich.

Tricia schweigt. »Ich mach das Licht an«, sagt sie schließlich. Auf der Stelle ziehen Izzy und ich unsere Hände zurück, wie Tiere, die eilig in ihren Panzern verschwinden. Wie derangiert wir wohl aussehen, wenn das Licht angeht? Schwer zu sagen, aber Deshawn grinst amüsiert. Tricia kritzelt etwas in ihr Heft. Dazu murmelt sie etwas, das sich wie »Mein

Gott, Leute« anhört, aber es könnte auch irgendwas über Physik sein. Izzy kann ich gar nicht ansehen.

Natürlich ist das keine große Sache. Für Deshawn und Tricia ist das nur ein witziges oder nerviges Blitzlicht. Trotzdem mache ich mir Sorgen, was passieren wird, sobald Marcus lernt, im Dunkeln zu sehen.

~ ~ ~

Auf dem Heimweg vom Schachclub sagt Izzy zu mir, dass sie Marcus gern sofort über alles aufklären möchte. Ich weiß, dass sie recht hat. Aber jedes Mal wenn ich mir vornehme, es zu tun, hält mich die Erwartung der Auseinandersetzung davon ab. Es ist nicht nur Furcht vor Marcus' Wut, obwohl die auch eine Rolle spielt. Es wird ihn verletzen, wenn er begreift, dass er sie verloren oder eigentlich überhaupt nie besessen hat. Vielleicht zum ersten Mal in meinem Leben möchte ich nicht mit Marcus tauschen.

»Irgendwann müssen wir es ihm sagen, nicht wahr? Er hat mich für dieses Wochenende zu irgend so einer Sache mit einem Spukhaus eingeladen und geschworen, er würde ein Nein nicht akzeptieren«, sagt Izzy niedergeschlagen und schiebt dabei ihren schweren Rucksack auf den Schultern höher. Ich würde ihn ja gern für sie tragen, aber selbst das scheint, so nah an zu Hause, zu verräterisch zu sein.

»Yeah«, sage ich. »Er liebt solche Sachen.«

Halloween ist Marcus' liebster Feiertag, und jedes Jahr lässt er sich was Neues einfallen, um ihn mit manischer

Freude zu begehen. Es gibt nicht viele Schüler an der Highschool, die sich noch zu Halloween verkleiden. Einfach weil sie fürchten, als strebermäßige Trick-or-Treaters dazustehen. Aber Marcus trägt immer ein Kostüm, und weil er Marcus ist, wirkt das auch immer total cool. Jedes Jahr, seit ich in Brooklyn bin, schleppt er mich und ein paar andere mit in eines dieser teuren Spukhäuser in Manhattan. Er rennt denen praktisch die Tür ein, sobald sie für die Saison aufmachen, und besticht dann irgendeinen Manager, den er da kennt, damit wir alle umsonst reinkommen. Dieses Jahr hat er davon mir gegenüber allerdings nichts erwähnt. Überhaupt hat Marcus in letzter Zeit nicht viel mit mir geredet. Das letzte Wochenende verging ohne eine einzige Schachpartie. Und ganze Mittagspausen verstrichen, in denen nur K-Dawg über irgendwelchen obskuren Hiphop laberte und auf seinem Handy Tracks spielte, die sonst niemand interessierten. Marcus und ich wechselten dabei kaum ein Wort miteinander. Ich frage mich, ob er sich tatsächlich dermaßen nach Izzy sehnt oder ob das alles nur mein schuldbewusster Verfolgungswahn ist.

»Ich hasse Halloween«, sagt Izzy. »Gibt es auf der Welt nicht schon genug realen Horror? Und ich will auch nicht, dass Marcus mich in irgendeinem Spukhaus begrapscht.«

»Dir wird schon was einfallen. Du bist doch brillant, wenn's um das Erfinden von Ausreden geht.«

Sie lacht, klingt aber auch eine Spur ärgerlich. »Leute sind in allen möglichen Dingen gut, aber das bedeutet ja nicht zwingend, dass sie sie auch tun wollen.«

»Ich weiß. Es ist nicht fair. Wir werden uns irgendwas ausdenken, wie wir ihm von uns erzählen. Aber ... du weißt schon. Behutsam.«

»Aber warum? Was soll er denn schon tun?«

Ich muss daran denken, wie Marcus einmal in einem blutigen Shirt und einem Geheimnis auftauchte. Und ich stelle mir vor, das Blut wäre mein eigenes. »Nichts. Wahrscheinlich nichts.«

»Also was soll ich machen? Wegen Halloween?«

»Das wird dann eher so was wie eine Party als ein Date. Ich werde mir was überlegen, damit ich auch mitkommen kann.« Was keine leichte Aufgabe ist, denn theoretisch habe ich immer noch Hausarrest. Aber ich spüre, dass Izzy jetzt ein Versprechen braucht.

Sie verzieht das Gesicht, offensichtlich unzufrieden.

»Mach dir keine Sorgen. Wir kriegen das hin.«

»*Wir?*« Sie sieht mich von der Seite an.

»Du bist sauer. Das verstehe ich.« Ich nehme ihre Hand und drücke sie. Obwohl der Gedanke, dass jemand uns sehen könnte, mich ins Schwitzen bringt, scheint diese Geste sie zu beruhigen. »Aber du kannst mir nicht lange böse sein. Dafür bin ich zu süß.«

»Vielleicht versetze ich dich heute Abend«, sagt sie, aber ihr halbes Lächeln verrät mir, dass sie nur Spaß macht.

»Das würdest du nicht tun«, sage ich. »Es würde mich umbringen.«

~ ~ ~

Marcus hat sich in letzter Zeit kaum bei uns sehen lassen, und obwohl ich ziemlich paranoid bin, weiß ich, dass die wahrscheinlichste Erklärung dafür ist, dass er Auntie Patrice aus dem Weg geht. Normalerweise merkt er besser als jeder andere, wenn sie gereizt ist; fast als hätte er spezielle Sensoren dafür in seinem Hirn. Und obwohl ich diesmal den Großteil ihres Ärgers abgekriegt habe (siehe meinen Hausarrest), weiß ich, dass der eigentliche Grund für ihre Alarmstimmung ist, dass sie sich wie verrückt Sorgen um Marcus macht. Patrice war nie in solchen Schwierigkeiten, mit denen Marcus praktisch täglich spielt. Sie hielt sich aus allem raus, hatte gute Noten. Brooklyn war damals noch ein anderes Pflaster, und es ist ein weiteres Zeichen von Auntie Patrice' stählernem Willen, dass sie zu der geworden ist, die sie ist. Geradezu übermenschlich scheint sie große Teile der Nachbarschaft gleich mit sich emporgehoben zu haben. Aber Marcus ist nicht aus Stahl gemacht, sondern aus Gold.

Ich bin also ein bisschen überrascht, als ich zu Hause Marcus mit Patrice am Küchentisch vorfinde. Sie hat noch ihr Arbeitsoutfit an, aber sie und Marcus trinken Mauby aus großen Gläsern und lachen. Kein stummes Brüten, wie ich es noch in der Mittagspause bei ihm gesehen habe. Ich spüre bei diesem Anblick etwas wie einen Stromstoß, als hätte ich zu viel Koffein getrunken.

»T, mein Junge«, sagt Marcus. »Zu dir wollte ich.«

»Ach ja?«, sage ich. »Was gibt's?«

»Ich hab Auntie gerade von Izzy erzählt.«

Mein Gehirn geht sofort alles durch, was das bedeuten

kann. Ich suche in Patrice' Gesicht nach Anhaltspunkten, aber sie wirkt so verschlossen wie ein zugeklapptes Buch. Dazu lehnt sie sich auf ihrem Stuhl zurück und verschränkt die Arme, als sei sie in einer geschäftlichen Besprechung und müsse eine schwere Entscheidung treffen.

»Izzy? Du meinst die Izzy am Ende des Blocks?«, sage ich dümmlich. »Was ist mit der?«

»Yeah, natürlich diese Izzy. Die, mit der du befreundet bist, Bro. Ich sehe euch doch ständig zusammen nach Hause gehen«, sagt er. Und einen Moment lang frage ich mich, ob Marcus eine Armee von Spionagedrohnen zuzutrauen ist. Dann fügt er hinzu: »Das ist schon in Ordnung. Es gefällt mir, dass ihr euch gut versteht. Ihr seid beide schlau. Deshalb möchte ich auch, dass sie zum Abendessen vorbeikommt und Auntie Patrice kennenlernt, weil sie die Klügste in unserer Familie ist.«

Es fühlt sich wie eine Falle an. Ich stehe wie belämmert da. Meine Gedanken sind hundert Hamster in hundert verschiedenen Hamsterrädern. Bis Patrice mich lächelnd fragt: »Was meinst du, Tristan? Denkst du, dass ich dieses Mädchen mögen werde?«

Wäre ich so, wie Izzy sich das wünscht, würde ich in diesem Moment sagen: Es spielt keine Rolle, ob du sie magst. Sie gehört mir. Sie will mich. Ihr könnt sie nicht haben, keiner von euch beiden.

Stattdessen schlucke ich nur schwer und sage: »Natürlich wirst du das. Jeder mag Izzy.«

Patrice seufzt. »Marcus schwört, dass dieses Mädchen

einen guten Einfluss auf ihn hat. Dass sie der Grund dafür ist, dass er sich in den letzten Wochen von allem Ärger ferngehalten hat. Deshalb will ich sie unbedingt kennenlernen.«

»T hat recht. Du wirst sie mögen.« Er schiebt seinen Stuhl vom Tisch zurück, als sei damit alles klar. »Dann machen wir das diesen Samstag.«

»Was ist mit dem Spukhaus?«, frage ich. Und das ist die falsche Frage. Ein Schatten fällt über Marcus' Gesicht. Er hasst die Vorstellung, dass hinter seinem Rücken über ihn gesprochen wird.

»Was soll damit sein?«

»Izzy hat heute davon erzählt. Sie meinte, du und ein paar Leute würdet da nächstes Wochenende hingehen. Mir gegenüber hast du davon noch nichts erwähnt.«

»Bist du etwa eifersüchtig, mein Junge?« Marcus lacht. »Ich dachte, du magst so Gruselzeug nicht mal. Aber okay. Wir essen erst hier und gehen danach in die Stadt.«

»Tristan geht im Moment nicht weg«, sagt Patrice.

»Können wir eine Ausnahme machen?«, frage ich.

»Komm schon, Auntie. Lass ihn aus seiner Knastzelle«, sagt Marcus. »Er ist ja nicht derjenige, der in Schwierigkeiten geraten ist.«

»Ich werde drüber nachdenken«, sagt Patrice. Dann steht sie auf und verlässt das Zimmer. Im Gehen berührt sie Marcus noch flüchtig an der Schulter.

Nachdem sie weg ist, sagt Marcus nichts. Also trete ich ans Spülbecken und nehme mir ein Glas Wasser. Meine Hand zittert. Das ist nicht unbedingt Furcht, sondern eher das Gefühl, auf etwas zuzurasen, das ich noch nicht genau erkennen kann. Im Schach nennt man das Zugzwang: die Stellung, in der ein Zug, jeder Zug, nur schadet.

»Es gibt da Gerüchte, T, über dich und Izzy.«

Ich drehe mich nicht um, als er das sagt. Die Luft fühlt sich dick, zähflüssig an, und die Worte bleiben darin hängen wie Dreck, der auf einem Teich schwimmt.

»Wer verbreitet die?«

»Was spielt das für eine Rolle, wenn es sowieso nur Gerüchte sind?«

Ich schaffe es, meine Hand ruhig zu halten, drehe mich um und trinke das halbe Glas aus. Beim Schlucken versuche ich, etwas aus Marcus' Miene oder Haltung herauszulesen, aber er sieht so gelassen und cool aus wie immer.

»Sie ist die Richtige für mich, T. Das weiß ich. Die Sache ist nur, dass sie es anscheinend noch nicht weiß. Vielleicht überzeugt das Family Dinner sie davon, dass ich es ernst meine.«

Ich stelle das Glas auf die Arbeitsplatte, umklammere es aber weiterhin. Als wäre es ein Fels, der mir Halt geben kann. »Izzy ist toll«, sage ich. »Aber in ihrer Familie läuft es gerade ziemlich beschissen. Deshalb glaube ich, sie ist viel zu angespannt, um irgendwen zu daten.« Nichts von dem, was ich da sage, ist gelogen. Denn Izzy und ich daten ja nicht, nicht mal ansatzweise. Wir schwimmen, fliegen zusammen, verschlingen einander, leben.

»Hat sie dir das erzählt?«

»Nee, Alter. Aber das kann ich aus dem Zeug raushören,

das sie mir erzählt, verstehst du? Außerdem komme ich mir immer noch vor wie ein Arschloch, jedesmal wenn sie ihren Bruder erwähnt.«

Ich kann nicht sagen, ob mir das jetzt hilft oder mich nur noch tiefer reinreitet. Marcus steht auf, und sogar unter der lockeren Kleidung sind seine Muskeln sichtbar. »Aber sie redet trotzdem mit dir, T. Sie mag dich. Deshalb wird sie auch auf dich hören, wenn du ihr erklärst, was für ein cooler Typ ich bin.« Marcus kommt herüber, um sein Glas in die Spüle zu stellen. Obwohl es heute kühl ist, trägt er Basketball-Shorts und riecht verschwitzt.

»Was hast du zu denen gesagt?«, frage ich.

»Hä?«

»Na zu denen, die diesen Mist über Izzy und mich verbreiten.«

»Ich hab ihnen gesagt, dass du zur Familie gehörst«, meint Marcus und geht schon zur Wohnungstür. »End of story.«

Nachdem er weg ist, stehe ich noch lange da und denke über das Wort Familie nach. Darüber, ob dieses Wort auf noch irgendwen in meinem Leben zutrifft. Es ist ein Wort, das alle Kraft verloren hat.

Izzy
The Queen

Wenn ich an jene Zeit zurückdenke, habe ich noch so viele Fragen:

1. Wie konnten wir mit so wenig Schlaf auskommen?
2. Wie kann es sein, dass meine Eltern oder mein Bruder nie gehört haben, wie ich mich rausschlich?
3. Worüber haben wir in all den Stunden geredet?

Auf die ersten beiden Fragen gibt es nur vage Antworten. Wir trafen uns nicht jede Nacht, also konnten wir uns manchmal ausruhen. Trotzdem erinnere ich mich, in einer Art Dämmerzustand funktioniert zu haben, einer Mischung aus wachen und träumen. Aber was spielt das für eine Rolle, wenn man so jung und so verliebt ist. Was meine Familie betrifft, vermute ich, dass sie mich ein-, zweimal gehört haben. Das alte Haus knarzt, keine Tür schließt absolut geräuschlos. Ich könnte mir sogar vorstellen, dass Hull detailliert über mein Kommen und Gehen Buch geführt hat, nur um mich in irgendeiner späteren Auseinandersetzung in der Hand zu haben. Und meine Eltern ... vielleicht dachten sie, ich würde nur spazieren gehen, weil ich nicht schlafen konnte. Oder vielleicht war das damals ihre geringste Sorge.

Die Antwort auf Frage Nummer drei kenne ich allerdings, denn ich bemühe mich nach wie vor, die Erinnerung an jede Einzelheit zu bewahren: wie Tristans Gesicht aussah, als er mir zum ersten Mal von seinen Eltern und seiner Kindheit erzählte, die Worte, mit denen er Marcus beschrieb, der Ton seiner Stimme, wenn er von einer bestimmten Schachpartie erzählte, wie es sich angefühlt hatte, sie zu spielen. Manchmal glaube ich tatsächlich, mich an jedes Wort zu erinnern, das er in meiner Anwesenheit geflüstert hat. Wir redeten, bis unsere Kehlen trocken und wir heiser waren, dann schlichen wir uns in einen Park oder Garten und küssten uns die Lippen wund.

Doch so lebendig all diese Erinnerungen auch sein mögen, sie wurden zu unzähligen Perlen auf einer einzigen, verschlungenen Schnur. Ich weiß nicht mehr, welche Nacht welche war oder in welcher Reihenfolge es zu den Gesprächen kam. Eine Ausnahme ist die Nacht, als er mich zum Abendessen zu seiner Tante einlud. Auf diese Bitte hin überkam mich Verlegenheit und zugleich Selbstgefälligkeit, weil ich mir ausmalte, wie er mich seiner Tante Patrice als seine Freundin vorstellte. Dann stellte er klar, dass Marcus auch da sein würde. Ich bemerkte seinen entschuldigenden Tonfall, der mich ärgerte. Genauso wie es mich ärgerte, dass er diese Neuigkeit die ganze Nacht mit sich herumgetragen hatte und sie mir erst an der Ecke unseres Blocks verriet. Aber das ist nicht der Grund, warum sich diese Nacht in mein Gedächtnis eingebrannt hat.

Als wir am Spielplatz vorbeigingen, packte Tristan mich am Handgelenk und drückte es so fest, dass ich beinah aufgeschrien hätte. Dann folgte ich seinem Blick und biss mir auf die Lippe. In der Nähe des Klettergerüsts, wo Tristan und ich uns das erste Mal begegnet waren, standen Leute.

Tristan zog mich in den Schatten eines hohen Fahrradständers. Ich erkannte seine Stimme als Erstes. Es war dieselbe, die mich ständig auf den Schulfluren anquatschte – Marcus. Die beiden anderen Jungs kannte ich nicht, aber sie sahen groß und breitschultrig aus, überhaupt nicht nach Marcus' normaler Clique. Mein Atem klang in meinen Ohren viel zu laut, deshalb versuchte ich, die Luft anzuhalten, um etwas von ihren gedämpften Worten zu verstehen. Vergeblich. Ich bekam einen Krampf in der Wade und biss die Zähne so fest zusammen, dass es weh tat.

In der Dunkelheit meinte ich, etwas glitzern zu sehen, das einer der Typen Marcus' übergab. Und dann verschwanden sie: Marcus unseren Block hinunter, die beiden anderen in die entgegengesetzte Richtung. Wir rührten uns nicht, bis sie alle außer Sichtweite waren.

»Tristan«, flüsterte ich, und mein Herz zitterte wie ein Chihuahua in Panik. »War das eine Waffe?«

»Eine Waffe? Nee, ich hab keine Waffe gesehen.«

Ich ließ die Szene in meinem Gedächtnis noch mal ablaufen, um abzuschätzen, wie sicher ich mir war. »Aber irgendwas hat dich auch erschreckt.«

»Diese Typen«, sagte Tristan. »Ich glaube, ich hab sie erkannt. Eigentlich dachte ich, Marcus hätte schon vor langer Zeit aufgehört, mit ihnen abzuhängen.«

»Warum hätte er denn damit aufhören sollen?«

»Weiß ich auch nicht genau. Lass uns nach Hause gehen. Dann kriegen wir noch ein paar Stunden Schlaf.« Wir schlichen davon, fühlten uns aber erschüttert und beobachtet. Vor meinem Haus gaben wir uns nur noch einen flüchtigen Kuss.

Es war nichts Schlimmes passiert. Das sagte ich mir immer wieder, während ich nach oben in mein Zimmer schlich, aber sogar nachdem ich unter die warme Bettdecke geschlüpft war, spürte ich noch eine tiefe metallische Kälte bis in die Knochen.

Tristan
The Knight

Als ich nach Hause komme, lege ich mich aufs Bett, aber an Schlaf ist nicht einmal zu denken. Ich zähle Schäfchen, gehe in Gedanken eine meiner Lieblingspartien durch, Kasparow gegen Topalow im Jahr 1999. Ich drehe mein Kissen um, damit ich auf der kühleren Seite liege. Im Dunkeln taste ich nach meinem Handy: 4.38 Uhr. Und weil ich das Telefon schon in der Hand habe, rufe ich die Nummer meines Vaters an, um seine Stimme auf der Mailbox zu hören. Aber zu meiner Überraschung geht er ran.

»Hey, Dad.«

»Tristan?«, fragt er, als ob irgendjemand sonst ihn so begrüßen würde. Im Hintergrund sind Stimmen und vereinzelt Gelächter zu hören. Wahrscheinlich hängt er noch mit irgendwelchen Musikern in einer Bar ab. »Wie ist Brooklyn so, mein Sohn?« Das ist so typisch mein Vater, dass er sich nicht fragt, warum ich ihn wohl zu dieser seltsamen Uhrzeit anrufe.

»Brooklyn …« Mein müdes Gehirn sucht nach der richtigen Beschreibung. »Brooklyn verändert sich.«

»Aha«, macht mein Dad. »Ist alles in Ordnung, Junge? Du bringst dich doch nicht in irgendwelche Schwierigkeiten, oder?«

»Nein«, sage ich, obwohl ich mir nicht sicher bin, auf welche Frage ich damit antworte. »Kann ich dich was fragen?«

»Klar, klar«, sagt Dad, und ich kann eine Tür quietschen hören, dann ist es im Hintergrund still. Das ist zwar nicht viel, fühlt sich aber trotzdem gut an, dass er sich Zeit für diesen Anruf aus heiterem Himmel nimmt. »Was gibt's?«

Ich habe mir nicht wirklich überlegt, wie ich ihm diese Frage stellen will, aber da bewegen sich meine Lippen schon. »Wenn du an die Zeit zurückdenkst, als du und Mom ganz frisch zusammen wart, gibt es da irgendwas, das du bereust?« Ich kann spüren, wie aufmerksam er mir zuhört, und dann ist da ein langes Seufzen. Er lässt sich mit seiner Antwort Zeit.

»Ich denke mal«, sagt er schließlich, »dass ich all diese Kleinigkeiten bedaure, die mich daran gehindert haben, mehr Zeit mit ihr zu verbringen, solange sie noch auf dieser Welt war. Ich wünschte, wir hätten weniger gestritten, weniger geschlafen, uns weniger Sorgen darüber gemacht, was Leute über uns reden. Wenn ich an diese Zeit zurückdenke, dann ist es so offensichtlich, dass deine Mom das Einzige war, was zählte. Ich wünschte, ich hätte nach dieser Wahrheit gehandelt. Jeden Tag. Die ganze Zeit.« Er hustet, atmet hörbar ein, so dass ich mich frage, ob er wieder raucht. »Beantwortet das deine Frage?«

»Ich glaube schon.«

»Okay«, sagt er und seufzt noch einmal. »Ich würde dich gern fragen, wer sie ist, aber ich schätze, du wirst es mir sagen, wenn du soweit bist.«

»Werde ich.« Er hat mir die Antworten gegeben, die ich mir wohl schon gewünscht hatte, als ich seine Nummer wählte.

Wir verabschieden uns, und nachdem ich aufgelegt habe, greife ich nach dem Foto, das verkehrt herum auf dem Nachttisch liegt. Nach allem, was ich von meiner Mutter weiß, war sie nicht der Typ, der jemals irgendwas besonders bedauerte. »Aber was ist mit Marcus?«, sage ich zu ihrem lächelnden Gesicht als Braut. »Was hat er so spät da draußen getrieben?« Doch sie weigert sich, mir das Geheimnis zu verraten, bevor ich einschlafe.

~ ~ ~

Zu behaupten, Izzy wäre von diesem Familientreffen nicht besonders begeistert gewesen, ist untertrieben. Eigentlich wollten wir Marcus endlich reinen Wein einschenken, aber stattdessen bitte ich sie, aus unseren Lügen ein richtiges Theater beim Abendessen zu machen. Immerhin ist Izzy neugierig auf Patrice. »Worüber soll ich mich mit ihr unterhalten?«, hat sie mich schon mehrmals gefragt. Und: »Was denkst du, welches Kleid ihr besser gefällt? Das dunkelblaue oder das grüne?« Izzy weiß fast alles über mich, allerdings habe ich die Tatsache, dass ich selbst ziemlich wenig über Patrice weiß, bisher wahrscheinlich eher runtergespielt. Ich bin mir nicht sicher, wie glatt ich dieses Treffen hinkriege.

»Übrigens, habe ich schon erwähnt, dass ich Spukhäuser hasse?«

»Das hast du schon ein paarmal erwähnt«, sage ich am Tag vor dem Abendessen zu ihr. Wir schleppen gerade die Kisten mit den Schachbrettern und -figuren zu Mr Ks Auto. Der einzige Grund hinter dieser Hilfsbereitschaft ist, ein paar Minuten für uns zu haben. Während der Stunde musste ich mit Mr K üben, weil dieses große Bezirksturnier ansteht, nur war ich mit dem Kopf nicht wirklich bei der Sache.

»Ich werde ja auch da sein. Das wird schon gutgehen.« Um das zickige Schloss von Mr Ks uraltem dunkelblauem Kombi aufzukriegen, stelle ich die Kiste auf den Asphalt. Ich werde tatsächlich da sein, weil Patrice sich überzeugen ließ, ihre strengen Regeln an diesem Abend auszusetzen. Bei meiner zweiten Behauptung bin ich mir deutlich weniger sicher. Mir graut ja selbst vor diesem Ausflug.

»Klar«, sagt Izzy und wuchtet ihre Box in den Kofferraum. »Was soll da schon schiefgehen?« Sie lächelt mich ironisch an, und da küsse ich sie spontan. Am helllichten Tag. Aber nur einmal.

~ ~ ~

Izzy hat sich für das grüne Kleid entschieden, stelle ich fest, als Patrice ihr am Samstagabend die Tür aufmacht. Sie sieht noch hübscher aus als sonst: mit leicht geröteten Wangen und aus dem Gesicht gesteckten Haar. Als Geschenk hat sie einen großen Strauß Lilien dabei.

»Wie schön«, sagt Auntie Patrice und nimmt sie ihr ab. »Es ist Jahre her, dass ich zuletzt Blumen gekauft habe. Sie leben immer nur so kurz.« Ich sehe, dass etwas in Izzys Miene bröckelt, aber sie lächelt tapfer weiter.

»Wie nett von Ihnen, mich zu sich einzuladen«, sagt Izzy und sucht nervös meinen Blick.

»Marcus hätte sich nicht davon abbringen lassen.«

»Ah, ja, klar«, sagt Izzy. »Ich hab schon mitbekommen, dass er darin ziemlich gut ist.«

Beide lachen unbehaglich. »Dieser Junge«, meint Patrice. »Und jetzt ist er noch nicht mal hier.«

»Komm rein und setz dich, Izzy. Ich bin mir sicher, dass Marcus bald kommt.« Ich bemühe mich um eine ruhige Stimme, damit die brutzelnde Nervosität, die wir alle spüren, ein wenig abkühlt. Izzy sieht mich an, als hätte ich ihr eine Rettungsweste zugeworfen. Als sie mir antwortet, klingt ihre Stimme schon fast normal.

»Danke, Tristan.«

»Du nennst ihn Tristan?«, fragt Patrice, während wir in die Küche gehen. »Ich dachte, ich wäre die Einzige, die seinen ganzen Namen benutzt.«

»Ach, na ja. Es ist ein hübscher Name. Ich mag ungewöhnliche Namen. Er ist der einzige Tristan, den ich kenne, und Sie sind jetzt die einzige Patrice, die ich kenne.« Ich weiß, wie lieb Izzy das meint, aber ich sehe Aunt Patrice sich etwas sträuben, denn alle Kids aus dem Block und sogar einige, die inzwischen schon längst erwachsen sind, nennen sie Ms White. Sie rührt irgendwas um, das auf dem Herd kocht. Gleichzeitig sehe ich die Wohnung, sehe sie wie zum ersten Mal und wie Izzy sie sehen muss. An den Wänden sind Farbschichten von Jahrzehnten, der Kühlschrank sieht alt und schäbig aus. Mir fällt auf, wie seltsam das ist, dass Izzy noch nie hier war und ich noch nie über den Eingang zu ihrem Haus hinausgekommen bin. Danach zu schließen, was ich von dort aus erspähen konnte, ist ihr Kühlschrank wahrscheinlich kein bisschen schäbig.

»Riecht köstlich«, sagt Izzy, auch wenn es ein bisschen so klingt, als wolle sie sich selbst einreden, dass das so ist. Ich kann am Kreuzkümmel und Ingwer riechen, dass Patrice irgendwas Karibisches gekocht hat. Vielleicht ist das als eine Art Test gedacht.

»Wie gefällt dir denn das Viertel hier?«, fragt Patrice beiläufig, obwohl ich weiß, dass die Frage auf ein Gelände mit einer Million Landminen führt.

»Es gefällt mir total gut«, sagt Izzy. »Tristan ... Tristan und Marcus haben erzählt, dass Sie schon lange hier wohnen. Da müssen Sie eine Menge Veränderungen erlebt haben.« Insgeheim applaudiere ich, denn das ist eine bewundernswerte Ausflucht. Tatsächlich die beste, die sie unter diesen Umständen bringen kann.

»Erst in den letzten paar Jahren«, antwortet Patrice vage und kehrt uns weiter den Rücken zu. Da geht die Wohnungstür auf, und Marcus Stimme schallt durch die Wohnung.

»Klopf, klopf!«

»Du hast es also geschafft«, sagt Patrice, als er schwungvoll in die Küche kommt.

»Na klar«, sagt Marcus. Er will zuerst Izzy auf die Wange küssen, doch die dreht steif den Kopf weg, so dass seine Lippen irgendwo neben ihrem rechten Ohr landen. Ein bisschen gekränkt weicht er zurück und geht dann zu Patrice, die er ebenfalls küsst und die so tut, als sei sie noch ganz ins Kochen vertieft. In meine Richtung guckt er nicht mal. Ich komme mir vor wie ein Geist, den außer Izzy niemand sehen kann. Ihr Unbehagen ist ansteckend.

»Lasst uns gleich essen«, sagt Marcus und reibt sich übertrieben die Hände. Es ist eigenartig, dass er mich nicht begrüßt hat, aber ich schreibe es seiner Launenhaftigkeit zu. Ansonsten läuft es ja einigermaßen glatt. Beim Essen hat Patrice keine Mühe gescheut, und so gibt es Roti mit Curryfüllung, Ziegenragout und ihre berühmten Makkaroni mit Käse. Obwohl Izzy, wie ich weiß, mehr oder weniger Vegetarierin ist, probiert sie alles und lobt begeistert. Marcus erzählt, wie schlau Izzy ist (»Vielleicht sogar noch schlauer als T«, sagt er und sieht mich dabei endlich an; ich antworte darauf: »Na, danke, dass du das sagst, Marcus.«). Das gefällt Patrice, und sie reden noch eine Weile über Izzys Plan, Medizin zu studieren. Ich erlaube mir, mich ein bisschen zu entspannen. So als würde ich meinen Gürtel nach der Menge *Mac and Cheese* ein Loch weiter machen.

»Siehst du, dass Izzy immer vorausdenkt?«, meint Patrice zu Marcus. »Das sage ich dir auch immer, dass du das tun solltest.«

»Woher weißt du denn, dass ich nicht vorausdenke?«, sagt Marcus. »Ich habe alle möglichen Pläne.«

»Pah, du und deine Pläne«, sagt Patrice und verdreht die Augen himmelwärts. »Dann wüsste ich ja mal gern, was du geplant hast, als du dich für deine Auseinandersetzung mit der Polizei entschieden hast.«

Izzy tut so, als sei sie extrem beschäftigt mit ihrem Teller, weil sie in diese Diskussion nicht reingezogen werden will. Geht mir genauso.

»Ach, komm schon, Auntie«, sagt Marcus. »Das kann man gar nicht planen. Es heißt doch, dass im Leben nur drei Sachen sicher sind: der Tod, Steuern und die Cops.« Ich muss lachen, aber Patrice' Lächeln wirkt angestrengt. Sie sieht Izzy an.

»Izzy«, sagt sie, »ich kann sehen, warum Marcus so viel von dir gesprochen hat. Aber was will ein so nettes Mädchen mit einem Tunichtgut?«

Sie meint es arglos, denke ich. Weil sie Marcus immer irgendwie aufzieht und um Izzy zu überrumpeln. Ich beobachte Izzys Gesicht, das schnell nacheinander die Farbe wechselt, bevor es bei einem fleckigen Pink bleibt.

»Das habe ich mich auch schon gefragt«, sagt Marcus und lächelt sie an. Er streckt die Hand nach ihr aus, und Izzy lässt es zu, dass er mit seiner Riesenpranke ihre Hand bedeckt.

»Ich …«, sagt sie, zögert und setzt dann noch mal neu an. »Obwohl ich eher ein Nerd bin …« Sie stockt wieder und räuspert sich. »Marcus und Tristan waren beide so nett zu mir, bevor sie überhaupt genau wussten, wer ich war. Und das muss doch bedeuten, dass sie …« Sie macht eine Pause, schluckt und beendet dann den Satz mit leiser Stimme. »Dass sie ein gutes Herz haben. Beide. Vielleicht ein besseres als ich.«

Es dauert schon einen Moment, bis wir drei alle kapiert haben, was sie da gesagt hat. »Das ist sehr süß, Izzy«, sagt Patrice schließlich. »Du bist ein sehr liebes Mädchen, das merke ich schon.« Patrice lächelt jetzt, aber ihr Lächeln ist so undurchsichtig wie die Milchglasplatte des Esstischs. Mein Blick geht kurz zu Marcus, und erst jetzt merke ich, dass er mich gemustert hat, während Izzy sprach. Was sieht er? Der Gedanke überschlägt sich in meinem Kopf: Er weiß es. Keine Ahnung, woher, aber er weiß es.

»Tristan«, sagt Patrice und dreht sich zu mir, »warum hilfst du mir nicht beim Abräumen und mit dem Nachtisch?«

Ich füge mich, obwohl ich Izzy eigentlich nicht allein mit Marcus am Tisch zurücklassen will. Er redet jetzt leise mit ihr. Ich kann sie über das Klappern des Geschirrs im Spülbecken nicht verstehen. Als ich beginne, die Süßkartoffel-Pie aufzuschneiden, lausche ich immer noch angestrengt. Patrice holt Teller und Gabeln aus dem Schrank.

»Junge, du richtest hier ein Chaos an«, zischt sie mich an. Zuerst denke ich, sie meint die Pie, doch dann legt sie eine Hand auf meine, und ich sehe ihre ernste Miene. »Warum hast du mir nicht erzählt, dass Izzy in dich verliebt ist? Wenn du dich darauf einlässt, wird das dem Mädchen nur weh tun, Tristan.«

»Woher weißt du …?«, frage ich. Als ob das eine Rolle spielen würde.

»Weil ich nicht blind bin.« Wütend pickt sie ein paar Krümel auf und schnippt sie ins Spülbecken. »Du musst es Marcus sofort sagen. Du weißt doch, wie er sein kann.«

Mein Gesicht fühlt sich ganz heiß an, und vom Anblick des Kuchens wird mir übel. Ich schließe die Augen. »Ich weiß. Ich werde mir was einfallen lassen.«

»Und was ist mit dir? Empfindest du etwas für sie?«

Ich kann sie nicht ansehen. Es gäbe zu viel darauf zu antworten, also sage ich lieber gar nichts.

Ich höre sie ausatmen und dabei leise durch die Zähne pfeifen. Das sagt mir deutlicher als Worte, was für ein Idiot ich bin, dass ich mich in diese Situation gebracht habe. Aber als ich die Augen wieder aufmache, geht sie schon mit zwei Stück Pie an den Tisch zurück. Ich beeile mich mit den zwei anderen Stücken.

»Ich kann nicht verstehen, wieso es sich gut anfühlen soll, Angst zu haben«, sagt Izzy gerade. Dabei lächelt sie gutmütig, obwohl ich weiß, sie könnte ein ganzes Buch mit Dingen füllen, die sie lieber machen würde, als ein Spukhaus zu besuchen.

»Bringt dein Blut in Wallung«, sagt Marcus und schlägt sich mit der Faust an seine breite Brust. »Macht, dass du dich lebendig fühlst.«

»Wenn du es sagst.«

»Vielleicht sollte ich auch mitkommen«, sagt Aunt Patrice. »Du willst doch nicht, dass ich den ganzen Spaß verpasse, oder?« Vielleicht will sie Marcus damit nur aufziehen. Oder sie denkt, wenn sie dabei ist, sinkt die Wahrscheinlichkeit, dass er mich umbringt. Das finde ich seltsam herzerwärmend. Die beiden sehen sich über den Tisch hinweg an, bis Marcus anfängt zu lachen.

»Du bist schon lebendig genug, Auntie. Esst auf, Leute, wir müssen los.« Mit Begeisterung schaufelt er den Kuchen in sich rein, während Izzy ihren Teller wohlerzogen in kleinen Bissen leert. Die Pie ist eine von Patrice' Spezialitäten, aber in meinem Mund verwandelt sich die Füllung in Klebstoff. Deshalb schiebe ich den Rest mehr oder weniger nur auf meinem Teller hin und her. Das leuchtende Orange ist die Farbe von Halloween.

BRIANNA

The Rook

Sie ist überrascht und froh, mich draußen vor der U-Bahn-Haltestelle Delancey Street zu sehen. Ich lächle und winke und fühle mich wie eine Petze der schlimmsten Sorte. Marcus und T gehen links und rechts neben ihr. Eine Sekunde lang habe ich den Impuls, mir ihre Hand zu schnappen und zusammen wegzurennen.

»Caballito«, sagt Marcus, bevor ich dem Impuls nachgebe, bevor Izzy auch nur ein Wort sagen kann. Seine Stimme lässt mein Herz noch schneller schlagen, obwohl ich mir langsam wünsche, es würde das nicht tun. »Ich wusste gar nicht, dass du heute Abend mitkommst.«

Das liegt daran, dass ich nicht eingeladen wurde. Nicht so richtig. Ich räumte gerade hinten im Lokal auf, als Hectors Handy, das dort lag, den Eingang einer Nachricht von Marcus meldete. *Chateau Fright, heute Abend um 9*. Dann, ein paar Augenblicke später, *Da könnte es knallen. Du solltest da sein*. Ich hörte Hector, Sekunden bevor das Handy zum dritten Mal brummte, aus der Toilette kommen, so konnte ich nicht mehr lesen, was darin stand. Ohne ein Wort zu sagen, füllte ich weiter die Salz- und Pfefferstreuer nach, aber ich starb vor Neugier zu erfahren, ob das irgendwas mit Frodo zu tun hatte. Etwas später fragte ich Hector betont cool, ob er vorhabe, zu dieser Sache in dem Spukhaus zu gehen. Ich hätte irgendwelche Leute darüber reden gehört. »Nee«, sagte er beinah flüsternd. »Hab auch ohne Marcus schon genug Stress.« Dann sah er mich an, ganz strenger großer Bruder. »Und du solltest da auch nicht hingehen, wenn du klug bist.«

Klugheit, das war noch nie meine Stärke.

Ich kann nicht behaupten, dass Marcus erfreut wirkt, mich zu sehen, aber es scheint ihn auch nicht groß zu kümmern, denn er geht nicht weiter darauf ein. Und was mich betrifft, ich hab keinen Plan (mein letzter hat ja so toll funktioniert). Aber ich hätte es auch nicht ausgehalten, zu Hause rumzusitzen und mich zu fragen, was wohl passiert. Also hake ich mich jetzt bei Izzy unter, und gemeinsam lassen wir uns ein Stückchen hinter die Jungs zurückfallen.

Sie erzählt mir, dass sie gerade von einem Abendessen bei Tristans Tante kommt. Das muss ziemlich peinlich gewesen sein. »Das Ganze war so eine üble Idee«, flüstert Izzy mir zu. »Als ob wir jetzt alle eine große glückliche Familie sein sollten!«

»Eine echt dysfunktionale«, sage ich.

»Sorry«, sagt sie und drückt meinen Arm. »Ich hab dich gar nicht gefragt, wie es dir geht.«

Ich fange an, irgendwas zu murmeln, aber da springt plötzlich jemand kreischend vor uns und versperrt den Weg. Es ist nur der verdammte Tyrone, aber meine Nerven liegen so blank, dass ich quieke wie ein erschrockenes Schwein. Izzy zuckt auch zusammen. Es sind die typischen Arschlöcher, die Marcus jetzt mit Shoulder Bumps begrüßen: Tyrone, Frodo, K-Dawg in Begleitung von ein paar trashig aussehenden Mädchen, die ich nicht kenne. Roxanne ist nicht dabei. Vielleicht ist sie schlauer geworden und hat sich wieder von Tyrone getrennt. Sie machen sich nicht mal die Mühe, Izzy oder mich zu begrüßen. Ich sehe, wie Frodo sich vorbeugt und Marcus irgendwas ins Ohr flüstert. Izzys Arm um meinen fühlt sich sehr schwach und dünn an.

Wir bewegen uns im Rudel die Straße runter. Die Jungs sind laut und zwingen auf dem Gehweg jeden, ihnen auszuweichen. Eine ältere weiße Frau, die uns entgegenkommt, wirft uns mit zusammengebissenen Zähnen einen finsteren Blick zu.

Das Spukhaus ist in Wirklichkeit ein schäbiges Bürogebäude mit ein paar billigen falschen Hotelschildern davor. Ich gehe sonst nie zu so was, weil es viel zu teuer ist, aber Marcus kennt natürlich jemand, der hier arbeitet, und so werden wir ohne Tickets reingewunken. Der Vorraum sieht aus wie eine Hotelrezeption, ist mit jeder Menge Spinnweben dekoriert und schon halbvoll mit Touristen. Die Jungs sind laut, ärgern sich gegenseitig und erinnern K-Dawg daran, wie laut er letztes Jahr geschrien hat, als jemand ihm einen Sack über den Kopf gezogen hat. Frodo versucht die Mädchen mit einem Tattoo zu beeindrucken, das er sich vor ein paar Tagen hat stechen lassen. Zuerst kann ich nicht erkennen, was es sein soll. Dann sehe ich, dass es die Umrisse von Brooklyn sind und BK in der Mitte. Seine Haut ist rot und das Tattoo wulstig und echt hässlich, aber die dämlichen Girls machen anerkennende Geräusche. Nur T ist still. Wachsam.

Ein Typ in Smoking und mit strähniger Perücke, der wie ein Zombie-Partier aussehen soll, taucht auf. Er labert etwas über Leute, die in dieses »Hotel« ein-, aber nie mehr auschecken. Dass es nicht die Schuld des Chateau Fright wäre, wenn wir alle an Herzanfällen sterben usw. usf. Dann erklärt er noch, dass immer nur eine bestimmte Anzahl von Leuten auf einmal durchgehen kann. Er lotst die Touri-Gruppe in einen kleinen, mit Seilen abgegrenzten Bereich.

»Noch sieben Leute«, brummt der Partier, und Marcus zeigt auf wie ein Schulkind.

»Komm, T«, sagt er und zieht seinen Cousin mit sich in die Schlange. Seine drei Lakaien und die beiden Mädchen trotten hinter ihnen her, so dass Izzy und ich für die nächste Gruppe zurückbleiben. Soll mir recht sein.

»Ach, nee«, sagt Marcus, als er sieht, wie es läuft. »Ich muss da zusammen mit meinem Mädchen durch.« Vielleicht ist es wegen seines besitzergreifenden Tons oder aus einem Beschützerimpuls heraus, jedenfalls biete ich ihm sofort die Stirn.

»Was? Denkst du etwa, wir wären nicht tough genug, um

allein da durchzulaufen?«, sage ich und lege den Arm um Izzy. In dem Ton habe ich noch nie mit Marcus geredet, und es fühlt sich gut an. »Geht schon.«

Die Jungs johlen über meine Unverfrorenheit, und die Touristen wirken leicht verschreckt. Marcus deutet eine Verbeugung an.

»Selbstverständlich. Wenn du es sagst, Caballito.« Aber er grinst dazu, als hätte er das alles so geplant.

Dann knurrt der Partier, dass sie sich beeilen sollen, und schon sind sie durch die Tür in einem Nebel aus Trockeneis verschwunden. Mir bleibt keine Zeit, auch nur ein Wort zu Izzy zu sagen, weil schon ein anderer Mitarbeiter auftaucht, um die nächste Gruppe zusammenzustellen. Als er Izzy sieht, bleibt er abrupt stehen. Er ist verkleidet wie ein Hotelpage, aber mit aufgeschminkten Eiterbeulen und verwesendem Fleisch, echt eklig. Deshalb ist es auch wirklich gruselig, als er begeistert ruft: »Izzy! Du bist zu uns zurückgekehrt!«

Izzy lacht, was ich in letzter Zeit bei ihr nicht oft gesehen habe, und umarmt den Pagen. »Ich weiß immerhin noch, wie man nach Manhattan kommt«, sagt sie.

»Na ja, Missy, also von deinen zahlreichen Besuchen könntest du es jedenfalls nicht wissen«, tadelt er sie freundlich. »Vorsicht, damit du dir dein Kleid nicht mit meinem Makeup versaust.«

Ich fühle mich fehl am Platz und weiche ein Stück Richtung Wand zurück, aber Izzy streckt den Arm aus und zieht mich zu sich.

»Das ist meine Freundin Brianna«, sagt sie. Daraufhin macht der Typ ein seltsames kleines Geräusch, vielleicht um seine Neugier auszudrücken. Er streckt mir auch die Hand hin, allerdings mit der Handfläche nach unten. Ich schüttle sie verlegen.

»Philip«, sagt er zu mir und seufzt schwer, bevor ich etwas antworten kann. »Ich darf meine Rolle nicht verlassen. Sonst werde ich hundertprozentig gefeuert. Und das hier ist das, was in meiner bisherigen Karriere einem bezahlten Job als Schauspieler noch am nächsten kommt.«

»Glückwunsch?«, frage ich vorsichtig.

»Es ist ein Anfang«, sagt Philip. Scheinbar grundlos lächelt er mich an, und zum ersten Mal denke ich, dass er unter seinem schrecklichen Make-up ziemlich süß aussieht. »Tja, ein Zwilling ist ja schon überraschend zurückgekehrt«, sagt er zu Izzy. »Wann kommst du?«

Izzy zuckt mit den Schultern und scheint sich sofort unbehaglich zu fühlen. »Das ist kompliziert.«

Philip lacht. »Hull hat es drauf, Sachen kompliziert zu machen, aber wir mögen ihn trotzdem. Hast du hinterher noch Zeit?«

»Leider nicht. Ich bin mit einer ganzen Gruppe von Leuten hier, die vor uns losgegangen sind. Aber ich komme euch bald mal besuchen. Versprochen.«

»Leere Versprechungen. Ruf mich doch mal an, ja?«, sagt Philip und humpelt schnaufend und krächzend davon, um die nächste Gruppe von Besuchern, die den Vorraum betreten haben, in Empfang zu nehmen.

»Kannst du dir vorstellen, dass er der Erste war, den ich je geküsst habe?«, flüstert Izzy mir ins Ohr und lacht über meine Reaktion. »Da waren wir in der Sechsten. Ich hatte keine Ahnung, dass er schwul ist. Ich war … vielleicht ein bisschen naiv. Er ist immer noch ein guter Freund, auch wenn ich ihn nicht mehr oft sehe.« Sie lächelt, vielleicht weil sie sich an etwas erinnert, schweigt aber. Philip schickt uns durch die Tür in die Dunkelheit, aus der man Schreien, Kreischen und vielleicht sogar das ferne Brummen einer Kettensäge hört. So verschwinden wir im Inneren des Gebäudes.

Dieses Spukhaus ist ganz in Ordnung: Blutig geschminkte Leute springen aus dunklen Ecken, ein paar coole Spezialeffekte lassen es so aussehen, als würden Geister aus Gemälden an den Wänden schweben, ein Typ, der tatsächlich ziemlich große Ähnlichkeit mit Jack Nicholson in *The Shining* hat, jagt uns durch den letzten Teil. Izzy ist ziemlich schreckhaft und klammert sich die meiste Zeit über so fest an meinen Arm, dass der, als wir am Ende ankommen, eingeschlafen ist. Ich bin dagegen abgelenkt, weil ich daran denken muss, wie Izzy gelächelt hat, als sie Philip sah, und wie leicht ihr Leben gewesen sein muss, bevor sie uns allen begegnet ist. Das macht mich neidisch. Gleichzeitig führt es mir schmerzlich vor Augen, was ich für einen Mist gebaut habe, seit ich ihre Freundin bin. Philip hätte sie und Tristan nicht verraten, da bin ich mir ziemlich sicher. Und schon gar nicht an so einen Idiot wie Frodo.

Der Raum, wo nach der Tour alle landen, ist hell erleuchtet und unübersichtlich, was wohl auch an den vielen Leuten liegt, die bescheuerte T-Shirts und Becher kaufen. Vielleicht ist es das Neonlicht oder vielleicht hatte sie tatsächlich Angst, denn Izzy sieht ein bisschen grün im Gesicht aus.

»Wo ist Tristan?«, fragt sie. »Und Marcus?«

Ich blicke mich um, sehe nur fremde Leute und muss ihr recht geben: Es ist seltsam, dass sie nicht hier auf uns warten.

»Toilette?«, frage ich hoffnungsvoll, aber Izzy schüttelt den Kopf.

»Ich habe kein gutes Gefühl«, sagt sie und steuert auch schon auf einen Ausgang zu. Nicht die Glastür, durch die die Leute auf die Delancey hinausströmen, sondern eine Feuertür mit Exit-Zeichen. Vielleicht ist Izzy ja ein bisschen hellsichtig, denn es geht kein Alarm los, als wir die Tür nach draußen aufstoßen. Dafür höre ich Frodos schrille Stimme.

Wir befinden uns in einer schmalen Seitenstraße, wie es sie in New York nicht oft gibt. Es riecht, als würden ein oder zwei Obdachlose regelmäßig hier nächtigen.

Doch viel schlimmer ist, dass Tyrone T gegen eine Mauer drückt und so heftig schüttelt, dass sein Kopf wie ein Türklopfer dagegen schlägt. K-Dawg wippt auf den Zehenspitzen, als sei er kampfbereit. Die trashigen Mädchen haben sich verzogen, wahrscheinlich schon beim ersten Anzeichen für Ärger. Marcus blickt grimmig drein. Er hält T ein Handy hin und stößt es ihm fast ins Gesicht.

»Das ist das erste Foto, das ich machen konnte, aber es ist ja nicht so, dass das nicht schon Wochen so gehen würde.

Shit, Mann, du weißt, dass es stimmt«, spuckt Frodo aufgebracht aus.

Marcus lässt das Handy fallen (es ist Frodos, schätze ich) und schlägt T ins Gesicht. Und zwar mit einer harten Geraden, die beim Auftreffen ein schreckliches knirschendes Geräusch macht. Izzy stößt einen derart schrillen Schrei aus, dass sich die Härchen auf meinen Armen aufstellen und wahrscheinlich der Verkehr im Umkreis des gesamten Blocks zum Erliegen kommt: »Stopp!«

Marcus beachtet sie nicht, sondern schlägt ein zweites Mal zu. Izzy stürzt sich sofort auf ihn und versucht, ihn wegzuzerren. »Was soll das? Was tut ihr da?«, verlangt sie zu erfahren. Neben ihm sieht sie winzig aus. Er könnte sie augenblicklich in Stücke schlagen, und echte Furcht packt mich: Wir sollten nicht hier sein.

Ich hebe das Handy auf, das nur ein paar Schritte von mir entfernt gelandet ist, und schaue aufs Display. Ein Foto von Izzy und T neben irgendeiner alten Karre. Ihre Gesichter sind nah beieinander. Das sieht nicht gut aus, ist aber wahrscheinlich nicht so dramatisch, wie es sein könnte. Frodo ist eben als Spion genauso scheiße wie bei allem anderen. Ich spähe zu T hin, aber es ist unmöglich, irgendwas aus seiner Miene zu lesen, weil seine Nase wie ein blutiger Springbrunnen aussieht und er sich hin und her wirft, um sich aus Tyrones Griff zu befreien.

»Seit wann kümmert dich denn, was dieses Arschloch sagt, mehr als dein eigener Cousin?«, schreit Izzy.

Marcus spreizt die Finger der Hand, mit der er T geschlagen hat. »Die Sache ist die, dass mein *Cousin* nicht viel zu seiner Verteidigung gesagt hat.«

Izzys Gesicht ist tiefrot, sofern man das in dieser düsteren Gasse erkennen kann. Sie hängt immer noch an Marcus' Ellbogen und starrt ihm direkt ins Gesicht. Ich kann ihren keuchenden Atem hören, aber als sie spricht, ist ihre Stimme tief und ruhig, und das erfüllt mich seltsamerweise mit Stolz auf sie: »Gut, dann hör mir jetzt mal zu.«

Marcus legt die Hand, die er gerade gedehnt hat, auf Izzys Schlüsselbein. Vor ein paar Tagen wäre ich beim Anblick von Marcus, der Izzy berührt, noch voller Neid gewesen. Doch wenn ich mir die aufgeschürften Knöchel und seine ganze Hand ansehe, wird mir schlecht bei der Vorstellung, an Izzys Stelle zu sein. »Du willst behaupten, du wärst nicht mit T herumgeschlichen?«

Alles steht kurz still. Sogar T hat aufgehört zu kämpfen. Aller Augen sind abwartend auf Izzy gerichtet.

»Yeah, richtig«, sagt sie. »ich bin so eine Schlampe. Ich hab mit deinem Cousin rumgemacht. Genau wie mit dem Aussätzigen da drinnen in dem Spukhaus.« Sie schlägt seine Hand weg. »Es reicht, Marcus. Es reicht.«

Das war ein guter Einfall. Und unter diesen Umständen ein ziemlich guter Versuch, aber als ich in Marcus' Gesicht blicke, weiß ich, dass es nicht funktioniert hat. Er sieht verwundet aus und so, als hätte sich irgendwas in ihm losgerissen. Es ist das Gesicht, das ich so gut kenne, von dem ich geträumt habe, das ich liebte. Aber einen Moment, als es vor Zorn verzerrt ist, begreife ich: *Er wird sie beide umbringen.*

»Izzy …«, sagt er.

Niemand wird mehr erfahren, was er sagen wollte, weil dann ein Berg von einem Securitymann um die Ecke stürmt, gefolgt von einem der fehlenden Mädchen. Ich kann jetzt sehen, dass sie jünger ist, als ich dachte. Nicht trashig, nur eine verängstigte Vierzehnjährige mit zu viel Make-up.

»Das geht nicht, dass ihr hier Ärger macht«, knurrt der Wachmann und schiebt sich mit seiner massigen Gestalt genau vor Marcus. Er weiß instinktiv, wer hier die Fäden zieht. »Verschwindet hier.«

Tyrone lässt T los, der quasi an der Mauer runterrutscht. Marcus sieht alles andere als verängstigt aus und starrt den Wachmann verächtlich an. Der Mann ist unbewaffnet, und nicht mal seine Stimme klang richtig bedrohlich.

»Gehört dir die Straße hier?«, sagt Marcus. Er macht eine Geste, als müsse er scharf überlegen. »Nope. Deshalb wüsste ich auch nicht, warum dich das hier irgendwas angeht.«

Der Wachmann sieht eine Sekunde lang verdutzt drein, dann ziemlich angepisst. »Du hast ja vielleicht Nerven, Junge. Ich sagte, verschwindet hier.« Er zieht ein Walkie-Talkie aus seinem Gürtel. »Ihr wollt doch keinen Ärger mit der Polizei?«

Langsam wie eine Kobra weicht Marcus vor dem Wachmann zurück, hebt dabei die Hände zu einer aufgesetzten Entschuldigungsgeste und dreht sich noch mal zu Izzy um.

»Lass mich raten«, sagt er. »Du bleibst wohl bei T?«

Sie antwortet ihm nicht. Mit einer kleinen Kopfbewegung als Signal für seine Lakaien stolziert Marcus auf die Straße.

»Man sieht sich, Cuz«, sagt er breit grinsend über die Schulter. Seine Freunde lachen und pfeifen, als sie ihm folgen.

Izzy
The Queen

Er war wirklich der rettende Engel, dieser Securitymann. Er nahm uns mit in sein winziges Büro, wo er Tristan Papiertaschentücher für seine Nase und Tina, Frodos Möchtegern-Freundin, für ihre verlaufene Mascara gab. Dann ließ er uns über seine Monitore beobachten, wie Marcus & Co weiter vor dem Spukhaus herumlungerten, um uns abzupassen, aber irgendwann abzogen.

»Ihr geht jetzt sofort nach Hause«, erklärte der Wachmann uns. »Aber nicht auf dem Weg, den ihr normalerweise nehmt.« Er begleitete uns bis zur Tür. »Ihr seid alles gute Kinder, das merke ich schon. Passt auf euch auf.« Das brachte Tina gleich wieder zum Heulen. Sie rannte los und verschwand die Essex Street hinunter. Viel später fragte ich mich, ob sie sich wohl an einen unserer Namen erinnerte. Falls sie von irgendetwas hörte, was danach geschah.

Jedes Mal wenn wir unter einer Straßenlaterne vorbeigingen, sah ich, wie schrecklich Tristans Gesicht zugerichtet war. Völlig verschwollen und deformiert. Er erzählte uns, dass Tyrone ihm schon ein paar Schläge verpasst hatte, bevor wir auftauchten. Aber es war Marcus gewesen, der ihm vermutlich die Nase gebrochen hatte. Brianna meinte, sie sähe nicht gebrochen aus. Ich fand schon, doch ich hielt meinen Mund. Ansonsten sprachen wir nicht viel, gingen nur die Delancey runter. Dabei hatten wir die Hände tief in unseren Taschen vergraben und hielten ständig nach Marcus und den anderen Ausschau. Das Glück war auf unserer Seite, denn sie tauchten nicht auf.

Als wir zur Brücke kamen, fühlte sich das wie ein kleiner Sieg an, als hätten wir es geschafft, als wären wir davongekommen. Doch eine Sekunde später überfiel mich der Gedanke, dass wir nie entkommen konnten, weil wir in das Viertel zurückmussten, wo Marcus immer nur einen halben Block entfernt war. Aber meine Beine bewegten sich trotzdem weiter, denn wo hätten wir sonst hingehen sollen? Wir schlossen uns dem Strom von Menschen an, chassidische Juden und Hipster um die zwanzig, die auf dem Weg zurück nach Brooklyn die Brücke überquerten. Vor uns sprang ein Mädchen mit einem filigranen Blumen-Tattoo im Nacken ihrem Freund auf den Rücken. Fröhliche Technicolor-Graffiti zierten den Beton. Es war Samstagabend, und ich fühlte mich, als wären wir Leichenbestatter, die auf einer Geburtstagsparty aufgetaucht waren.

Der einzige gute Moment war, als Brianna stehen blieb und etwas aus ihrer Tasche zog. »Frodos Handy«, sagte sie. »Er hat vergessen, es sich zurückzuholen.« Ich wollte schon die

Hand danach ausstrecken, um selbst zu sehen, wie schlimm die Fotos waren. Aber bevor ich dazu kam, holte Brianna langsam aus und schleuderte das Handy gekonnt über das hohe Geländer in den East River. Wir waren zu weit oben, um es ins Wasser platschen zu sehen. Trotzdem fühlte es sich befriedigend an. Tristan lachte, obwohl ihn das vor Schmerz zusammenzucken ließ und er sich an seinen lädierten Kiefer griff.

Als wir auf der Brooklyn-Seite ankamen, stieg Brianna gleich in einen Bus zum Café ihrer Eltern, während Tristan und ich zu Fuß weitergingen. Einerseits aus Gewohnheit und andererseits weil wir keine Eile hatten, nach Hause zu kommen.

»Marcus wird sich schon wieder einkriegen«, sagte ich. Ich wusste, dass das Wunschdenken war, aber ich sagte trotzdem, was ich selbst gerne hören wollte. »So ist das doch bei allen Leuten. Er war sauer, aber jetzt wird er irgendwo Dampf ablassen.«

»Oder er frisst es in sich rein und wird noch wütender.«

»Aber er ist dein Cousin. Er würde dir doch nie irgendwas wirklich Schlimmes antun.«

»Stimmt. Nur fühlt er sich von seiner Familie hintergangen. Als ob niemand je irrational reagiert hätte, wenn es um Familie geht.«

South Williamsburg war geradezu unheimlich still. Eine ganz andere Welt als die der Bars und Restaurants im Norden. Wir hatten die Gehwege größtenteils für uns, bis auf ein paar Männer mit großen Pelzhüten, die Besorgungen machten, weil der Sabbat dem Ende zuging. Ich musste an ihre Familien denken, die auf sie warteten. Und an unsere, die auf uns warteten.

An einer großen Kreuzung gingen wir in ein kleines Geschäft, um Eis zu besorgen, damit Tristan seine Nase kühlen konnte. Auf einem Ständer hingen einige billige Halloweenkostüme aus Polyester, jedes in Cellophan verpackt.

»Warte«, sagte ich. »Sind welche davon groß genug, um uns zu passen?«

Ich musste nichts erklären. Und so kauften wir zwei weiße *Scream*-Masken, die an schwarzen Umhängen befestigt waren. Die Kostüme waren für Kinder gemacht und reichten uns nur bis zu den Hüften. Aber das musste genügen. Als wir nur noch ein paar Blocks nördlich von Zuhause waren, setzten wir die Masken auf und trennten uns. Tristan würde in einem Bogen zum Ende des Blocks gehen, weil er dann schon näher an seinem Gebäude war. Ich steuerte direkt die Ecke an, wo das Traumhaus meiner Eltern stand.

Das Blut dröhnte unangenehm in meinen Ohren, wie das Pochen nervöser Furcht, aber ich erreichte unsere Veranda, ohne Marcus, Frodo oder einem der anderen zu begegnen. Ich kam mir albern vor, weil ich die Verkleidungen für nötig gehalten hatte. Ich zog mir die Maske vom Gesicht und spähte den Block hinunter, wo ich meinte, Tristans Haustür sich gerade so lange öffnen zu sehen, dass ein Geist hineinschlüpfen konnte.

~ ~ ~

Zuhause. Ich lehnte mich mit geschlossenen Augen von innen an die Haustür und erlaubte mir einen Moment lang, an unsere alte Wohnung zu denken. An den Geruch in der Eingangshalle, die sechsundzwanzig Stufen (erst zwölf, dann sieben und noch mal sieben) bis zu unserem Stockwerk, den wackeligen Tisch neben der Wohnungstür, auf dem meine Eltern Schlüssel, Regenschirme und alles Mögliche deponierten und der beim Umzug zurückgelassen worden sein musste. Das ganze Gebäude hatte sich wie zu Hause angefühlt. Eine Sekunde lang bemitleidete ich mich, weil ich entwurzelt und von diesem sicheren Hafen fortgeschafft worden war. Eine halbe Sekunde lang tat mir auch mein Bruder leid.

»Du warst wohl unterwegs, um *Trick or Treat* zu spielen?«

Erschrocken fuhr ich zusammen und ließ die Halloween-Maske sinken, die ich an meine Brust gepresst hatte. Hull kam aus der Küche und hatte einen dampfenden Becher in der Hand. Es roch nach dem Löwenzahntee, von dem ich gedacht hatte, nur meine Mutter könnte ihn runterbekommen.

»So was Ähnliches«, sagte ich. »Wo sind Mom und Dad?«

»Beleben die Tradition des kinderfreien Abends wieder neu.« Wie er so lässig mit der Zeitung unterm Arm am Treppengeländer lehnte, sah er aus wie ungefähr vierzig. »Sie wollen ihre Identität als Paar wiederfinden, haben sie, glaube ich, gesagt.«

»Manchmal sind sie solche Turteltäubchen. Ich wette, Dad hat wieder dieses Rasierwasser getragen, das alle zum Würgen bringt. Sandelholz-Sonnenuntergang.«

»Alle außer Mom. Die törnt es an.«

»Iiih«, sagte ich. »Sei nicht so widerlich.«

»Komm mit nach oben«, sagte er mit leiser, fast schüchterner Stimme. »Leiste mir Gesellschaft.«

Und so folgte ich ihm in sein Zimmer. Seit Wochen hatte ich keinen Fuß mehr hineingesetzt. Deshalb fand ich es beruhigend, dass es inzwischen tatsächlich eingerichtet aussah. Auch wenn einige Dinge fehlten, die quasi Markenzeichen seines Zimmers in Manhattan gewesen waren. Das Poster mit der Liste aller Richter am Supreme Court in der Reihenfolge ihrer Ernennung, die Sammlung der Präsidentenbiographien, die Büste von Winston Churchill, die immer auf seinem Schreibtisch gestanden hatte – alles weg. Ich musste erst ein Buch mit dem Titel *Das Drama des begabten Kindes* und eine Biographie von Elon Musk wegräumen, bevor ich mich auf seinen rissigen ledergepolsterten Schreibtischstuhl fallen lassen konnte.

»Also jetzt mal ehrlich, wo warst du heute Abend?«, sagte er und hockte sich im Schneidersitz vorsichtig auf sein Bett, um den Tee nicht zu verschütten. Seine aufgesetzte Lässigkeit ließ meine Haut vor Gereiztheit prickeln.

»Lange Geschichte«, sagte ich. »Außerdem definitiv nicht deine Sache.«

»Okay, egal. Aber du sahst jedenfalls nicht sehr glücklich aus, als du reinkamst.«

»Wir wissen ja beide, dass du ein Experte in Sachen Glück bist.«

Er zuckte mit den Schultern.

»Warum hast du mir nie von dem Tag im Park erzählt?«, fragte ich, »von Tristan?«

»Wer ist Tristan?«, fragte er ehrlich irritiert. Ich schloss die Augen und zählte die Sekunden, die er brauchte, um draufzukommen. Dabei wunderte ich mich darüber, wie wenig wir nur noch voneinander wussten. Ich kam bis sieben, bevor er sagte: »Ach, der Schachspieler?« Wieder eine kurze Pause. »Moment mal, hast du etwa ... *une affaire de cœur* mit diesem Typen?« Ich machte die Augen gerade rechtzeitig wieder auf, um noch zu sehen, wie sein Mund vor Staunen offenstand. Sieben Sekunden, um zu kapieren. Gar nicht schlecht. Aber schließlich waren wir ja auch Zwillinge.

»Ich schätze, so könnte man das nennen.«

Er räusperte sich mit einem dezenten Hüsteln. »Wunder gibt es immer wieder. Aber ist er nicht der Trottel von diesem Thug am anderen Ende des Blocks?«

Ich wollte schon schnippisch antworten, dass Marcus kein Thug sei, aber nach den Ereignissen des heutigen Abends war ich mir da nicht mehr so sicher. »Du hast immer so eine Art, deine Urteile zu differenzieren, Hull.«

»Der Typ hat ein kilometerlanges Vorstrafenregister.«

»Woher weißt du das?«

Hull seufzte. »Es gibt das Internet, Izzy.«

»Yeah, aber er ist noch minderjährig und ... weißt du was, das brauchst du mir gar nicht erzählen. Du hast doch bestimmt Besseres zu tun, als im Dreck anderer zu wühlen.« Natürlich reizte es mich, zu erfahren, was er gefunden hatte, denn die Erinnerung an jene Nacht auf dem Spielplatz, an Marcus mit dem blitzenden Metall in der Hand, war in meinem Gedächtnis noch mehr als deutlich. Aber ich gönnte Hull diese Genugtuung nicht.

»Hör mal, ich weiß, dass du sagen wirst, ich hätte kein Recht, mich einzumischen, aber du solltest dich mit denen nicht abgeben. Du solltest das beenden und in die entgegengesetzte Richtung rennen. In diesem Fall solltest du mal auf mich hören.«

»Sorry, aber du bist nicht gerade eine Autorität, was den höflichen Umgang mit unseren Nachbarn betrifft. Du hast dich doch nicht mal an seinen Namen erinnert.«

»Du bist denen egal, Izzy«, sagte Hull. »Die sind nicht das, was du in ihnen sehen möchtest.« Seine Stimme war sanft, als wolle er mir das behutsam beibringen.

»Wer sind denn *die*?«, fragte ich und forderte ihn damit heraus, irgendwas echt Rassistisches von sich zu geben. Damit ich alles, was er sagte, abtun konnte und seine Warnung jede Glaubwürdigkeit verlor. Aber dafür war er zu schlau.

»Die Welt, schätze ich.«

»Ist das so? Dann gehen wir durch die Welt, ohne irgendjemandem zu trauen? Und verlassen uns auf niemanden, außer auf uns selbst?«

Wir taxierten einander ein paar Sekunden lang. Er kam mir irgendwie klein vor, im Schneidersitz auf seinem Bett, irgendwie zerbrechlich, wie ein Kind, dem vor dem Schlafengehen noch eine Geschichte erzählt wird. Mir kam in den Sinn, dass er vielleicht recht hatte, dass ich mir vielleicht zu lange angehört hatte, ich sei was Besonderes und könne alles erreichen. Obwohl die Welt in Wirklichkeit darauf aus war, mich kaputtzumachen. »Ich denke, so ist es«, sagte er schließlich. »Traurig, aber wahr.«

»Und du denkst immer noch, ich wäre naiv, wenn ich dir da widerspreche?«

Er antwortete nicht, sondern schaute nur schweigend in seinen Teebecher.

Jahrelang hatte ich mich, wenn ich mit Hull sprach, danach immer besser gefühlt als vorher, aber an diesem Abend empfand ich nur Erschöpfung und Beunruhigung. Jeder entzog sich der Reichweite des anderen, und vielleicht hatten wir schon einen Punkt erreicht, an dem die Veränderung unumkehrbar war. Ich drückte mich aus dem Sessel hoch, aber bevor ich ging, raffte ich mich noch zu einer Freundlichkeit auf.

»Weißt du, ich habe mich in den letzten Wochen nicht besonders viel darum gekümmert, wie es dir geht. Ich vermute, du bist wieder Jahrgangssprecher geworden?«

Hull lächelte. »Nein. Hab die Wahl verpasst, als ich in Therapie war. Aber das ist schon okay. Ich bin jetzt ein neuer Mensch, Izzy.« Irgendwas daran, wie er das sagte, war traurig und bewundernswert zugleich. Ich salutierte noch beiläufig in seine Richtung. Hull tat sein Bestes, um in einer Welt, die er für grausam hielt, auf sich aufzupassen. Und das konnte ich ihm nicht wirklich verübeln.

Ich hörte ihn noch leise unser Zwillingswort sagen, als ich schon durch die Tür ging, doch ich war zu unglücklich, um es zu wiederholen.

Tristan
The Knight

Der Sonntag ist ja eigentlich dafür gedacht, Kraft zu tanken, bevor die nächste Woche beginnt, aber ich wache heute Morgen mit einem total verschwollenen Gesicht, stechenden Kopfschmerzen und der dämmernden Erkenntnis auf, dass ich an irgendeiner Schule in der Nähe von Coney Island ein Schachturnier habe, auf das ich mich noch nicht mal vorbereitet habe. Ich kann auch keine große Begeisterung dafür aufbringen, mein Gesicht in der Öffentlichkeit zu zeigen. Weder Auntie Patrice noch wem auch immer, der gerade vor unserem Haus hockt und nur darauf wartet, mich auf einen Wink von Marcus hin windelweich zu prügeln.

Also muss Patrice mich hinfahren, damit Marcus oder einer seiner Handlanger mir nicht auf dem Weg zur Bahn auflauert. Niemand wird mich anrühren, wenn ich mit ihr unterwegs bin. So dumm sind die Jungs nicht. Ich ziehe irgendwelche Klamotten an und mache mich bereit, in den sauren Apfel zu beißen.

Aber in der Küche liegt schon ein Zettel von Patrice, auf dem steht, dass sie heute Vormittag irgendeine Veranstaltung in Queens hat. Sie ist anscheinend schon seit einer halben Stunde weg. Schweren Herzens wähle ich die Nummer von Mr K. Es ist ein Umweg für ihn, aber ich weiß, dass er ja sagen wird, auch wenn ich ein schlechtes Gewissen haben werde.

Nach zwanzig Minuten höre ich seinen Ford Escort schon um die Ecke keuchen, noch bevor ich ihn sehe. Er rollt vor unser Haus und hält am Bordstein. Ich laufe die Treppen runter und fühle mich dabei wie eine dieser Laborratten, die gelernt haben, sich zu fürchten und am Ende ihres Labyrinths mit einem Elektroschock zu rechnen. Sogar das vertraute Terrain fühlt sich gefährlich an.

Das ist keine Paranoia. Das Auto steht direkt vor dem Haus, nur ein paar Schritte von der Eingangstür entfernt. Aber das ist genug, um zu bemerken, dass Tyrone auf den Stufen eines Hauseingangs auf der anderen Straßenseite hockt. Als ich in den Wagen steige, fährt er sich grinsend mit dem Zeigefinger über die Kehle.

»Dann sind wir bereit, ja?«, fragt Mr K in so fröhlichem Ton wie immer, was, ehrlich gesagt, nicht besonders fröhlich ist.

»Klar«, sage ich. »Fahren wir. Ich schätze, ich bin schuld, dass wir schon spät dran sind.« Ich schaue nicht durchs Seitenfenster zu Tyrone rüber.

Mr K legt den Gang ein und mustert mich von der Seite, während ich mir den Schweiß von der Stirn wische. Er stößt ein leises missbilligendes Geräusch aus, als er bemerkt, dass jemand mir ins Gesicht geschlagen hat. Ich fürchte schon, dass er noch mal stehen bleibt, aber er steuert den keuchenden Escort mit einem Seufzer Richtung Franklin Avenue.

»Was ich da sehe, gefällt mir nicht«, murmelt Mr K. »Das ist nicht gut. Das war bestimmt wegen dem Mädchen, ja?« Ich weiß keine gute Antwort darauf, weil es ja wegen Izzy war, aber auch wegen noch viel mehr. Also schweige ich und schließe die Augen.

~ ~ ~

Ein paarmal dachte ich beim Blick auf das Schachbrett daran, was es eigentlich repräsentiert und wie eine Schlacht damals, als das Spiel erfunden wurde, ausgesehen haben muss. Ich dachte an die Speere, Knüppel, Streitäxte und Keulen. An die verrenkten Glieder und gespaltenen Schädel. Wie nah sich die Gegner gekommen sein mussten, von Angesicht zu Angesicht, wenn einer dem anderen eine Klinge ins Fleisch stieß. Das ist ja eigentlich gemeint, jedes Mal wenn eine Figur geschlagen wird.

Diese Gedanken beschäftigen mich während des Turniers, und meine Nase pulsiert angesichts des Blutes, das in meiner Phantasie vergossen wird. Zwei Spiele gewinne ich, eines davon nur mit Glück und aufgrund eines dummen Fehlers des Mädchens, gegen das ich antrete. Ihre Augen füllen sich mit Tränen der Enttäuschung, noch bevor die Partie endgültig vorbei ist. An einem normalen Tag täte sie mir leid, aber momentan ist mein Geisteszustand eher primitiv. Vielleicht hat mein zermatschtes Gesicht sie abgelenkt? – Gut so. Über das dritte Spiel verliere ich die Kontrolle, aber mit verzweifelter letzter Anstrengung gelingt mir noch ein Remis. Aus dem Augenwinkel kann ich sehen, dass Mr K alles mitbekommt. Er hat die Hände unter seine Achseln geklemmt und die Stirn gerunzelt. Ich weiß, dass er enttäuscht von mir ist.

Ich spiele gegen niemand von der Westcroft, treffe aber Dorie zufällig zwischen der zweiten und dritten Runde. Sie trägt einen silbernen Regenmantel, obwohl es heute gar nicht regnet. Auf einem Arm trägt sie Mike Huckabee, der quiekt, als sie das Fell auf seinem Kopf krault.

»Verdammt«, sagt sie. »Wer hat das mit deinem Gesicht gemacht?«

Es ist mal erfrischend, dass jemand bereit ist, es anzusprechen, anstatt sorgsam den Blick von meinem Gesicht abzuwenden wie all meine Mannschaftskollegen. Aber ich beantworte die Frage trotzdem nicht.

»Tja«, sagt sie und lässt das Meerschweinchen dicht vor meinem Gesicht baumeln. »Gouverneur Huckabee möchte dich nur daran erinnern, dass du an der Westcroft immer willkommen bist.« Das Meerschweinchen zappelt wütend mit den Hinterbeinen, und ich kann seine Hilflosigkeit nachfühlen. Da drückt Dorie es wieder in ihre Armbeuge und winkt mir zum Abschied zu. *»Later, gator.«*

Ich blicke ihr nach und erlaube mir darüber nachzudenken, wie das wäre, auf die Westcroft zu gehen. In meiner Phantasie verwandelt die Schule sich in eine Festung, die Tyrone, Frodo und nicht mal Marcus je erstürmen könnten. Vielleicht sind dicke Mauern allein noch nicht Grund genug, mein Leben wieder woanders hin zu verlegen, aber die Möglichkeit ist, ob ich will oder nicht, eine verlockende Versuchung.

Marcus hat sich den ganzen Tag über in meine Gedanken gedrängt. Ich stelle mir lauter verschiedene Eskalationsszenarien vor und frage mich, wo er – wenn überhaupt – eine Grenze ziehen würde. Würde er mich ernsthaft verletzen? Na klar, ja. Würde er Tyrone oder, Gott steh mir bei, Briannas Bruder erlauben, mit mir zu machen, was sie wollen? Absolut. Würde er mich erwürgen, erstechen, mir die Augen auskratzen? Würde er mich mit einem Auto überfahren? Würde er mir Gift in einen Drink schütten oder mich mit einem mittelalterlichen Speer aufspießen? Wenn Izzy recht hatte und er in der Nacht, als wir ihn auf dem Spielplatz sahen, eine Waffe gekauft hat, würde er ihre Mündung an meine Schläfe pressen?

Wenigstens ist das hier ein Mannschaftswettbewerb. Da Pankaj und Anaïs und irgendeiner aus der Zehnten, dessen Namen ich immer vergesse, alle gut spielen, holen wir uns den ersten Platz. Ich überrede Anaïs und ihren Dad, mich mit dem Auto mitzunehmen und zu Hause abzusetzen. So muss ich mir keine Warnungen oder, noch schlimmer, stumme Missbilligung von Mr K anhören. Anaïs und ich sitzen auf dem Rücksitz, wie kleine Kinder. Die Blumen, die ihr Vater für sie gekauft hat, liegen auf dem Sitz zwischen uns. Sie hatte einen guten Tag, alle drei Spiele gewonnen, und so plaudert sie im Auto fröhlich vor sich hin. Ihre Klarinette erwähnt sie ausnahmsweise nicht. Erst als wir uns schon meinem Block nähern, sagt sie:

»Was ist denn überhaupt mit dir passiert?«

»Lange Geschichte«, sage ich und suche die Gegend draußen nach einer Spur von Marcus. Mein Herz beginnt zu rasen, und ich denke wieder an Schwerter, die Fleisch durchbohren.

»So sind Jungs nun mal, Anaïs«, tönt ihr Vater von vorne, als ob er auch nur einen Schimmer davon hätte.

»Na ja, dann bis zum Training nächste Woche«, seufzt sie, während ich schon nervös nach dem Türgriff fummele und mich für einen Wahnsinnssprint zur Wohnungstür bereitmache. »Kein Ding. Dich mitzunehmen.«

»Yeah, danke, das war echt nett von euch.« Ich sage diese Floskel, aber mein Körper ist schon im Fluchtmodus. Ungeschützt, wie eine Krabbe ohne Schneckenhaus, renne ich. Fast würde ich es als Erleichterung empfinden, wenn sich mir jemand in den Weg stellen und mich aus meinem Elend erlösen würde. Doch das tut niemand.

Oben ist die Wohnung dunkel, Patrice ist immer noch nicht da. Ich mache mir nicht mal die Mühe, das Licht einzuschalten. Innen an die Wohnungstür gelehnt, lasse ich mich auf den Boden rutschen und warte darauf, dass meine Lungen aufhören, sich zusammenzukrampfen. Ich erkenne diesen Menschen kaum, dieses Opfer meiner eigenen Angst, aber ich kann auch nichts dagegen tun, dass ich, jedes Mal wenn ich die Augen schließe, Marcus vor mir sehe. Mit blutigem

Shirt und einer Streitaxt in der Hand. Ich ziehe mein Handy aus der Tasche.

Lass uns abhauen, schreibe ich Izzy.

Wohin denn?, antwortet sie eine Minute später.

»Irgendwohin«, sage ich zu der leeren Wohnung. »Irgendwohin.«

Izzy
The Queen

Man hat immer die Option, nein zur Welt zu sagen. Man kann sich hinter Masken verstecken, sich verkriechen. Man kann all seine Energie darauf verwenden, sich davor zu schützen. Dafür hat Hull sich entschieden, glaube ich. Er sah sich als einsamen Krieger, der gegen jeden da draußen kämpfte. Aber so bin ich nicht. So war ich nie. Und so war ich schon gar nicht, nachdem ich mich in Tristan verliebt hatte, nachdem ein Stück von außen den Weg nach innen fand und dort Wurzeln schlug. So etwas kann nur passieren, wenn man ja statt nein sagt, und selbst jetzt kann ich mich nicht dazu bringen, darin etwas Schlechtes zu sehen.

Ich dachte über all das nach, als ich am Sonntagabend Tristans Nachricht erhielt. Ein paar Stunden später stand ich, weil ich kein Auge hatte zutun können, vor Tristans Haus. Bibbernd schaute ich zu dem kleinen Glasquadrat hinauf, dem Fenster seines Zimmers, das noch erleuchtet war, während es hinter fast allen anderen Fenstern des Gebäudes

dunkel war. Zwischen seinem Haus und dem nächsten gab es auf der Seite, wo sich sein Fenster befand, einen schmalen, unbebauten Streifen voller Unkraut. Da kamen mir zwei Dinge in den Sinn:
1. Die Feuerleiter, die zwar nicht direkt zu Tristans Fenster führte, aber ich dachte, wenn ich mich ein bisschen übers Geländer lehnen würde, könnte ich an die Scheibe klopfen;
2. Ja zur Welt zu sagen, das sollte laut und mit großer Geste verkündet werden, nicht als flüchtige Textnachricht auf dem Handy.
Vom Boden aus konnte ich den Anfang der Feuerleiter kaum mit den Fingerspitzen berühren. Ich musste klettern, mit meinen Füßen an der Ziegelmauer nach Halt suchen und mich hochziehen, bis es mir gelang, die Beine auf die unterste Sprosse zu kriegen. Danach musste ich noch mit Schwung meinen Oberkörper nachziehen. Es kostete mich ein paar Versuche. Seit ich mit vielleicht sieben auf einem Klettergerüst geturnt hatte, hatte ich nichts mehr auch nur entfernt Vergleichbares gemacht. Aber es fühlte sich toll an, als ich es geschafft hatte. Meine Arme waren schon wie Pudding und die Handflächen vom rauen Metall aufgeschrammt, aber ich dachte: *Sag ja*, und kletterte weiter. Dabei versuchte ich, so leise wie möglich zu sein, damit mich nicht jemand aus den unteren Stockwerken hörte und an seinem Fenster vorbeiturnen sah.

Drei Stockwerke kommen einem deutlich höher vor, wenn man sich nicht in einem Gebäude befindet, sondern außen auf einer windigen, an Spielzeug erinnernden Leiter, die hauptsächlich aus Rost zu bestehen scheint. In der Küche seiner Tante brannte noch Licht, und eine Sekunde lang gefror der Atem in meiner Brust, als ich den Tisch erblickte, an dem ich nur gute 24 Stunden zuvor noch gesessen hatte. Aber es war niemand im Raum.

Das Fenster von Tristans Zimmer war weiter von der Feuerleiter entfernt, als es von unten ausgesehen hatte. Ich würde mindestens ein Bein über das Geländer schwingen müssen, um daranzukommen. Außerdem war ich mir auch ziemlich sicher, dass nicht nur meine Angst das Geländer wackelig und wie kurz vor dem Abfallen wirken ließ. Ich warf einen letzten Blick nach unten, doch es war zu dunkel, um etwas zu erkennen. Also umklammerte ich das Geländer mit den Händen, wollte lieber nicht länger über die Gesetze der Physik nachdenken und schwang mein rechtes Bein darüber.

Ich war nicht mutig genug, um das linke Bein noch nachzuziehen und mich über den Abgrund zu beugen, deshalb kam ich nur so weit, dass ich schwach an den Fensterrahmen klopfen konnte. Tristans Gesicht tauchte trotzdem sofort auf. Er setzte rasch seine Brille auf. Dann klappte ihm der Unterkiefer runter, was ihm Ähnlichkeit mit einem Fisch verlieh. Vielleicht wegen dieses dämlichen Gesichtsausdrucks oder weil mir plötzlich klarwurde, dass ich keinesfalls in der Lage sein würde, mich in das Fenster hineinzuschwingen, fing ich hysterisch an zu lachen. Da steckte Tristan den Kopf aus dem Fenster.

»Hast du komplett den Verstand verloren?«, zischte er. »Geh zurück auf die Feuerleiter, ich komme ans Küchenfenster.« Ich lachte immer noch, als ich mein Bein zurückschwang und auf ihn wartete. Meine Muskeln kamen mir zittrig und schwach vor, was an der Anstrengung oder an meinem Lachanfall liegen mochte. Tristan lachte jedoch nicht, als er das zunächst klemmende Küchenfenster endlich weit genug geöffnet hatte, so dass ich reinklettern konnte.

»Versuchst du, dich umzubringen? Oder greifst du einfach zu ungewöhnlichen Mitteln, um unsere Situation noch zu verschlimmern?«, flüsterte er.

»Natürlich nicht«, meinte ich. »Ich wollte nur ja sagen.«

»Ja zu was?«

»Dazu, mit dir abzuhauen.«

Und das taten wir dann.

BRIANNA

The Rook

Am frühen Montagmorgen fahre ich mit dem Rad zu Izzy. Schon seit ich mich am Samstagabend von den beiden verabschiedet habe, spüre ich ein hässliches Zittern des Kosmos, eine abscheuliche Vorahnung. Gestern habe ich ein paarmal versucht, sie anzurufen, immer in den kurzen Augenblicken, wenn ich es mal schaffte, mich vom Abräumen der Sonntagsbrunchtische abzuseilen. Aber als die Abendschicht endete, hatte sie immer noch nicht zurückgerufen. Vielleicht war es das schlechte Gewissen, das mich dazu brachte, gestern Abend einen Anti-Liebes-Trank zu mischen. Ein Schnellschuss, klar, aber das Beste, wozu ich so kurzfristig imstande war. Es kam mir selbst vor wie der allerletzte verzweifelte Versuch, die Zukunft aufzuhalten, bevor sie uns alle zermalmen würde.

Also stecke ich die kleine Flasche mit der trüben bernsteinfarbenen Flüssigkeit in meine Tasche und strample hektisch zu ihrem großen Haus. Ich klingle, obwohl es gerade mal kurz nach sieben ist. Ihr Dad macht die Tür auf, und sein Haar steht noch vom Hinterkopf ab wie bei einem Kind, das aus dem Mittagsschlaf aufgewacht ist. Während er mich mustert, sehe ich Misstrauen in seinem Gesicht. Offensichtlich hat er keine Ahnung, wer ich bin, obwohl wir einander schon ein- oder zweimal vorgestellt wurden.

»Äh. Hallo. Entschuldigen Sie die frühe Störung, aber Izzy und ich hatten vor, heute Morgen, äh, zur Übungsstunde für die Schachmannschaft zu gehen, deshalb …«

Er nickt schon und tut so, als wüsste er von dieser erfundenen Übungsstunde. »Ach, ja klar, warte kurz.« Er dreht sich um und ruft »Izzy!« die Treppe hinauf. Dann meldet sich seine Höflichkeit reicher Leute, und er winkt mir, doch reinzukommen. »Möchtest du noch einen Saft, Kaffee oder irgendwas?«

»Nein, danke.«

»Izzyyy! Deine Freundin ist da!«

Am oberen Treppenabsatz erscheint jemand, aber nicht Izzy. Es ist ihr Bruder.

»Sie ist nicht in ihrem Zimmer«, sagt er.

»Tja, wo ist sie dann?«, fragt ihr Dad. »Ist sie schon zur Schule aufgebrochen?«

Hull zuckt mit den Achseln. Ich kann nicht sagen, ob das nur am Licht liegt, aber sein Gesicht sieht aus, als hüte es Geheimnisse, und mich verlässt der Mut. Schon verschwindet er im Dämmerlicht des ersten Stocks.

Sein Dad wendet sich wieder an mich, entschuldigt sich

für sie und meint, dass sie es wahrscheinlich vergessen hat und ich sie wohl knapp verpasst haben muss. Doch ich weiß schon, dass ich zu spät gekommen bin.

Tristan
The Knight

Izzy will direkt zum Busterminal Port Authority, Tickets nach Atlanta kaufen und sich erst später um die Folgen kümmern. Ich sehe ihr an, dass sie diesen Plan absolut ernst meint, und es macht mir ein bisschen Angst, wie entschlossen sie wirkt. Vielleicht hat sie ja recht. Ich weiß nicht mehr genau, ob ein Greyhound in den Süden das war, was ich gemeint hatte, als ich ihr die Nachricht schrieb. Trotzdem stelle ich mir das überraschte und nicht gerade begeisterte Gesicht meines Vaters vor, wenn ich in Atlanta auftauche. Und dazu Izzys ohnmächtige Wut, wenn man sie wegen Minderjährigkeit zwingt, ohne mich zu ihren Eltern nach New York zurückzukehren. Ich muss nachdenken. Und dafür brauche ich Zeit.

Wir verstecken uns im Untergrund der Stadt, wie Ratten, die in einem vertrauten Bau Unterschlupf suchen. Endlos fahren wir U-Bahn und reden darüber, was Marcus tun oder nicht tun wird. Wir können uns alles Mögliche einreden, was wahrscheinlich nicht stimmt, aber vielleicht doch. Irgendwann haben wir das satt, hören auf zu reden und schlafen aneinandergelehnt ein. Ihre behandschuhten Hände umklammern meine, und mein Kinn ruht auf ihrem Kopf.

Nach Luft schnappend, als hätte mich jemand im Schlaf gewürgt und dann doch wieder losgelassen, wache ich auf. Es ist Rushhour und der Waggon voller Krawattenträger und Kinder in Schuluniformen, die alle nach Downtown wollen. Leute in Businessklamotten werfen uns giftige Blicke zu, gereizt, weil wir wohl im Schlaf zu viel Platz beansprucht haben. Seltsamerweise sitzen wir in der Linie B, obwohl ich mich nicht erinnern kann, dorthin umgestiegen zu sein. Ich rüttle Izzy wach.

»This is Ninety-Sixth Street«, verkündet die Stimme aus dem Lautsprecher, und ohne ein Wort zu sagen, setzen wir unsere Rucksäcke auf und steigen aus.

Als wir an die Oberfläche kommen, wird das Atmen leichter. Sogar in der morgendlichen Hektik ist es hier, am Rand des Central Park, relativ ruhig. Aber ich kann Izzys Missfallen über unsere Ziellosigkeit spüren, fast wie ein unablässiges Brummen knapp unter der Hörbarkeitsgrenze.

»Lass uns ein bisschen im Park rumlaufen«, sage ich. Ich sage ihr nicht, dass das eher eine Strategie für Schach und nicht so sehr fürs Leben ist. Manchmal muss man eine Weile vor sich hin spielen, um Zeit zu gewinnen, bevor man das Endspiel klar vor Augen hat. Aber sie nickt und meint, wir sollten was essen. Also gehen wir zu einem Deli an der Columbus Avenue und kaufen uns Brötchen mit Ei und Käse.

New Yorks fettige und zum Glück billige Frühstücksalternative. Als wir gerade mit den Papiertüten den Park betreten wollen, stellt sich uns ein Cop in den Weg.

»Bisschen zu jung, um jetzt nicht in der Schule zu sein.«

Er lächelt, aber nicht besonders freundlich. Sein Funkgerät knistert, und ich kann aus dem Augenwinkel den Griff seiner Waffe sehen, die mich herauszufordern scheint, sie direkt anzuschauen.

»Wir sind Studenten von der Juilliard«, sagt Izzy gelassen. »Und haben heute Vormittag keinen Unterricht.«

»Aha«, sagt der Cop. »College? Dann seid ihr so was wie Wunderkinder?« Er lacht ein phlegmatisches He-he-he, als wäre das das Witzigste, was er seit langem gehört hat.

»Gar nicht so leicht, wenn man begabt ist«, sage ich und versuche ein höfliches Lächeln. Das zieht an der Kruste meiner aufgeschlagenen Lippe.

Der Cop hört auf zu lachen. »Muss schon eine Last sein«, sagt er. Auf seinem Namensschild steht DEATS, blöder Name. Wenn er jetzt unsere Ausweise verlangt, ist dieses Abenteuer schon zu Ende. »Was studiert ihr denn da? Schauspielerei, möchte ich wetten.« Er grinst.

»Nope«, sagt Izzy und zieht das Wort cool in die Länge. »Die Schauspielschüler sind Idioten. Ich spiele Klavier, und er ist Cellist.«

»Ein ganz schönes Veilchen, was du da hast«, sagt er und ignoriert Izzy. Seine Augen kriechen über mein Gesicht. »Wie hast du dir das denn eingefangen?«

»Einfach zur falschen Zeit am falschen Ort gewesen, denke

ich.« Meine Stimme klingt angespannt, aber ich kann nichts dagegen tun.

»Das kann man wohl sagen.« Officer Deats mustert mich noch einen unangenehmen Moment lang und richtet dann seine hervorquellenden Äuglein wieder auf Izzy. »Und bei Ihnen alles in Ordnung, Miss?«

Sie nickt und schiebt ihre Hand in meine.

»Na gut«, sagt er und bewegt sich ein paar Zentimeter zur Seite. »Dann seht zu, dass ihr weiterkommt.« Wir müssen neben den Weg treten, um nicht an seinen hervorstehenden Bauch zu stoßen. Als wir erst ein paar Schritte gegangen sind, ruft er: »Hey.« Als ich mich zu ihm umdrehe, schwappt eine Welle irrationaler Angst in mir hoch. Wir sehen uns an, Officer Deats und ich, und jede bescheuerte kleine Gesetzesübertretung, die ich je begangen habe, schießt mir durch den Kopf.

»Tut nichts, was mich bedauern lassen würde, dass ich euch laufen gelassen habe«, sagt er. »Verstanden?«

Ich nicke, denn ja, ich habe verstanden.

»Was für ein Bullshit«, sagt Izzy, als wir kaum außer Hörweite sind. »Ist das jetzt ein Verbrechen, wenn ich mit einem schwarzen Jungen in den Park gehe?« Ich höre Wut und Trotz in Izzys Stimme, aber nichts von der Panik, die immer noch in meiner Brust tobt.

»Mit einem schwarzen Jungen, der aussieht, als würde er in Schlägereien geraten. Ich schätze mal, dass in seiner Phantasie nicht du diejenige bist, die das Verbrechen begeht, Izzy.«

Kurz blickt sie drein, als würde sie dazu noch was sagen

wollen, aber dann hält sie einfach den Mund. Wir haben uns noch nicht viel über Rassismus unterhalten, und das ist mir auch recht. Die meiste Zeit über habe ich das Gefühl, die Liebe zwischen uns würde alles überstrahlen. Aber es bringt mich aus dem Gleichgewicht, wie sehr die Äußerung dieses Cops Izzy überrascht hat, wie empört sie darüber ist. War ihr nicht klar, dass das dazugehört, wenn sie mit mir zusammen ist? Ihre Miene wird teilnahmslos, irgendwie glasig, was ich bisher an ihr nur gesehen habe, wenn ein Gespräch über ihren Bruder zu emotional wurde. Also lasse ich das Thema, obwohl ein Teil meiner Gedanken bei Officer Deats hängenbleibt und sich wie ein Faden hinter mir herzieht.

Wir finden eine Bank und setzen uns hin, um unsere Brötchen zu essen. Das Gelände ist in diesem Bereich des Parks tiefer, so als befänden wir uns auf dem Boden einer Schüssel. Die Gebäude am Rand ragen zu allen Seiten irgendwie wachsam auf. Zwei Männer schlagen auf den Tennisplätzen einen Ball immer wieder ins Aus. Die Sirene eines Krankenwagen schallt von der Upper West Side herauf, es klingt so laut wie Bombenalarm. Der Bissen bleibt mir fast im Hals stecken. Ich will nicht hier sitzen.

»Komm«, sage ich. »Es ist zu kalt. Lass uns im Gehen essen.« Das stimmt. Es ist heute für die Jahreszeit zu kalt, wir hätten uns beide wärmer anziehen sollen. Aber in Wirklichkeit ist es nicht die Kälte, der ich entkommen will, sondern die eigenartige Einsamkeit, die sich eingestellt hat. Izzy ist immer noch weit weg. Verloren in Gedanken, die sie nicht mit mir teilt. Aber sie kommt mit mir.

Als wir am Reservoir sind, beißt die kalte Luft richtig. In der Ferne schießt die Fontäne in die Luft und wird im Herabstürzen vom Wind zerteilt. Es ist noch so früh, dass die Jogger ihre Runden ums Wasser laufen. Mich überkommt das plötzliche Verlangen, mich ihnen anzuschließen. Ich schlucke den letzten Bissen hinunter und fasse Izzy am Arm und laufe los. Zuerst zögert sie, aber ich lächle sie an, und da gibt sie nach. Wir joggen gemächlich, die Rucksäcke auf unseren Hüften hüpfen. Während wir das Reservoir umrunden, verändert die Fontäne ihre Gestalt: Aus einer Feder wird ein Berg, dann eine eisige Treppe, ein Torbogen. Izzy beschleunigt ihre Schritte, ich ziehe mit, und wir rennen schneller und schneller, bis wir andere überholen und aus unserem Keuchen Gelächter wird. Alles außer ihrem Gesicht ist nur noch verschwommen. Wir lassen die Welt hinter uns. Es sind wieder nur wir beide, allein, und das ist wunderschön.

~ ~ ~

»Was ist, wenn wir der Schulleitung melden, was Marcus mit dir gemacht hat? Würde er von der Schule fliegen?«, fragt sie. Wir gehen Richtung Süden und tun so, als hätten wir ein Ziel.

»Vielleicht«, sage ich. Doch ich will kein Öl in das Feuer gießen, das Marcus heißt. Ich will, dass er mich in Ruhe lässt, mich mit Izzy in Ruhe lässt. Mit einem Schulverweis würde das nicht gelingen. Aber Izzy und ich haben uns am südlichen Ende des Reservoirs etwas versprochen: Wir wollen jede Möglichkeit diskutieren, die uns einfällt. Deshalb sage ich jetzt auch nicht, dass es keine gute Idee ist, die Schulleitung da reinzuziehen.

»Ich denke immer noch, dass wir deinem Dad alles erzählen sollten. Vielleicht fällt ihm noch jemand aus der Verwandtschaft ein, bei dem du wohnen könntest. Wenigstens vorübergehend.«

»Es hat seinen Grund, dass ich bei Patrice lebe, Izzy. Sie ist die einzige realistische Option.«

»Was, wenn ich bereit bin, eine Zeitlang Marcus' Freundin zu sein? Damit er sehen kann, dass ich gar nicht so toll bin.«

»Du machst Witze, oder?«

Izzy seufzt entnervt. »Natürlich mache ich Witze. Aber wir wollten alles in Betracht ziehen.«

Ich habe auch eine Idee, die in meinen Augen als die einzige wirkliche Chance größer und größer wird, aber ich bin noch nicht bereit, sie laut auszusprechen.

»Die besten Ideen kommen mir oft im Schlaf«, sage ich. »Meinst du, wir finden einen Ort, um uns ein bisschen auszuruhen?«

Izzy schlägt den Shakespeare Garden vor, also gehen wir am Theater vorbei und halten nach einer gemütlichen Bank Ausschau. Ich kapiere gar nicht, was hier so besonders shakespearemäßig sein soll, außer ein paar kleinen Schildern mit Zitaten. Unter einem riesigen Ilex, der fast schon ein Baum ist, stehen ein paar Worte aus *Wie es Euch gefällt*: Most friendship is feigning, most loving mere folly. – Freundschaft ist meist Täuschung, Liebe meist Torheit. Keiner von uns sagt ein Wort, aber ich sehe, wie Izzys Augen über die Zeilen wandern und sie die Bedeutung erfasst.

»Vielleicht doch besser zum Ramble«, sagt sie.

Ich begreife es erst, als ich dort bin, aber The Ramble ist genau der Ort, wo ich sein will, seit Marcus mich geschlagen hat. Die Bäume stehen dicht beieinander, und die Wege bilden zwischen kleinen Hügeln ein verschlungenes Labyrinth. Ich verliere fast sofort die Orientierung, und das dichte Laubwerk schenkt einem die Illusion, weit weg von New York City zu sein.

»Vielleicht könnten wir hierbleiben«, sage ich. »Für immer im Central Park leben.«

»Vielleicht«, sagt Izzy. Sie hat dunkle Schatten unter den Augen. Es ist erst wenige Stunden her, dass wir in der U-Bahn aufgewacht sind, aber irgendwie scheinen all die schlaflosen Nächte der vergangenen Wochen sich jetzt auf einen Schlag bemerkbar zu machen. Ihre Lider wirken schwer, und ich spüre den Ernst der Lage auch auf mir lasten.

Am äußersten Ende von The Ramble finden wir eine Bank. Die Stimmen der Vogelbeobachter und Touristen vom Seeufer sind nur ein paar Dutzend Schritte entfernt, aber wenn ich Izzy leise die ersten Zeilen von *Verses Upon the Burning of Our House* ins Ohr flüstere, höre ich sie nicht mehr. »In silent night when rest I took, for sorrow near I did not look …« Innerhalb von Sekunden sind wir beide eingeschlafen.

~ ~ ~

Im Traum steige ich über unsere schlafenden Körper empor. Ich sehe uns dort auf der Bank, schützend über unsere Rucksäcke gekauert, uns kaum berührend. Wir sind Hänsel und Gretel im Wald, keine Liebenden, sondern Geschwister in Not. Aus der Vogelperspektive sehe ich Marcus den Weg entlang auf uns zukommen. Als er sich nähert, falle ich wieder in meinen Körper zurück. Er steht vor uns, als wiege er eine Entscheidung ab. Ich bin wie gelähmt, unfähig, mich auch nur einen Millimeter zu bewegen. In der Ferne höre ich einen Hund so traurig heulen, dass ich mir sicher bin, er hat sich verlaufen. Marcus beugt sich zu mir, sein Gesicht wird immer größer. Seine Lippen sind leicht geöffnet, ich bin mir nicht sicher, ob er mich auf die Stirn küssen oder wie ein Vampir beißen will. Bevor er irgendwas tut, wache ich mit einem Zucken auf.

Izzy ist schon wach. »Ich bin es leid, draußen zu sein«, sagt sie. »Mir ist kalt.« Entweder redet sie mit mir oder mit dem Eichhörnchen, das durch das von Menschen erbettelte Futter fett und träge geworden ist. Es sitzt fast auf ihrem Schuh und starrt zu ihr hoch. »Kscht«, macht sie, und da springt es davon.

»In der Sonne ist es wärmer«, sage ich. »Lass uns gehen.«

Nach der gemütlichen Geschlossenheit von The Ramble kommt mir die offene Weite der Sheep Meadow richtig hässlich und ausgesetzt vor, aber wir trotten bis ans äußerste Ende, auf der Suche nach etwas, das keiner von uns benennen könnte. Wir haben nicht geplant zum Chess and Checkers House zu gehen, aber genau dort landen wir. Als hätte es mich langsam durch den Park an sich gezogen, wie ein ferner Magnet einen Metallspan. Ich war schon ein paarmal hier, vor allem in den aufregenden ersten Tagen in New York. Da kam es mir wie ein Wunder vor, dass so ein Ort überhaupt existiert. Der Raum in der Mitte ist montags nicht geöffnet, aber auf der Veranda des runden Gebäudes werden ein paar Partien gespielt. Hauptsächlich von Rentnern, die Touristen dazu verleitet haben, gegen sie anzutreten. Izzy und ich rutschen uns gegenüber auf die Stühle an einem der Tische, obwohl wir keine Figuren bei uns haben. Links von uns erklärt ein Typ mit einem Goldzahn einem kleinen blonden Mädchen mit Zöpfen das Spiel. Ihr Vater steht hinter ihr.

»Schau dir mal den hier an!«, sagt Goldzahn. »Das ist ein Springer!«

»Ein Pferd!«, sagt das Mädchen und wiehert.

»Genau, genau. Der bewegt sich wie ein L. Kennst du das L?«

Eigentlich ist dieses ungleiche Paar niedlich, und ein Teil meines Verstands weiß das auch. Aber eine zynische Stimme in mir fragt, wie viel Trinkgeld der Vater in seinem Polohemd diesem Abzocker und Falschspieler am Ende wohl zustecken wird.

»Ich glaube, wir müssen es deiner Tante sagen«, erklärt Izzy. »Hörst du mir überhaupt zu?«

»Ich weiß«, versichere ich ihr. »Ich weiß, dass ich es Patrice sagen muss. Aber ich versuche, vorher ein paar Dinge zu entscheiden. Weil ich nicht will, dass Patrice das für mich tut.«

»Was für Dinge denn?«, fragt Izzy, und ihre Augen werden schmal. Ich hasse es, wenn sie das macht. Dann sieht sie wie ein anderer Mensch aus, nicht wie meine liebe, weiche Izzy mit den großen Augen.

»Ich glaube, ich kann ein Stipendium kriegen, um an eine andere Schule zu kommen. Eine Schule in Manhattan, die viel in ihr Schachteam investiert. Die haben mich schon mal gefragt, aber ich habe abgesagt, ohne Patrice überhaupt davon zu erzählen. Mit mir könnte das Schachteam vielleicht sogar auf nationaler Ebene gewinnen. Deshalb glaube ich, dass sie mich nehmen würden. Dass sie eine Ausnahme machen würden, damit ich zu ihnen wechseln kann.«

»Was für eine Schule?«, fragt Izzy. Manchmal vergesse ich, dass sie schon so viel länger als ich in New York ist.

»Westcroft.«

»Ohhh.« Sie nickt, aber ich sehe die Anspannung hinter ihrer aufgesetzten Ruhe. »Die mit den Strickpullis und Krawatten. Mein Bruder würde sein Leben für so ein Angebot geben.« Sie räuspert sich. »Du solltest das machen. Du solltest annehmen. Ich kann gar nicht glauben, dass du mir bisher nicht gesagt hast, dass das eine Option ist.«

»Ich will da nicht hin.«

»Warum nicht?«, fragt sie. »Westcroft ist eine phantastische Schule. Das sagt jeder.« Ihre Stimme zittert nur ein ganz klein wenig.

»Das weißt du.«

Izzy schüttelt den Kopf und sieht mich nicht an.

»Wegen dir«, sage ich. »Wegen dir natürlich.«

Ich begreife erst, wie dringend sie diese Antwort gebraucht hat, als ich sie schon ausgesprochen habe und sie den Kopf senkt. Damit ich nicht sehe, wie sie mit den Tränen kämpft. Es gibt aber noch weitere Gründe: Mr K und sein Glaube an mich. Dass ich dann nicht mehr bei Aunt Patrice wohnen könnte. Wieder der Neue an der Schule sein zu müssen. Eine zaghafte Treue zu Brooklyn, zur Sagan Highschool und, ja, auch zu Marcus. Aber von all dem sage ich nichts. Ich beuge mich nur vor und küsse Izzy auf den Scheitel.

»Ich kann nicht der Grund sein, warum du nicht gehst«, sagt Izzy mit gedämpfter Stimme.

»Ich hab es noch nicht entschieden«, flüstere ich. »Außerdem müssen wir erst darüber reden, was mit dir ist. Du könntest mit mir an die Westcroft kommen.«

»Wohl kaum. Ich bin kein Schach-Wunderkind, Tristan. Und meine Eltern haben nicht das Geld für diese Schule.«

»Du könntest zurück an deine alte Schule.«

»Vielleicht«, sagt sie. »Vielleicht.« Sie holt tief Luft, hebt den Kopf. Ihre Augen sehen gerötet aus. »Können wir bitte gehen? Ich habe einen alten Freund, der hier in der Nähe wohnt. Es ist einfach so … ich will keine wichtige Entscheidung treffen, während mir so kalt ist, ich mich mies fühle und übermüdet bin. Verstehst du?«

»Das verstehe ich.«

Eigentlich würde ich lieber wieder zu The Ramble, aber wir lassen die Schachtische zurück und spazieren auf den Rand des Parks zu, während Izzy ihrem Freund eine Nachricht schickt.

Hinter uns sinkt die Sonne tiefer und die Schatten des späten Nachmittags werden länger. Wir verlassen unsere urbane Wildnis für die Upper West Side.

Izzy
The Queen

Ich lotste uns zu einem eleganten Apartmentgebäude an der Madison Avenue. Die Lobby ist eine Grotte aus weißem Marmor, und von der Decke hängt eine Glasskulptur. Die sieht aus wie eine riesige Seeanemone, die einen fressen könnte. Wir näherten uns dem geschwungenen weißen Tisch am Empfang und der Portier starrte Tristans blaues Auge an. Dazu machte er ein Gesicht, als hätte er gerade irgendwas Fauliges gerochen.

»Stetman«, sagte ich nur. »21A.« Zum ersten Mal sah der Mann mich an. »Er erwartet uns.«

Der Portier nickte zögerlich.

Im Aufzug hörte ich, wie Tristans Atem sich beruhigte, aber bevor ich noch irgendwas über den Portier sagen konnte, öffneten sich die Türen, und wir standen vor dem Apartment 21A. Der Portier musste schon angerufen haben, denn ohne dass einer von uns geklopft hatte, wurde die Tür aufgerissen.

»Zwei Izzy-Sichtungen in einer einzigen Woche?«, verkündete Philip, als er mich in seine Arme schloss. »Welch ein unvergleichliches Vergnügen.«

In dem Moment, als Philip mich auf diese leichte, unkomplizierte Art umarmte, fiel eine Last von mir ab. Wir hatten uns mit fünf kennengelernt. Wir hatten die jeweils peinlichsten Frisuren des anderen miterlebt. Wir waren in der Fünften beide Star-Mathleten gewesen (aber ich hatte schwören müssen, das nie zu verraten, falls er je ein berühmter Schauspieler würde). Er kannte meine Familie – und mochte sie sogar. In seiner Gegenwart brauchte ich mich kein bisschen zu verstellen.

Er zog Tristan und mich in die Wohnung, als hätte er schon den ganzen Tag auf uns gewartet. Das Apartment war noch genau so, wie ich es in Erinnerung hatte: riesig, hell und voller Bücherregale und eleganter moderner Möbel. Eine Wohnung, von dem die meisten New Yorker nur träumen konnten. Als wir noch jünger waren, feierte er hier seine Geburtstagspartys und lud dazu unsere ganze Klasse ein. Bei der letzten, wir gingen damals in die Sechste, war Philip gerade verrückt nach *Der Große Gatsby*. Seine Mom servierte uns alkoholfreie Cocktails in ausgefallenen Gläsern. Ich musste lächeln, als ich das große Wohnzimmer erblickte, wo Kaleo Perkins und Hull allen Charleston beigebracht hatten, was sie extra für diesen Anlass gelernt hatten. Dann merkte ich, dass Tristan mich mit wachsamer Miene aus dem Augenwinkel beobachtete. Also wischte ich mir mein Grinsen aus dem Gesicht und stellte die beiden einander ordentlich vor.

Philip gab uns an der langen Marmorplatte in der Küche jedem ein Glas Wasser und schob uns eine Schale mit Obst hin. »Wir haben uns zwar eben erst kennengelernt, Tristan, aber ... seid ihr okay? Diese Prellung sieht schmerzhaft aus. Und Izzy, versteh mich nicht falsch, aber du hast auch schon besser ausgesehen.«

Irgendwas in meiner Brust zog sich zusammen. Tristan schaute auf seine Hände hinunter, und ich hoffte, dass er aus Philips Frage keinen Vorwurf heraushörte. Ich wusste ja, dass seine Sorge nur gutgemeint war.

»Um ganz ehrlich zu sein, ich weiß nicht genau, ob wir okay sind«, sagte ich. »Wir hätten hier nicht aufkreuzen sollen, aber wir mussten irgendwohin, um ... ein paar Sachen zu durchdenken, würde ich sagen.«

Philip nickte. »Also, in diesem irgendwo könnt ihr erst mal bleiben. Ich muss zwar in einer halben Stunde zur Arbeit ins Chateau Fright, aber das macht nichts. Keiner wird euch stören.«

»Haben deine Eltern nichts dagegen?«, fragte Tristan.

»Mein Vater ist auf Geschäftsreise in Argentinien«, sagte Philip. Er verdrehte die Augen. »Izzy weiß, wie oft er zu Hause ist. Und meine Mom ist auf einer Wohltätigkeitsveranstaltung für ...« Er trat an einen Wandkalender neben der Tür, der mit einer kleinen, ordentlichen Handschrift komplett vollgeschrieben war. »Wofür ...? Wie es aussieht, für Waisenkinder im Sudan. Sie kommt erst spät nach Hause, aber es wird ihr nichts ausmachen, wenn ihr über Nacht bleibt. Sie freut sich bestimmt, Izzy wiederzusehen.«

Als Reaktion stürzte Tristan sein Wasser in einem Zug runter und fragte dann, ob er mal das Bad benutzen dürfe. Philip schickte ihn um die Ecke. Nachdem er den Raum verlassen hatte, beugte Philip sich zu mir und boxte mich auf den Arm.

»Na, sieh mal einer an. Dass hätte ich ja nie gedacht, dass ich Izzy Steinbach mal verliebt sehen würde.«

Ich zuckte zusammen, weil ich es nicht gewohnt war, das zuzugeben. »Woher weißt du das?«

»Weil du dich so um ihn sorgst. Du warst immer so unerschütterlich, sogar als wir noch kleine Kinder waren. Und jetzt ... bist du ja richtig aus der Fassung, Girl.«

»Ja, das bin ich wohl. Aber Philip, falls du irgendwas Kritisches sagen willst, behalt es für dich, ja? Denn das verkrafte ich jetzt gerade nicht.«

Philip runzelte gekränkt die Stirn. »Hatte ich nicht vor. Aber eine Sache muss ich noch fragen: Hat ihm jemand deinetwegen ins Gesicht geschlagen? Kämpfen Männer so richtig um dich?« Philip brach in Gelächter aus, als er mein Unbehagen sah. »Das muss doch ein Traum sein«, sagte er, und ich lachte auch ein bisschen. Es fühlte sich tatsächlich gut an, die Lage mal nicht todernst zu betrachten. Dann kam Tristan in die Küche zurück, und ich griff schnell nach einem Apfel. Ich biss hinein, um mein Lächeln zu verbergen.

»Kommt mit«, sagte Philip. »Ich zeige euch das Gästezimmer.«

~ ~ ~

Philip erzählte noch ein paar Anekdoten über seine Kollegen im Spukhaus, bis es für ihn Zeit war zu gehen. »Könnt ihr euch vorstellen, dass es da vorgestern Abend eine Schlägerei gab? In der Nebenstraße. Wie in *West Side Story*.« Tristan und ich stellten uns dumm, und er stellte selbst nicht den Zusammenhang zu Tristans geschwollener Lippe her. Während er so locker mit uns plauderte, meinte ich zu spüren, wie Tristan sich ein bisschen entspannte. Doch kaum hatte sich die Tür hinter Philip geschlossen, drehte er sich zu mir um und schüttelte den Kopf.

»Ich will hier nicht bleiben, Izzy. Ich kenne diese Leute nicht.«

»Aber ich kenne sie.«

»Hast du eine Ahnung, was dieses Schachspiel kostet?« Er zeigte auf die Kristallfiguren, die dekorativ auf einem Tischchen im Eingangsbereich standen und mir noch nie aufgefallen waren. »Ich habe schon Angst davor, mich im selben Raum aufzuhalten. Da ist kein Stäubchen drauf. Glaubst du, dass Philip das jeden Tag abstaubt?«

»Dann müssen sie schreckliche Menschen sein, nur weil sie eine Haushälterin haben?«

»Keine Ahnung. Vielleicht.«

Seine Worte schmerzten. Vor allem weil ich wusste, dass es ihm nicht nur um Philip ging. Meine Familie war nicht so reich wie Philips Eltern, aber in Tristans Augen war Hull wahrscheinlich auch ein verwöhnter Fratz. Und ich vielleicht ebenfalls. »Philip hat dir einen Vertrauensvorschuss gegeben. Würde es dich umbringen, das Gleiche zu tun?«

Tristan zuckte, kaum sichtbar, mit einer Schulter.

»Hör zu, ich bin müde. Und wir sind jetzt allein. Könnten wir uns nicht ein paar Minuten hinlegen und überlegen, was wir als Nächstes machen sollen?« Ich ging zu ihm, legte meine Arme um ihn und lehnte den Kopf an seine Schulter. Er erwiderte meine Umarmung nicht, aber ich konnte spüren, wie er zustimmend nickte.

Im Gästezimmer stand ein Bett, das an eine riesige Wolke erinnerte und geradezu unglaublich bequem aussah. Wir starrten es einen Moment lang im rosafarbenen Abendlicht an und schlüpften dann, noch komplett angezogen, zwischen die Decken. Ich schmiegte mich an Tristans angespannten Körper und sog den Duft des Weichspülers aus den Kissen ein.

»Sorry«, sagte er. »Philip wirkt wie ein netter Kerl, und wenn du ihn magst, ist er das wahrscheinlich auch.«

»Okay«, sagte ich.

»Ich kann nicht auf die Westcroft gehen. Alle dort werden aus Familien wie dieser hier kommen.«

»Nicht alle.«

»Dann fast alle. Ich passe da nicht rein, nicht in einer Million Jahre.«

»Aber die werden dich mögen. Natürlich werden sie dich mögen.«

»Izzy«, sagte er und drehte den Kopf auf dem Kissen so, dass er mir in die Augen schauen konnte. »Beim Reinpassen geht es darum, wie ich mich fühle. Nicht darum, wie andere mich finden. Besteht irgendeine Chance, dass du das verstehst?«

Ich verstand es, oder zumindest verstand ich, dass die Welt so war, dass einer von uns sich an der Westcroft leichter tun würde als der andere. Doch als ich ihm das erklären wollte, konnte ich die richtigen Worte nicht finden. Stattdessen küsste ich ihn sanft. Seine geschwollene Lippe fühlte sich seltsam an. Außerdem konnte ich seine Einsamkeit spüren, als wäre sie echt und körperlich im Zimmer vorhanden. Alles, was ich ihm wünschte, wallte in mir auf. Ich konnte diese Einsamkeit bekämpfen. Ich konnte die Leere, die sie hinterließ, füllen. Ich wusste, dass ich das konnte.

»Du verdienst es, reinzupassen«, sagte ich. »Du verdienst es, so zu empfinden.«

Ich küsste ihn noch einmal, jetzt leidenschaftlicher. Ich fühlte dieses wahnsinnige Verlangen nach ihm. Ich tastete nach dem Saum seines Shirts und zerrte es ihm über den Kopf.

»Izzy«, hauchte er. Und ich dachte schon, er würde vielleicht versuchen, mich aufzuhalten. Aber ich musste weitermachen, und genau das tat ich. Da erwiderte er meinen Kuss. Draußen war das letzte Zwielicht vom Himmel verschwunden. Ich nahm ihm seine Brille ab und legte sie auf den Nachttisch. Dann streckte ich den Arm nach der Lampe aus.

»Wir sind immer im Dunkeln. Ich will dich sehen.« Ich küsste die glatte Haut an seinem Schlüsselbein, strich mit der Zunge über eine seiner Brustwarzen und spürte den Schauer, der ihn überlief. Ich zögerte eine Sekunde, bevor ich mir mein Shirt auszog, weil ich mich nicht mehr erinnern konnte, was für Unterwäsche ich am Abend zuvor angezogen hatte. Das war schon eine Ewigkeit her. Rasch blickte ich an mir herunter. Es war immerhin einer meiner neueren BHs, ein einfaches schwarzes Teil. Tristan fuhr mit dem Finger den Träger entlang und schob ihn dann unter den Stoff. Wir waren auch schon weitergegangen, hatten einander in dunklen Parks angefasst, trotzdem erschauerte ich, als ich meine Jeans auf den Boden warf.

»Es ist unmöglich«, sagte er, und ich erstarrte, weil ich dachte, er würde gleich sagen, dass er die Wohnung verlassen wolle. Aber stattdessen zog er mich eng an sich, so dass unsere Nasenspitzen sich fast berührten. »Es ist unmöglich, dass du so schön bist.«

Zart leckte ich über seine verletzte Lippe, küsste seine geschwollene Augenhöhle. »Nicht so schön wie du«, flüsterte ich.

Was kann ich über die reißende Strömung sagen, die uns forttrug? Ich schätze, das war die für Teenager typische Sinnlichkeit, ein Hormonschub. Und natürlich lag es auch daran, dass alles so wunderbar neu war: die luxuriösen Laken, die weiche, samtige Berührung unserer nackten Körper. Endlich waren wir nicht mehr von Kleidung behindert, die wir auf unseren nächtlichen Ausflügen anbehalten mussten. Die Gefühle waren überwältigend. Wie eine Offenbarung. Aber es war sogar noch mehr als das. Ich wünschte mir so sehr, etwas Wichtiges entschieden zu haben. Ich wollte nicht länger im Fegefeuer der Jugend feststecken. Die Würfel sollten unwiderruflich gefallen sein. Und genauso fühlte es sich an, als wir uns immer enger aneinander schmiegten, ineinander vergruben, bis es keine klare Grenze mehr zwischen uns gab.

»Bist du dir sicher?«, fragte er.

Und ich sagte ja. Zu ihm und zu allem.

Wenn ich jetzt an all die Dinge denke, die an diesen paar Monaten eventuell zu bedauern wären, dann gehört dieser Moment nicht dazu. Als unser Schweiß sich vermischte, ich den ungewohnten Schmerz zwischen meinen Beinen spürte und sein Gesicht so vollkommen offen war. Dieser Moment gehört nie und nimmer dazu.

Tristan
The Knight

Izzy schläft danach ein. Ihre weichen Wangen schimmern rosig im warmen Lampenlicht. Mein Herz rast, und ich kann mir nicht einmal vorstellen, die Augen zu schließen.

Jetzt, wo wir in diesem fremden Bett liegen, fühlt sich unsere Liebe echter, stabiler an denn je. Wenn ich meine Stirn an Izzys lehne, kann ich spüren, wie mein Verstand sich mit ihrem synchronisiert, so wie unsere Körper noch vor ein paar Minuten. Und wenn ich es zuließe, könnte ich einschlummern und ihr in einem gemeinsamen Traum begegnen. Aber die andere Seite dieser Goldmünze ist, dass die Angst, sie zu verlieren, auch noch realer geworden ist. Wenn Izzy und ich alles teilen, muss ich meine Probleme lösen, bevor sie zu ihren Problemen werden. Ich habe zu lange gewartet, um Marcus die Wahrheit zu sagen, zu lange gezögert, um diese Entscheidung zu treffen. Und das hat uns jetzt hierher gebracht. Ich kann es mir nicht erlauben, diesen Fehler zweimal zu machen. Deshalb schlüpfe ich aus dem Bett, suche mein

Handy und rufe Aunt Patrice an. (Sie weiß längst, dass irgendwas nicht stimmt, denn sie hat mir im Laufe des Tages vier Sprachnachrichten hinterlassen – was sie sonst nie tut.) Ich bitte sie, uns in Manhattan abzuholen. Ohne Fragen zu stellen, erklärt sie sich dazu bereit. Irgendwie muss sie den Ernst der Lage spüren.

Nachdem ich aufgelegt habe, lege ich noch für ein paar gestohlene Minuten die Arme um Izzy. Ich ziehe sie ganz nah an mich, um ihre ruhigen, gleichmäßigen Atemzüge zu spüren. Ich lasse mich auf der Welle aus Luft treiben, die sie am Leben hält, sie ans Leben bindet und die mich an sie bindet. Dann wecke ich sie und erzähle ihr, dass ich entschieden habe, auf die Westcroft zu gehen.

~ ~ ~

Wir verlassen das Apartment, bevor Philip oder seine Mutter nach Hause kommen. Als wir die Lobby betreten, ist ein anderer Wachmann im Dienst. Er schaut mich kein zweites Mal an. Ich nehme dieses kleine Zeichen als Bestätigung dafür, dass meine Entscheidung die Macht hat, die Welt zu verändern. Sogar Patrice wirkt verändert. Als sie am Bordstein hält und wir in ihren zuverlässigen Volvo steigen, macht sie ein besorgtes Gesicht. Ein ehrlich besorgtes, eher das eines richtigen Elternteils und nicht das eines widerwilligen Vormunds.

»Tristan, dein Gesicht.« Sie seufzt. »Das ist schlimmer, als ich es mir vorgestellt habe. Und Marcus hat dir das angetan.«

»Woher weißt du das?«

»Ausgerechnet von Chantal«, sagt Patrice, während sie schon den Gang einlegt und sich in die Schlange der Scheinwerfer einreiht, die sich langsam Richtung Downtown bewegen. »Das Mädchen ist so ein Plappermaul, und das schon mit ihren acht Jahren. Ich hätte sie fast fürs Lügen geschimpft, aber dann wurde mir klar, dass ich dich den ganzen Sonntag nicht gesehen hatte, nicht mehr seit dem Abendessen am Samstag. Und dann konnte ich weder dich noch Marcus am Telefon erreichen. Ich war schon verrückt vor Sorge, und dann kommst du nach der Schule nicht nach Hause. Hast du eine Ahnung, was für Angst ich ausgestanden habe?«

»Sorry«, murmele ich.

»Ich könnte dich umbringen, wenn ich nicht so Schiss hätte, dass Marcus das für mich erledigt.«

Ich weiß, dass sie das nicht wörtlich so meint. Trotzdem tritt danach eine frostige Gesprächspause ein. Izzy blickt kurz in meine Richtung, schweigt aber. Als ich mich beeile, meinen Plan für ein Stipendium an der Westcroft zu erklären, tue ich das einerseits, um das Schweigen im Auto zu brechen, und andererseits, weil ich weiß, dass ich wieder einen Rückzieher mache, wenn ich es jetzt nicht laut ausspreche. Ich versuche, Patrice zu beschreiben, wie gut die Westcroft im Schach ist, was für eine großartige Chance das wäre. Dabei lege ich mehr Begeisterung in meine Stimme, als ich wirklich empfinde.

Patrice ist erwartungsgemäß alles andere als angetan.

»So etwas kannst du nicht allein entscheiden«, sagt sie.

»Das war nie der Plan, als du zu mir gekommen bist. Ganz zu schweigen davon, dass Marcus zur Familie gehört. Du musst dich Problemen stellen, wenn sie sich dir stellen.«

»Es geht nicht nur um Marcus.« Es geht genau darum, meine Probleme zu lösen. Ohne darauf zu warten, dass Patrice Marcus für mich zum Aufgeben zwingt. Aber das sage ich nicht laut.

»Wir werden erst mal sehen, was dein Vater zu all dem zu sagen hat«, meint Patrice. Aber ich weiß schon, und vielleicht weiß sie es auch, dass ich meinen Vater dazu überreden kann, meine Wünsche zu unterstützen. Im Guten wie im Schlechten hat er mich schon immer eher wie einen Erwachsenen als wie ein Kind behandelt.

»Und was ist mit Izzy?«, sagt Patrice. Sie umklammert das Lenkrad so fest, dass ihre Knöchel im Licht der Straßenbeleuchtung blass und blutleer aussehen. Wir rauschen über die Manhattan Bridge und nähern uns unserem Viertel viel schneller, als mir lieb ist. Ich wünschte, sie würde über Izzy nicht in der dritten Person sprechen.

»Ich bleibe an der Sagan«, sagt Izzy rasch.

»Du könntest zurück an die Hope Springs«, sage ich.

»Nein.«

»Dann hast du also keine Angst vor Marcus«, sagt Patrice. So, wie sie es betont, ist es keine Frage. Izzy reagiert trotzdem, als wäre es eine.

»Manchmal«, sagt sie.

Selbst in dem schwachen Licht kann ich die grimmige Entschlossenheit in Patrice' Gesicht und vielleicht auch ein bisschen Respekt vor Izzy erkennen. »Glaub mir, Marcus wird keinen Ärger machen. Dafür werde ich sorgen.«

Izzy antwortet darauf nicht, sondern schaut nur aus dem Fenster auf den dunkel glitzernden East River. Ich strecke die Hand nach ihrer aus, um die Lücke zwischen uns zu schließen. Da stelle ich fest, dass ihre Hand schon nach meiner sucht.

BRIANNA

The Rook

Wie ich es schon erwartet habe, nachdem ich bei ihr zu Hause war, ist Izzy heute nicht in der Schule. Niemand kann mir sagen, wo sie ist, was mich nicht groß überrascht. Schließlich hat sie sich außer mit mir und T nicht mit vielen anderen angefreundet. Ich gehe an diesem Montag zur Schule, weil meine Mutter mir die vielen Krankheiten, die ich in letzter Zeit angeblich hatte, nicht mehr abnimmt. Da ich mitten im Unterricht schlecht meine Tarotkarten auspacken kann, beginne ich, überall Zeichen zu sehen. In der Mensa gibt es Apple Crisp, Izzys Lieblingsessen, obwohl nicht Freitag ist. Hat das etwas zu bedeuten? Ms Rathscott vertut sich und ruft mich in Sozialkunde mit Izzys Namen auf. Will sie mir damit irgendwas mitteilen? Ich teste auch selbst das Universum und erfinde meine eigenen Zeichen. Wenn die Tür zur Bücherei geschlossen bleibt, bis ich daran vorbeigegangen bin, ist sie in Sicherheit (die Tür bleibt zu). Wenn mein bekanntermaßen schrottiger Spind sich auf Anhieb öffnen lässt, ist sie nicht sauer auf mich (er lässt sich nicht öffnen). Der ganze Tag ist voller kleiner Qualen. Tod durch tausendfachen Aberglauben.

Und dann ist sie schon am nächsten Tag wieder da. Sie sitzt in Trigonometrie neben mir, als wäre nichts geschehen. Ich frage nach T, um zu hören, wie schwer er verletzt ist. Aber ich fange mir nur böse Blicke von Mr Mashariki ein. Izzy zuckt mit den Schultern und widmet sich wieder mathematischen Problemen. Den ganzen Tag über kriege ich negative Energie von ihr ab. Sie zeigt mir nicht gerade die kalte Schulter, aber es ist, als befände sie sich mental auf einer anderen Ebene als ich.

Ich rechne damit, in der Mittagspause die ganze Geschichte zu erfahren. Das passiert auch, irgendwie. Sie sagt, T sei für immer von der Schule weg, weil er auf eine andere gehe. Ab sofort. Und dass sie beide noch zusammen sind, sich aber viel seltener sehen werden.

»Du weißt, dass es mir leidtut, dich da reingezogen zu haben«, sage ich, weil ich mich für irgendwas entschuldigen will. Selbst wenn ich nicht mal den Gedanken ertrage, ihr das mit Frodo zu erzählen. »Wirklich. Ich wünschte, ich wäre schlau genug gewesen, das alles zu verhindern.«

»Es gibt nichts, was du hättest tun können. Bei all den Astrologiebüchern und Tarotkarten glaubst du nicht an Schicksal, Brianna?«

Ich dachte bisher, dass niemand das Schicksal besser versteht als ich. Schicksal als eine Landkarte für den Ort namens Zukunft, für ein Land, das bereits existiert. Und alles, was man tun musste, war, diese Karten lesen lernen und die Punkte darauf verbinden. Jetzt bin ich mir da nicht mehr so sicher. Ich stelle mir das Schicksal nun eher als einen sehr kompliziert choreographierten Tanz vor. Er ist im Voraus festgelegt, aber man kann selbst entscheiden, ob man die richtigen Bewegungen ausführt. Ich habe in letzter Zeit so viele falsche Schritte getanzt.

Izzy
The Queen

Weil ich wusste, dass Tristan sonst nie weggegangen wäre, spielte ich, was Marcus betraf, die Mutige. Patrice würde das durchsetzen, versicherte ich Tristan. Sie würde darauf bestehen, dass Marcus sich von mir fernhielt. Außerdem würde, wenn er seinem Zorn freien Lauf ließ, eher Tristan sein Ziel sein. Brianna stimmte dieser Prognose zu, meinte aber, ich sollte, bis Venus den Skorpion verließ, auf Abstand gehen. Diesem Rat folgte ich nur zu gern, denn tatsächlich fürchtete ich alles, was ich nicht über Marcus wusste, und manches, was ich wusste.

Aber ein paar Tage lang wirkte es, als würde diese Entspannungspolitik wirklich funktionieren. Tristan hatte sich bereits an der Westcroft angemeldet. Marcus kam kaum zur Schule. Ich lief zwar einigen seiner Freunde über den Weg, aber die warfen mir bloß gehässige Blicke zu. Einer von ihnen, wahrscheinlich Frodo, setzte auf Snapchat das Gerücht in die Welt, ich wäre von Tristan schwanger und man hätte ihn deshalb weggeschickt. Aber ich langweiliger Bücherwurm war für die Gerüchteküche an der Highschool kaum von Interesse, und so wurde es schnell wieder still.

Dann bog ich eines Abends auf dem Weg zur Bücherei um eine Ecke, und da stand Marcus. An einen Zaun gelehnt, unterhielt er sich mit einem Typ, den ich noch nie gesehen hatte. Er nahm Blickkontakt mit mir auf und murmelte dem Jungen irgendwas zu, woraufhin der augenblicklich verschwand. Ich versuchte, die Lautstärke meiner Gedanken runterzudrehen, die kreischten, dass Marcus den Tatort von möglichen Zeugen frei machte. Ich bin mir ziemlich sicher, dass meine Knie vor Angst tatsächlich schlotterten. Bisher hatte ich das nur für eine Redensart gehalten.

»Izzy«, sagte er.

»Marcus.« Wenigstens denke ich, dass ich das gesagt habe. Es fiel mir schwer, überhaupt irgendein Wort herauszubringen. Wir beäugten uns gegenseitig und warteten, wer als Nächstes etwas sagen würde. Er trug keine Jacke, nur ein Sweatshirt. Ich überlegte, ihn zu fragen, ob ihm nicht kalt sei, dabei war das wohl unser geringstes Problem.

»Willst du irgendwo zusammen hingehen?«, fragte er.

Ich würde bestimmt nicht mit Marcus durch den dunklen Abend spazieren, wenn niemand wusste, wo ich war. »Ich bin auf dem Weg in die Bücherei«, erklärte ich und deutete mit dem Kopf auf das Gebäude. »Du kannst ja mit reinkommen.«

»Du meinst, du hast noch nicht jedes Buch da drin gelesen?« Er schenkte mir sein Markenzeichen von einem Lächeln. Kein Wunder, dass alle auf seinen Charme reinfielen. Als ich nicht zurücklächelte, deutete er mit ausholender Geste auf die Tür und sagte: »Nach dir.«

Die Phantasie spielt einem alles Mögliche vor, wenn man es ihr erlaubt. So war ich mir eine Sekunde lang, in der mir ganz übel wurde, sicher, dass er mir ein Messer in den Rücken stoßen würde. Aber dann hatte ich mich wieder im Griff, betrat die Bücherei, und Marcus folgte mir. Ohne Messerstecherei.

Ich holte die für mich reservierten Bücher ab und zeigte auf mehrere kleine Tische, hinten im Bereich der Sachbücher. Mein Verstand glühte, weil ich versuchte, mir etwas einfallen zu lassen, was ich sagen sollte. Doch dann kam Marcus mir zuvor. Er fing schon an zu reden, bevor wir richtig auf den verschrammten Holzstühlen saßen.

»Weißt du, Izzy, manche Leute nennen mich nach dem, was passiert ist, ein Weichei. Manche Leute finden nämlich, wenn sich dein Cousin an dein Mädchen ranmacht, dann solltest du ganz andere Dinge tun, als was ich mit T gemacht habe.«

Ich merkte, wie meine Wangen heiß wurden, und brauchte einen Moment, um zu begreifen, dass Wut sich unter meine Angst mischte. Das wärmte meine Stimmbänder und lockerte meine Zunge. »Manche Leute? Leute wie die, die hinter dir herlaufen und dir alles erzählen, was du hören willst?«

»Viele Leute, möchte ich wetten.«

»Interessant. Nur trifft das hier nicht wirklich zu. Ich war nämlich nie dein Mädchen.«

Das ließ Marcus verwirrt dreinblicken. Vielleicht war er es gewohnt, von allen, die ihn fürchteten, höchstens eine abgeschwächte Version der Wahrheit zu hören.

»Verdammt. Das ist eiskalt, Izzy.«

»Zu welchem Zeitpunkt habe ich irgendwas getan, das darauf hingedeutet hätte, dass ich deine Freundin bin, Marcus?« Ich hatte den Satz kaum ausgesprochen, als ich mich an die Party erinnerte. An den Raum, der Final Frontier hieß, und an Briannas Gesicht auf der Toilette. Ich erinnerte mich auch daran, wie bemüht ich auf dem Hinweg gewesen war, alles zu sagen, was Tristan schützen würde. Ich schluckte und wünschte mir, mein Mund wäre nicht so trocken und klebrig.

»So ist das dann wohl.« Marcus schüttelte den Kopf. »Es erklärt aber immer noch nicht, warum T mir dann ins Gesicht gelogen hat.«

Warum hatten wir so lange gelogen? Es fiel mir schwer, mich daran zu erinnern. Alles kam mir lächerlich vor, als ich über den Tisch hinweg Marcus ansah und versuchte zu rechtfertigen, was in den letzten Wochen passiert war. Liebe ist Wahnsinn, heißt es, und ich musste zugeben, dass wir uns wie Wahnsinnige verhalten hatten. Aber wir waren nicht die einzigen. Ich musste an meine Skype-Unterhaltung mit Tristan früher am selben Tag denken. Seine Lippe war noch nicht ganz verheilt, und das Veilchen an seinem Auge hatte inzwischen eine hässlich grüne Farbe angenommen.

»Mit dir kann man nicht gerade leicht reden«, sagte ich, »und das findest du doch gut. Wenn du dich so benimmst, dass andere Angst haben, dir Dinge zu erzählen, dann erzählen sie sie dir eben nicht.«

»Moment mal. Willst du jetzt etwa so tun, als wäre das meine Schuld?«

»Es ist deine Schuld, dass du ein Bully bist. Es ist deine Schuld, dass Leute Angst haben, dich zu verärgern.«

»Nein.« Marcus schob seinen Stuhl vom Tisch zurück und verschränkte die Arme. »Wenn Leute Angst haben, ist das ihre Sache, nicht meine. Ich kann ja schlecht verantwortlich dafür sein, wie jeder verrückte Typ sich fühlt.«

»Na ja, Marcus, die Leute sind ja nicht verrückt, wenn sie sich vor dir fürchten. Du hast Tristan zusammengeschlagen! Du hast deinen eigenen Cousin zusammengeschlagen.«

»Denkst du, ich musste noch nie einen Schlag einstecken? Und danach bin ich nicht auf irgendeine Schule für reiche Kids abgehauen.«

Ich konnte sehen, dass zwei Bibliothekarinnen zu uns rüberschauten. Deshalb beugte ich mich vor, um meine Trumpfkarte leiser auf den Tisch zu legen. »Tristan und ich haben dich nachts auf dem Spielplatz gesehen. Als du was ... gekauft hast.«

Marcus beugte sich ebenfalls vor. Ich konnte seinen Gesichtsausdruck nicht deuten. »Wovon redest du?«, flüsterte er.

»Eine Waffe. Du hast eine Waffe gekauft.«

»Was?« Er gab ein seltsames Geräusch von sich. So eine Art ersticktes Schnauben. Auf einmal erkannte ich die Emotion, die sich in seinem Gesicht widerspiegelte. Er hatte

Angst. »Du machst wohl Witze. Red wenigstens leise, wenn du solche Lügen verbreitest.«

»Was war es denn sonst?«

»Was war was? Du redest wirres Zeug.«

Ich fühlte mich schlagartig verunsichert. Als hätte mein Fuß eine Stufe verfehlt, und ich müsste kämpfen, um meine Balance wiederzufinden. »Du warst auf dem Spielplatz. Das warst du. Und da waren noch zwei ältere Typen. Tristan hat sie auch gesehen.« Ich sah, wie hinter Marcus' Augen eine Verbindung hergestellt wurde, und fühlte mich kurz erleichtert. »Wer war das?«

»Geht dich das was an?«

»Nach allem, was passiert ist, ja, vielleicht geht mich das was an.«

»Es war so: Jemand hat mich gefragt, ob ich das neue iPhone günstig besorgen kann. Und das waren die einzigen Typen, die das für mich erledigen konnten.« Marcus umklammerte die Tischkante an beiden Seiten des Tisches. Ich konnte nicht erkennen, ob er sich festhielt, weil ich der Wahrheit so nahe gekommen war oder weil ich so weit weg davon lag. »Shit, Izzy.«

Ich schloss die Augen und versuchte, mich zu erinnern. An den metallischen Glanz, den ich gesehen hatte. Der konnte nicht von einem Handy stammen. Oder vielleicht doch? »Du meinst, es war gestohlen.«

»Ich glaube, sogar du kennst den Unterschied zwischen einem geilen Handy und einer illegalen Waffe. Für wen hältst du mich denn?«

Das war tatsächlich eine gute Frage. Ich hatte mich daran gewöhnt, in Marcus eine Mischung aus kriminellem Genie und übernatürlichem schwarzem Mann zu sehen. Jetzt war ich mir nicht mehr so sicher.

»Weißt du was, beantworte die Frage gar nicht«, sagte er. »Ich glaube, ich kenne die Antwort schon.«

Dann stand er so rasch auf und verschwand aus der Bücherei, dass ich mich fragte, ob er überhaupt je da gewesen war.

Als ich ebenfalls durch die Tür nach draußen wollte, war ich so abgelenkt, dass ich vergaß, die Bücher zu scannen, die ich mir bestellt hatte. So löste ich den Alarm an der Tür aus, was die Bibliothekarinnen noch mehr aufbrachte. Ich murmelte eine Entschuldigung, aber mit den Gedanken war ich immer noch bei Marcus. Er war arrogant, hitzköpfig, bedrohlich. Er benahm sich, als würde das Viertel ihm gehören. Er hatte Tristan verletzt, körperlich und seelisch, und vielleicht hatte er sogar erwogen, ihm noch Schlimmeres anzutun. All das stimmte nach wie vor.

Aber was war mit mir? Marcus und Tristan waren ganz gut miteinander ausgekommen, bis ich in ihr Leben geplatzt war. Im Grunde genommen war ich der Grund dafür, warum sie nicht mehr miteinander sprachen. Ich hatte auch meine Eltern belogen, meine Freundschaft zu Brianna aufs Spiel gesetzt, mich von meinem Zwillingsbruder entfremdet und ignoriert, dass Marcus vielleicht echte Gefühle für mich gehabt hatte. Das Beste in meinem Leben, die Liebe zwischen Tristan und mir, hatte ich mir durch eine spektakuläre Täuschungsaktion und, so könnte man sagen, Zerstörung erschlichen.

Es ist so: Wir gewöhnen uns an, eine Geschichte so zu drehen, dass wir die Helden sind. Tun wir etwas Gutes, dann liegt es daran, dass wir gut sind; tun wir etwas Schlechtes, dann ist das eine entschuldbare Verfehlung, und wir erwarten Nachsicht. Dabei ändert es nichts an der Tatsache, dass wir manchmal Gutes und manchmal Schlechtes tun. Daran, dass keiner von uns ohne Schuld ist.

Darüber dachte ich auf dem Nachhauseweg nach und schleppte außer meinen Büchern auch große Schuldgefühle mit mir. Doch erst später, als ich allein in meinem Bett lag, packte mich das Grauen. Hätte man mich damals gefragt, hätte ich gar nicht genau beschreiben können, was dieses erstickende Gefühl auslöste. Im Nachhinein vermute ich: Es war die erste Erkenntnis, dass das Schicksal weitaus komplizierter war als meine Liebe zu Tristan und größer als unser Ärger mit Marcus. Dass die Saat für Schmerzen in unser Schicksal gesät wird, bevor es uns bewusst ist, und dass am Ende keiner von uns das überlebt.

BRIANNA

The Rook

Ich ziehe mein altmodisches Wahrsagerinnen-Outfit an: einen weiten Rock, der meiner Mutter gehört, eine langärmelige Rüschenbluse, große Kreolen-Ohrringe und ein Kopftuch, das ich im Nacken verknote. Dazu eine Kristallkugel, aber nicht aus echtem Glas. Es ist Halloween, die Nacht, in der die Geister unterwegs sind. Ein wichtiger Tag, auch wenn ich dieses Jahr zu beschäftigt war, um mir groß Gedanken darüber zu machen.

»Wenn das nicht Miss Cleo höchstpersönlich ist«, sagt Hector zu mir, als ich die Treppe runterkomme. Er deckt gerade die Tische im Café, obwohl es noch früh ist und wir erst mittags aufmachen. Ich schätze, er macht auf braven Sohn, damit Mai und Pai ihn in Ruhe lassen.

»Wer ist Miss Cleo?«, frage ich. Daraufhin schüttelt Hector den Kopf und murmelt was von Kids heutzutage. Dann bietet er mir noch an, mich zur Schule zu fahren. Er spielt also auch den braven Bruder, obwohl ich nicht verstehe, warum.

Weil ich schon spät dran bin, nehme ich seinen Vorschlag an. Unterwegs hören wir zweimal nacheinander *Thriller*. Ich muss daran denken, wie Hector und ich, als wir noch jünger waren, online das Video dazu entdeckten und es uns immer wieder ansahen. So lernten wir die ganze Choreo von Anfang bis Ende. Die Erinnerung daran heitert mich ein bisschen auf.

Mein Stimmungsbarometer fällt aber wieder, als wir vor der Schule halten und ich Marcus dort stehen sehe. Er wartet offenbar auf uns. Wahrscheinlich war also Marcus der Anlass für diese Fahrt, nicht brüderliche Fürsorge. Auch auf die Gefahr hin, wie meine Eltern zu klingen: Die Vorstellung, dass Hector und Marcus so nah bei der Schule Geschäfte machen, gefällt mir nicht. Sollten sie dabei erwischt werden, wird es richtig Ärger geben. Hector macht sein Fenster runter, und Marcus lehnt sich mit dem Ellbogen auf die Tür. Sein Gesicht erscheint im offenen Fenster.

»Das wird dir jetzt vermutlich nicht gefallen«, sagt Hector. »Deshalb bin ich auch hergekommen, um es dir persönlich zu sagen: Ich steige aus, Mann. Hab diesen Scheiß schon zu lange gemacht.«

Marcus richtet sich für einen Moment gerade auf, so dass ich nur seine an den Seiten herabhängenden Arme sehen kann. Dann erscheint sein Gesicht wieder in der Fensteröffnung, aber er sieht nicht wütend aus. Er wirkt eher niedergeschlagen. So als hätte Hector ihm erklärt, er wolle nicht mehr mit ihm befreundet sein.

»Was hast du stattdessen laufen?«, fragt er.

»Ich hab diese Idee schon eine ganze Weile. Ein eigener

Laden. Ich hab ein bisschen was gespart, und mein Pops hilft mir, einen Kredit zu kriegen. Ich kann dir mehr sagen, wenn ich die Details geregelt habe.«

»Bist du dir da sicher?«

»Yeah, Mann. Das ist, was ich machen muss.«

Marcus nickt und atmet aus aufgeblasenen Wangen langsam aus. »Na gut. Wenn du deine Meinung änderst, weißt du ja, wo du mich findest.«

»Ist klar«, sagt Hector und dreht sich dann zu mir. »Willst du langsam mal aus dem verdammten Wagen aussteigen, Brianna?«

Das tue ich. Hector wartet kaum, bis ich die Tür zugeschlagen habe, bevor er aufs Gas steigt und davonfährt. Vor der Schule ist es ruhig, also sind Marcus und ich offensichtlich spät dran. Wir sollten rennen, um noch rechtzeitig zum Unterricht zu kommen, aber wir machen beide keine Anstalten in diese Richtung.

»Shit«, sagt Marcus vielleicht zu mir, vielleicht zu sich selbst. »Hier bleibt überhaupt nichts so, wie es war, oder?«

Ich klemme mir die Kristallkugeln unter den Arm, um meine Haare aus den Ohrringen zu befreien. »Du hast dich ja gar nicht für Halloween verkleidet. Das sieht dir überhaupt nicht ähnlich.«

Vielleicht zum ersten Mal heute Morgen sieht er mich richtig an und bemerkt mein Kostüm. »Ich bin verkleidet«, sagt er. »Ich bin ein Monster.« Dazu lächelt er, aber dem Lächeln fehlt der übliche Charme. »Von was für einer Art Laden redet dein Bruder eigentlich?«

»Von einem Spirituosengeschäft. Einem richtig schicken, damit es zu unserem veränderten Viertel passt.« Ich habe Hector schon oft mit unserem Vater darüber diskutieren gehört, aber ich hatte keine Ahnung, dass es schon konkret ist.

Eine konjunktursichere Branche nennt mein Vater das. Was Hector Pai noch nicht gesagt hat: Er glaubt, mit einem Ladenlokal hier wird er Unmengen Geld scheffeln, sollte Gras in New York jemals legalisiert werden.

»Das hätte mir selbst einfallen sollen. T ist weg, jetzt auch noch Hector. Ich verliere meine Leute, Caballito.« Marcus legt sich die Hände oben auf seinen Kopf. Er atmet auch seltsam, so als hätte die Luft vor ihm sich in Flüssigkeit verwandelt. Ich weiß, dass das albern ist, aber die Vorstellung, ihn so am Boden zu sehen, gibt mir das Gefühl, die Welt würde in die Brüche gehen. Ich bin mir sicher, das nicht zu verkraften.

»Hey. Lass uns irgendwohin gehen. Dann kann ich dir endlich die Karten legen.« Ich versuche, jedes Mitleid in meiner Stimme zu vermeiden, und als er mich ansieht … Ich würde nicht behaupten, dass da Dankbarkeit in seinem Gesicht steht, aber Erleichterung.

»Hast du seit dem Spukhaus mal mit T gesprochen?«, frage ich, während wir Richtung Eastern Parkway laufen. Nicht weit weg von dem Park, wo Marcus früher Schachpartien für T angesetzt hat. Ich versuche, woandershin zu steuern, aber Marcus scheint es dort hinzuziehen, und ich spüre diese Anziehung auch.

»Nee«, sagt er. »Keine Ahnung. Manchmal will ich ihm

sagen, dass es mir leidtut, wie alles gelaufen ist. Er fehlt mir, echt. Und dann denke ich an all die Lügen, und mein Hirn läuft heiß, und dann will ich ihn an seiner fancy neuen Schule aufspüren und ihm noch mehr wehtun.«

»Yeah«, sage ich. »Er hat irgendwie ein Gesicht zum Reinschlagen.« Das ist einfach die Wahrheit.

Marcus lächelt mich an. Diesmal mit einem echten Lächeln, aber es verblasst fast sofort wieder. »Es spielt keine Rolle. Auntie Patrice überwacht mich total, schlimmer als eine Gefängniswärterin. Und meine Mom hat sie auch aufgestachelt. Die beiden schwören, dass sie mich wegen Dealerei anzeigen, wenn ich aus der Reihe tanze. Als Abschreckungsmaßnahme. Jetzt ist mein Nachschub ausgetrocknet, also sind die die Angeschmierten, schätze ich. Trotzdem ... ich weiß nicht, Brianna. Ich hab's satt, dass sie mich ansehen, als wäre ich ein Hund, der dauernd auf den Teppich pisst.«

Marcus hat noch nie so viel auf einmal zu mir gesagt. Eigentlich würde ich diese Tatsache gerne noch ein paar Minuten lang genießen, aber etwas anderes lässt mir keine Ruhe, und so rutscht mir die nächste Frage viel zu schnell raus.

»Was ist mit Izzy?«, sage ich, als wir den Park von Süden her betreten.

»Was soll mit ihr sein?«, sagt er, und Verärgerung lässt seine Stimme plötzlich heller klingen. Dann zuckt er mit den Schultern und schüttelt den Kopf. »Ach, Shit. Das Zeug, das sie zu mir gesagt hat, es kommt mir nicht richtig vor. Soll ich das jetzt alles so hinnehmen?« Wir kommen zum Denkmal eines schon lang verstorbenen Astronauten, nach dem der

Park benannt ist, und bleiben stehen. Marcus lässt sich auf dem Betonsockel nieder, und ich setze mich neben ihn. Dann nehme ich mein Kopftuch ab und breite es zwischen uns aus. Als ich ihn ansehe, spielt er an seiner Kette.

»Woher hast du den? Diesen Kettenanhänger?«

»Der ist albern«, sagt er, aber ich halte seinen Blick fest und schüttle den Kopf. So versuche ich, ihm klarzumachen, dass selbst jetzt nichts, was er sagen könnte, für mich albern wäre. Vielleicht funktioniert es sogar, denn seufzend erzählt er weiter. »Ich hab ihn vor Jahren an einem dieser Stände beim Union Square gekauft. Er ist billig, nichts Besonderes. Aber der Typ, der ihn mir verkauft hat, so einer mit Dreadlocks und ohne Zähne, der meinte: ›Ich seh dich. Du hast noch was Großes vor.‹ Und seither war ›was Großes‹ ... keine Ahnung, ein reales Ziel für mich. Ein Ort, den ich erreichen würde, ein Ort, wo ich wohnen würde, wie in einem Haus. Und diese Kette, die steht dafür.« Marcus schließt die Augen und lässt die Kette los. »Aber jetzt, Shit. Ist das alles vorbei.«

»Ist es nicht.«

»Ich glaube, da irrst du dich, Caballito. Aber mach mal.« Er deutet auf die Tarotkarten. »Sag mir, was ich tun soll.«

»Nimm die Karten und denk an eine Frage«, erkläre ich ihm. »Konzentrier dich drauf.« Er schließt die Augen, und als er das macht, sieht er weniger wie die toughe Nummer eins des Blocks, sondern eher danach aus, was er wirklich ist: ein noch nicht ganz erwachsener Junge, der versucht rauszukriegen, was als Nächstes passieren wird. Ich nehme ihm die

Karten aus der Hand und legte sechs davon aus. Eine einfache Formation, aber gut, um eine Antwort zu bekommen.

Der Turm, die Zwei Pentagramme. Auf den ersten Blick lassen die Karten mich schaudern.

»Ich sehe eine Menge Veränderung. Auch Verlust. Ich will nicht lügen. Hier gibt es furchterregende Sachen und vielleicht noch mehr Konflikt, bevor die Dinge sich regeln. Aber da ist auch der Stern, der Heilung und Transformation bedeuten kann. Und an der finalen Stelle liegen die Fünf Kelche, die eine Art Vergebung symbolisieren können.«

»Mehr Konflikte und dann Vergebung?« Der Blick, den Marcus mir zuwirft, ist offen und fragend. »Geht es hier vielleicht um Izzy und T? Komm schon, Brianna. Machst du Witze?«

»Nein«, sage ich. »Ich erkläre dir nur, was ich sehe. Nicht, was ich sehen will.«

Und diesmal stimmt es.

Tristan
The Knight

Hier eine seltsame Wendung der Ereignisse: Ich bin jetzt cool. Ein Nerd unter Nerds! Ich muss immer lachen, wenn ich daran denke. Vorgestern hat mein Zimmergenosse Patrick, ein dürres Computergenie, das leicht lispelt und auf Hiphop der frühen Neunziger steht, es tatsächlich laut ausgesprochen: »Ich bin froh, dass ich jetzt einen coolen Mitbewohner habe.« An der Sagan war ich nie mehr als Marcus' Cousin. Aber hier gelte ich als rätselhafter Typ. Ich komme aus undurchsichtigen Verhältnissen, habe eine Freundin, die aber nicht hier ist, und immer noch eine aufgeschlagene Lippe. Und ich bin schwarz. Alle wollen mit mir befreundet sein.

Versteht mich nicht falsch – es war trotzdem ein kleiner Kulturschock, als ich hier aufkreuzte. Meine Befürchtungen, mich fremd zu fühlen, waren nicht ganz unbegründet. Noch nie war ich unter so vielen Kids, die sich wie Erwachsene benehmen und schon jetzt fest von ihrem späteren Erfolg ausgingen. Aber ansonsten war es so leicht wie in ein warmes Bad zu steigen. Die Highschool ist ein geschlossenes System, wie ein Biotop. Es kommt einem so vor, als würde man zusammen mit den Leuten um einen herum gerade die Welt neu erfinden. Aber so ist es nicht. Als ich an die Westcroft kam, sahen fast alle schon so vertraut aus, als würde ich ihre ganzen Geschichten schon kennen, bevor ich ihre Namen wusste. Manche erinnerten mich an Typen von meiner alten Schule, nur dass sie jetzt in anderen Körpern steckten. Ach, du bist dieser seltsame Kerl, der auf Weltraum und Sciencefiction steht, genau wie R.J. Oh, du bist das Mädchen, das im Theaterclub das Sagen hat und davon träumt, an den Broadway zu kommen, so wie Roxanne.

Sogar die Treffen des Schachclubs sind voller Déjà-vus. Eamon macht klassische Musik, so wie Anaïs, auch wenn er Kontrabass spielt und nicht Klarinette. Dan ist ein stiller weißer Typ mit Dreadlocks. Immer steckt ein Taschenbuch mit einem Titel wie *Handbuch für Dissidenten* in seiner hinteren Hosentasche. Im Spiel lässt er sich manchmal verunsichern, und seine schwachen Nerven erinnern mich an Pankaj.

Und dann ist da natürlich Dorie. Im selben Internat zu wohnen ist viel heftiger, als sie nur hin und wieder bei einem Schachturnier zu treffen. Es gibt ein paar dunkle Schatten unter ihrer glitzernden Oberfläche, von denen ich mich wohlweislich fernhalte. Einmal saß ich im Unterricht neben ihr, als sie sich geistesabwesend unter ihrem langen Handschuh kratzte. Da bemerkte ich etwas, das wie Narben aussah. Ich stelle keine Fragen und habe nicht das Bedürfnis, mich hinsichtlich traumatischer Ereignisse in der Vergangenheit mit ihr auseinanderzusetzen. Aber ich kann auch nicht leugnen, dass dieses Mädchen eine magnetische Ausstrahlung hat. All die beliebten Kids, die Herzensbrecher und Sportasse, hängen mit ihr ab, weil sie sie verwirrt und man sie deshalb am einfachsten als cool bezeichnet. Ich hänge auch mit ihr ab, weil sie mich als Einzige nicht an jemanden von meiner alten Schule erinnert.

Abgesehen vom Schachtraining, das an der Westcroft täglich stattfindet, gehen Dorie und ich auch zu politischen Veranstaltungen in der Stadt. Mindestens ein paarmal pro Monat. Sie ist gut darin, eine Erlaubnis zum Verlassen des Campus zu kriegen. Sie weiß, wann sie der Schulleitung ein Event als »unschätzbar wertvolle Lernerfahrung« verkaufen kann oder wann es besser ist, sich eine Geschichte auszudenken oder die Einzelheiten gleich ganz zu verschweigen. Wenn eine Sache interessant klingt, schafft sie es meist, eine kleine Truppe von Leuten zum Mitkommen zu motivieren. Wenn nicht, weil es eine Demonstration für die Rechte von Austern ist oder für den Erhalt eines Denkmals, das sie auch noch nie gesehen hat, dann sind es meist nur Dan und ich. Dorie geht zu so was, weil sie es liebt zu schreien und es »kathartisch« findet, »für eine gute Sache« zu schreien. Dan geht hin, weil er wahrhaftig überzeugt ist. Und ich, weil ich gerne durch die Stadt streife, selbst wenn ich es momentan nicht mit Izzy tun kann.

Also schätze ich, man könnte die beiden hier in diesem seltsamen, alternativen Leben, das ich gerade führe, als meine besten Freunde bezeichnen. Sie füllen die Lücke, die Marcus hinterlassen hat, aber nur provisorisch. An den Ecken bleiben Löcher, und an den Rändern quillt es über. Ich habe mich geweigert, Marcus noch mal zu treffen, bevor ich ging, obwohl Auntie Patrice es gerne wollte. Wenn ich jetzt mit ihr telefoniere, vermeiden wir das Thema Marcus, obwohl es immer gegenwärtig ist und unter der Oberfläche unserer Worte brodelt. Manchmal muss ich an die letzten Worte denken, die er zu mir gesagt hat, direkt nachdem er mich ins Gesicht geschlagen hatte: *Man sieht sich, Cuz*. Dann sage ich mir, dass ich ihn irgendwann natürlich wiedersehen werde und das jetzt nur eine Pause ist. Trotzdem ist es offenbar die beste Lösung, die mir eingefallen ist: meine familiären Wurzeln zu kappen und an die Westcroft zu gehen. Schon oft habe ich zum Handy gegriffen, zu seinem Namen gescrollt und mit dem Gedanken gespielt, die Taste anzutippen, die uns wieder miteinander verbinden würde. Aber jedes Mal legte ich das Handy wieder weg, dachte, *später, später*, ohne mir zu überlegen, wie viel später das wohl sein würde.

Hier an der Schule rede ich nie über Marcus und erzähle auch nicht viel von Izzy. Nicht, weil zwischen mir und Dorie irgendwas Unerlaubtes passieren würde. Da ist nicht mehr als zwischen Dan und mir, obwohl die Leute hier mich dauernd damit aufziehen. Gleichzeitig bin ich mir nicht sicher, ob Izzy und Dorie sich besonders mögen würden. Eine ist wie ein mit Erdbeermarmelade gefüllter Doughnut, die andere wie eine perfekt reife Erdbeere. Eine ist ein Weihnachtsbaum voller Lametta, die andere im Vergleich dazu ein Bonsai. Die eine ist Isadora und die andere *Izzy*.

Izzy
The Queen

Den ganzen Spätherbst und frühen Winter hindurch wurde Tristan im Schach immer noch besser. Mr K spielte als der erste und prägende Lehrer in Tristans Schachkarriere nach wie vor eine Rolle, und manchmal telefonierten die beiden auch noch, aber seine neue Schule verfügte über ganz andere Möglichkeiten: mehrere Trainer, eine dauerhaft starke Mannschaft, das Geld, um zu Turnieren zu reisen, von denen manche richtig weit weg stattfanden. Tristan saugte all das auf wie ein Schwamm. Er hatte sein bisheriges Niveau schon hinter sich gelassen und näherte sich dem Großmeister-Level. Zum ersten Mal galt er nicht nur als ein vielversprechender Anwärter für die Turniere von Erwachsenen, die im Frühling stattfinden würden, sondern zählte zu den Favoriten. Bei den wenigen Gelegenheiten, zu denen ich Tristan bei einem Wettbewerb sah, musste ich nicht viel vom Spiel verstehen. Es war fast so, als könnte ich spüren, wie er immer besser und konzentrierter wurde. In gewisser Weise auch skrupelloser.

»Ich dachte, der Typ von der Stuyvesant wäre gut«, sagte ich beim Skypen am Sonntag zu ihm. »Aber du hast ihn ja gestern zum Frühstück verspeist.«

Auf dem Display meines Laptops war es nicht gut zu erkennen, aber ich bin mir ziemlich sicher, dass er vor Freude rot wurde. »Schmeckte wie Rührei«, sagte er. Wir unterhielten uns regelmäßig über Skype und trafen uns, wann immer es ging. Allerdings endete das oft damit, dass wir in einem Café eher nebeneinander lernten, als uns in die Augen zu schauen. Nachts rausschleichen, um sich zu treffen, das ging nicht mehr, weil Tristan sich nicht erlauben durfte, Ärger zu bekommen. Doch all das konnte unseren Gefühlen nichts anhaben. Als ich meinen nicht mehr so einfach freien Lauf lassen konnte, stauten sie sich in mir auf. Meine Liebe zu ihm sammelte sich und wurde immer tiefer.

»Wenn wir es nach Yale schaffen ...«, sagte ich zu ihm.

»Oder vielleicht nach Stanford.«

»Genau. Du darfst nicht alle so mit deinem Schachtalent einschüchtern. Wir wollen ja auch noch ein paar Freunde haben.«

»Was ist denn verkehrt daran, den Leuten ein bisschen Angst einzujagen? Dann werden wir berüchtigt sein. Das erste Promipaar aus einer Chirurgin und einem Schachexperten: Dr. Izzy und Großmeister T.«

Zuversicht stand ihm so gut. Ich wollte mich in seinem Glück und Erfolg sonnen, beides mit ihm genießen. Und doch konnte ich meinen Verstand nicht an anderen Gedanken hindern: 1. Anderen Angst einjagen, das klang eher nach Marcus. 2. Vielleicht hatte ich überhaupt keine Ahnung davon, wer Marcus eigentlich war. 3. Diese perfekten zukünftigen Versionen von uns – wie sollten sie alles in Ordnung bringen, was in der Vergangenheit schiefgelaufen war?

~ ~ ~

Wegen all der Ablenkungen in meinen ersten Wochen an der Carl Sagan hatte ich einiges aufzuholen. Also stürzte ich mich ins Lernen. All meine Kurse, auch die Leistungskurse, schloss ich mit Bestnoten ab. Ich wurde Mitglied im Spanisch-Club, half beim Kulissenbau fürs Schultheater und schrieb ein paar Entwürfe für Aufsätze zur Collegebewerbung. Darin versuchte ich, ein paar der dunkleren Gefühle in Worte zu fassen, die nach meiner Unterhaltung mit Marcus in der Bücherei in mir hochgekommen waren.

Schließlich erzählte ich sogar meinen Eltern eine abgemilderte Version dessen, was passiert war. Sie sahen trotzdem erschrocken aus und waren wohl auch beunruhigt, weil sie so vieles nicht mitbekommen hatten. Als sie Tristan und mich das erste Mal zum Abendessen einluden, schienen sie sich vor Staunen darüber, dass ich einen echten Freund hatte, gar nicht mehr einzukriegen. Sie schworen mir allerdings, dass sie ihn mögen würden.

Hull, also der neue Hull, wirkte allmählich robuster. Nicht mehr so wie eine schwebende Erscheinung, aber er wurde auch noch exzentrischer. Nachdem einer seiner Freunde ihm eine Doku über David Lynch gezeigt hatte, begeisterte er sich tatsächlich für transzendentale Meditation. Mom hielt das für eine gute Sache und bezahlte ihm sogar einen Kurs. Und vielleicht war es ja auch gut. Sein Interesse wechselte von Politik zu Wirtschaft, und er las fette Biographien über Steve Jobs und Warren Buffett. An der Hope Springs gründete er einen Club junger Investoren. Philip schrieb mir in einer Mail von einem Referat, das Hull gehalten hatte. Offenbar vergötterte mein Bruder die Banker, die am Immobilien-Crash von 2008 Unsummen verdient hatten. Obwohl Philip das als eine Ist-Hull-nicht-verrückt-Geschichte abtat und witzig fand, machte ich mir Sorgen. Ich konnte mir Hull als CEO im Silicon Valley gut vorstellen. Jemand, der ein entnervend gelassenes Dauerlächeln zur Schau trug und an den Wochenenden surfen ging.

Kurz gesagt: Unser Leben nahm seinen Lauf, und der Rest der Welt auch. ISIS tauchte in den Nachrichten auf und richtete im Nahen Osten unaussprechliche Dinge an. Der neue Papst sorgte für Aufsehen. In Ferguson, Missouri, kam es nach der Ermordung von Michael Brown zu Protesten und anschließenden Unruhen. Dann entschied ein Gericht, den Polizeibeamten nicht anzuklagen, der Eric Garner erstickt hatte. Das war nur eine Fahrt mit der Fähre entfernt passiert, so dass die Proteste schließlich auch New York erfassten.

Die Atmosphäre war so aufgeladen, dass wir anfingen, in Politik lange Diskussionen über Black Lives Matter zu führen. Alle beteiligten sich engagiert daran. Entweder weil sie ihre Meinung dazu leidenschaftlich vertraten, oder weil sie begeistert von der Unterbrechung des normalen Unterrichts waren. Es gab viele persönliche Geschichten über das New York Police Department. Von Polizisten, die Jugendliche grundlos angehalten und gefilzt hatten. Ich hielt mich eher zurück, während Ms Rathscott versuchte, aus der Debatte eine Lehrveranstaltung zu machen. Und eines Tages erzählte ich die Story, wie ich einmal mit »einem schwarzen Freund« unterwegs gewesen war und ein Cop uns angehalten hatte, um mich zu fragen, ob bei mir »alles in Ordnung« sei.

»Das war eindeutig, weil ich ein weißes Mädchen war«, sagte ich. »Ich wünschte, ich hätte was gesagt. Aber, ich weiß nicht ... es kommt mir so hoffnungslos vor. Alles, was ich tun kann, ist wohl, darauf zu achten, ob ich anders behandelt werde, und zu erkennen, dass das falsch ist. Und ich will besser darin werden, meinen Mund aufzumachen, wenn ich so was sehe.« Da stand R.J. auf, kam zu meinem Tisch und gab mir einen Fist Bump. Der Rest der Klasse lachte. Die Aufmerksamkeit brachte mein Gesicht zum Glühen, aber von da an kam es mir vor, als seien R.J. und ich wirklich Freunde. Er fing an, mich zu den Treffen des Astronomieclubs einzuladen.

~ ~ ~

Während der Proteste gegen den Fall Eric Garner ging ich mit meinen Eltern zu einer Demonstration im Washington Square Park. Es war ein Sonntagmorgen mit geradezu schmerzhaft blauem Himmel. Tausende Menschen schwenkten Transparente und riefen: »No justice, no peace!« Hull hatte sich wie erwartet ausgeklinkt. Aber es fühlte sich tatsächlich gut an, mit meinen Eltern da zu sein und ihnen zuzuhören, wie sie versuchten, mit Protestgesang den Weg zurück in ihre regimekritische Jugend zu finden.

Meine Mutter entdeckte ihn als Erste und zeigte auf einen Haufen Teenager mit in die Höhe gestreckten Händen. Ein Mädchen, das seltsamerweise ein pastellgrünes Tutu, dazu einen langen lavendelfarbenen Schal und grellweiße Handschuhe wie Michael Jackson trug, brüllte »Hände hoch!« in ein Megaphon. Die Gruppe antwortete mit »Nicht schießen!«.

»Schau mal«, sagte Mom. »Ist das nicht Tristan? Willst du ihn fragen, ob er zu uns kommen will?«

Es war wirklich Tristan, und während ich mich durch die Menge zu ihm schob, fühlte ich einen Anflug von Gereiztheit. Er hatte mir nicht erzählt, dass er hier sein würde. Ich ermahnte mich zur Vernunft, denn ich hatte die Demo auch nicht erwähnt, weil ich dachte, es wäre ein Familien-Ding von uns. Doch während ich seinen Namen rief, ließ dieses Mädchen ihr Megaphon fallen und sprang mit einem seltsamen, katzenartigen Satz auf Tristans Rücken. Dort reckte sie dann die Faust in die Luft. Ich rief ihn noch mal.

Falls ich eifersüchtig war (und das war ich), verschwand das, als Tristan mich sah und erkannte. Da war kein schlechtes Gewissen, nur Freude über mein plötzliches Auftauchen. Er ließ die Beine des Mädchens los, setzte sie auf dem Asphalt ab und begrüßte mich mit einem Kuss.

»Du bist hier«, sagte er, als wäre es ein Wunder.

»Ich bin hier«, sagte ich. »Mit meinen Eltern. Möchtest du vielleicht …?« Ich zeigte zu ihnen, und sie winkten uns. In dem Moment sahen sie alt und so fehl am Platz aus.

»Klar«, meinte er, doch einer von den Leuten aus seiner Gruppe, ein Rothaariger mit einer Statur wie ein Footballspieler, stieß Tristan mit dem Ellbogen an.

»Alter, du kannst uns jetzt nicht im Stich lassen.«

»Ist schon okay«, sagte ich rasch.

»Sicher?«, fragte er und blickte noch mal kurz zu meinen Eltern.

»Das geht in Ordnung«, sagte ich. »Dienstagabend treffen wir uns doch zum Lernen, oder?«

Er versicherte mir das und küsste mich dann leidenschaftlich vor allen. Er stellte mir noch ein paar Leute vor, die ich noch nie getroffen hatte. Er zeigte auf Miss Tutu und sagte: »Izzy, das ist Dorie.« Ich streckte wie ein Roboter meine Hand aus.

»Isadora, um genau zu sein«, sagte sie. »Ist das nicht lustig? Fast so wie du.« Und dann vollführte sie eine eigenartige Abfolge von Ausfallschritten und Hopsern, wobei sie meine ausgestreckte Hand ignorierte. Ich wich zurück und versuchte, ein verlegenes Winken für die ganze Gruppe daraus zu machen, und zog mich zurück.

»Alles in Ordnung?«, fragte Mom und legte ihren Arm um mich.

»Yeah, absolut. Ich wollte ihn nur nicht von den Leuten wegzerren, mit denen er hergekommen ist, weißt du.« Eigentlich wollte ich genau das, vor allem wollte ich ihn von Isadora mit ihren bescheuerten Handschuhen wegzerren, aber ich tat es nicht. Bald danach marschierten wir die Fifth Avenue hinauf, und die Gruppe verschwand komplett aus meinem Blickfeld.

Ich sah Tristan dann am Dienstag wieder. Er sprach weder die Demo noch Dorie an, also sagte ich auch nichts. Vielleicht würde sie aufhören zu existieren, wenn ich sie nicht erwähnte.

Tristan
The Knight

Izzy ist nur ein Stadtviertel entfernt. Da fließt nur ein Fluss zwischen uns, aber ohne ein Auto oder unendlich viel Geld für ein Taxi fühlt sich das fast wie eine Fernbeziehung an. Wir schaffen es zwar noch, uns regelmäßig zu sehen, aber diese kurzen terminierten Zusammenkünfte lassen die langen, wundervollen Nächte wie eine ferne Erinnerung wirken. Heute Abend haben wir eine einzige gestohlene Stunde, um zusammen in einem Café zu lernen, das nur einen Block von meinem Wohnheim entfernt liegt. Allerdings braucht Izzy fast doppelt so lange, um mit der Bahn hierher und wieder zurückzukommen. Doch sie beklagt sich nie darüber. Wir nehmen, was wir kriegen können. Als sie kommt, sieht ihr hübsches Gesicht jedoch besorgt aus, und ich frage sie, was los ist.

»Gestern Abend ist die Straße runter jemand angeschossen worden«, erzählt Izzy. »Wahrscheinlich eine Drogengeschichte, und der Typ ist in schlechter Verfassung. Heute ist überall Polizei. Meine Eltern sind richtig ausgeflippt. Sie haben mich kaum aus dem Haus gelassen, um dich zu treffen.«

»War das irgendjemand, den wir kennen?«

»Nein.«

»Ich wette, Hull macht es nicht besser, oder?«

Sie erlaubt sich ein zaghaftes Lächeln. »Ständig nur scheinheilig hochgezogene Augenbrauen«, sagt sie und macht ihn nach, was mich zum Lachen bringt. Aber schon rutschen ihre Mundwinkel wieder abwärts.

»Es ist nicht so schlimm, Izzy. Irgendwelche finsteren Gestalten gibt es doch immer. Aber die legen sich untereinander an, nicht mit anderen. Das weißt du. Und deine Eltern wissen es wahrscheinlich auch. Die werden sich schon wieder einkriegen.«

»Das ist es gar nicht«, sagt sie. Tränen steigen ihr in die Augen. »Ich kann es auch nicht erklären. Aber ich fürchte, dass ich Fehler begangen habe, die nicht wieder gutzumachen sind. Und um dich mache ich mir auch dauernd Sorgen.«

Für mich ergibt das überhaupt keinen Sinn, und so streichle ich nur ihre Hand und beuge mich vor, um ihre Finger zu küssen. »Warum? Du bist doch diejenige, die in einem Problemviertel wohnt«, scherze ich. »Ich sitze hier in meinem Elfenbeinturm. So sicher wie noch nie.«

»Tristan, denkst du nicht, dass es an der Zeit ist, mit Marcus zu reden?«

»Was hat er denn damit zu tun?« Mein Herz schlägt schneller. Izzy hat mir wieder und wieder versichert, sie hätte sich wegen der Waffe geirrt, aber ich kann nicht leugnen, dass ich Angst verspürte, als ich ihn das letzte Mal gesehen habe.

»Nichts. Ich schwör's dir – nichts. Aber er geht mir nicht aus dem Kopf. Vielleicht fühlst du dich auch besser, wenn du mit ihm geredet hast, meinst du nicht?«

Ich bezweifle es. Meine Gefühle in Bezug auf Marcus sind so verworren, dass keine Hoffnung besteht, sie in nächster Zeit zu sortieren. Trotzdem sage ich zu Izzy: »Ich denk mal drüber nach.«

»Morgen ist ein Fundraising für den Astronomieclub, und ich glaube, R. J. hat Marcus überredet zu kommen. Du könntest auch kommen. Das wäre eine einfache Möglichkeit, ihn zu treffen, ohne viel reden zu müssen.«

»Warum ist dir das so wichtig?«

»Weil es schön wäre, das hinter uns zu lassen. Nur deshalb.«

»Wie gesagt, ich denke drüber nach, okay? Setz mich als vielleicht auf die Liste.«

Ich merke, dass das nicht genügt, um sie zufriedenzustellen. Wir beschließen trotzdem, mit dem Lernen zu beginnen, weil uns die Zeit davonläuft. Ich muss einen Aufsatz über die Französische Revolution schreiben, aber meine Gedanken schweifen ständig ab. Ich betrachte Izzys Gesicht, die kleine Falte zwischen ihren Brauen. Früher glaubte ich, zu wissen, was ihr im Kopf herumgeht.

Als es Zeit ist zu gehen, stehen wir ein paar Minuten vor dem Coffeeshop, weil keiner von uns sich zuerst vom anderen abwenden will. Sie schiebt ihre Arme in meine Jacke, unter meinen Armen durch und legt sie um meinen Rücken. Dann lehnt sie den Kopf an meine Schulter. Obwohl ich weiß, dass wir fast gleich groß sind, kommt sie mir heute Abend klein vor. Ich senke den Kopf, um sie zu küssen, aber sie weicht aus.

»Nein«, sagt sie. »Warte bis zum nächsten Mal. Warte bis morgen, wenn du nach Hause nach Brooklyn kommst. Dann wird es noch süßer schmecken.«

Das ist eine seltsam blumige Umschreibung, vor allem von Izzy. Auf dem Weg zurück ins Wohnheim denke ich darüber nach, ob Brooklyn mein Zuhause ist und was das Wort bedeutet. Ich grüble immer noch, als ich die Zimmertür aufschließe, das Licht anmache und Dorie auf meinem Bett liegt.

»Meine Güte«, sage ich, nachdem ich den Schrecken einigermaßen verwunden habe. »Was machst du denn hier? Noch dazu im Dunkeln?«

»Patrick hat mich reingelassen«, sagt sie, als würde das alles erklären. Dann macht sie wackelnde Geisterfinger um ihr Gesicht, was meine Aufmerksamkeit auf die Handschuhe lenkt. »Hab ich dich erschräääääckt?«

»Äh, ja, irgendwie schon«, sage ich und versuche zu lachen, aber es klingt nur wie ein Schnaufen und lässt mich genervt klingen. Was ich auch bin. Oder zumindest müde. Außerdem will ich allein sein. Es verstößt definitiv gegen die Regeln, dass sie sich um diese Zeit auf diesem Flur aufhält, noch dazu in meinem Zimmer und bei geschlossener Tür. Ich kann jetzt nicht auch noch Ärger mit der Schulleitung gebrauchen. Ich mag Dorie wirklich, aber sie hält sich zugute, mich überredet zu haben, herzukommen. Und manchmal benimmt sie sich, als wäre ich ihr dafür etwas schuldig.

»Sei nicht sauer«, sagt sie und klopft auf dem Bett neben sich. Ich setze mich. »Ich habe hier gelegen und so getan, als wäre ich du. Weißt du, ich habe mir vorgestellt, wie es ist, in deiner Haut zu stecken.« Sie formt ihre Hand, als sei sie ein kleines Tier, das sich umschaut, schnuppert und über die Bettüberdecke auf mein Knie krabbelt. Ich packe sie am Handgelenk. Da wird aus dem Tierchen wieder eine Hand, die ich wieder weglege.

»Ach, sei doch nicht so ein Angsthase«, sagt sie. Dann rollt sie vom Bett und bleibt ausgebreitet auf Patricks hypoallergenem Teppich liegen. »Ich weiß doch, dass du eine Freundin hast.« Dabei zieht sie das Wort Freundin so in die Länge, als sei es ein Experiment für ihre Zunge. »Abgesehen davon würde das mit uns sowieso nicht funktionieren. Gegensätze ziehen sich an. Du und ich, wir sind uns zu ähnlich.«

»Wir sind uns überhaupt nicht ähnlich.« Das klingt ruppiger, als ich beabsichtigt hatte. Sie dreht sich auf die Seite, stützt den Kopf in die Hand und blickt zu mir hoch.

»Tja, das hast du gesagt, nicht ich«, sagt sie mit einem Lächeln, hinter dem sich zu viel verbirgt, um es zu analysieren. Dann vollführt sie so eine Art Rolle rückwärts und springt auf die Füße. Man hat bei ihr immer das Gefühl, sich mit einem Hofnarren zu unterhalten. »Du kommst doch morgen mit, oder? Alle anderen haben mich schon im Stich gelassen. Aber ich weiß, du wirst kommen.«

Ich brauche einen Augenblick, um mich daran zu erinnern,

dass sie mich gefragt hat, ob ich mit ihr auf eine Demo gegen Polizeigewalt gehe. Das hatte ich vergessen, als Izzy mich zu der Astronomie-Sache einlud. Ich sollte beides absagen, weil ich wirklich lernen muss. Doch bevor ich antworten kann, ist Dorie schon aus dem Zimmer geschlüpft und hat mich allein gelassen.

Izzy
The Queen

Woran ich mich von diesem Tag, dem Tag des Vollmonds, noch erinnere: drei Begegnungen.

1. Spontan beschloss ich, nach dem Unterricht Mr K hallo zu sagen. Nachdem Tristan weg war, hatte ich den Schachclub verlassen. Es war einfach zu deprimierend, dort zu sein, vor allem weil alle sauer waren, weil Tristan ihnen keine leichten Siege mehr bescherte. Aber an diesem Tag kam ich an dem Raum vorbei, wo sie sich immer trafen, und steckte den Kopf durch die Tür. Ich winkte Mr K und versicherte ihm, dass es Tristan gut ginge, und sie sich sicher bald bei irgendeinem Turnier begegnen würden. Mr K war mir gegenüber aufgetaut, nachdem er zu der Überzeugung gekommen war, dass ich nicht der Grund für Tristans Konzentrationsstörungen gewesen war. Seine beeindruckenden Augenbrauen bewegten sich so, dass es vielleicht Freude signalisierte, sobald er mich in der Tür bemerkte.

»Und dir geht es gut, Iseult?«, fragte er mich, nachdem

ich ihm pflichtbewusst Bericht erstattet hatte. Bis zu dem Moment war ich mir gar nicht sicher gewesen, dass Mr K überhaupt meinen Namen wusste. Er sprach ihn aus wie jemand, der Französisch kann. Da kam mir der Gedanke, wie wenig ich von ihm und seinem Leben wusste. Es gibt so viele Menschen auf der Welt, und man lernt doch nur eine Handvoll kennen, wenn man Glück hat.

»Mir geht's gut«, sagte ich. »Ich kann mich nicht beschweren.«

Seufzend drehte er sich um und fing an, das Thema des heutigen Trainings auf die Tafel zu schreiben: Eröffnungen. Er übertrug eine Liste möglicher Eröffnungen auf die Tafel. »Anfänge, sie wollen immer mehr Anfänge«, murmelte er. »Aber so geht es nicht. Manche sagen, in der Eröffnung ist das Endspiel schon vorbestimmt.« In seiner zittrigen Schrift fügte er seiner Liste noch »Damen-Gambit« hinzu. Ich wusste nicht, wen er mit »sie« oder »manche« meinte, und ich machte mir nicht die Mühe, ihn danach zu fragen, bevor ich mich verabschiedete.

Man könnte darin ein übersehenes Vorzeichen sehen, aber ganz ehrlich, Mr K sagte ständig solches Zeug.

2. Ich musste am Abend in der Schule sein, um bei dem Fundraising zu helfen, aber weil ich ein Buch vergessen hatte, das ich für die Hausaufgabe des Literaturkurses am nächsten Tag brauchte, beschloss ich, für ein paar Stunden nach Hause zu gehen, meinen Aufsatz zu schreiben und dann zurückzukommen. In Literatur hatten wir die Kolonialzeit endlich hinter uns gelassen und waren bei Nathaniel Hawthorne

angekommen. Bei »Ehebruch und dem ganzen Scheiß«, nach dem Alex sich damals an dem Tag gesehnt hatte, als Tristan und ich in diesen blöden Streit geraten waren. Ich saß an der Küchentheke und versuchte, mir irgendwas Interessantes zu *Das Haus mit den sieben Giebeln* einfallen zu lassen. Da kam Hull nach Hause. Er machte den Kühlschrank auf und holte sich einen Beutel mit Babykarotten heraus. Die begann er geräuschvoll zu essen, während ich dasaß und ihn anstarrte. Eigentlich war das ja nichts Besonderes, aber eben doch, denn der alte Hull hatte eher eine Schwäche für Fleisch. Er verdrehte immer die Augen über Moms und Dads Abendessen am Veggie-Montag, über ihre selbstgemachten Nussmischungen zum Wandern oder ihren selbstgemachten Kombucha. Mir fiel plötzlich auf, dass er viel muskulöser aussah als früher.

»Hast du trainiert?«, fragte ich und konnte kaum glauben, dass ich so was sagte. Und schon gar nicht zu meinem Zwillingsbruder.

»Ehrlich gesagt, ja«, meinte er. »Schon seit vier Wochen, aber danke, dass du es gemerkt hast.«

»Sorry«, murmelte ich.

»Kein Problem. Ein starker Körper erzeugt einen starken Geist.«

»Aha.« Ich tat so, als würde ich mich wieder meiner Hausaufgabe widmen, aber weil er so geräuschvoll aß, konnte ich mich nicht konzentrieren. »Weißt du, ich helfe bei dieser Schulveranstaltung heute Abend, ein Fundraising, das ich mit organisiert habe. Ich könnte dich gratis reinbringen, wenn du magst.«

»Mal sehen«, sagte er, und ich verstand, dass das *auf keinen Fall* hieß. »Was schreibst du da?«

»Einen Aufsatz über *Das Haus mit den sieben Giebeln*. Flucht vor der Vergangenheit und so. Lest ihr das auch?«

»Nee, *Die Mühle am Floss*. Über dysfunktionale Geschwisterbeziehungen und solches Zeug.«

»Ah.«

»Na ja, ich muss jetzt meditieren gehen.«

Ich hätte es auf sich beruhen lassen sollen, aber stattdessen fragte ich: »Glaubst du, das nützt? Meditation?« Hull blieb wie angewurzelt stehen und sah mich mit einer Miene an, die ich noch von seinem alten Ich kannte: arrogantes Mitleid.

»Sie macht mich zu einem modernen Krieger«, sagte er.

Dem alten Hull wäre es peinlich gewesen, so was zu sagen. Er hätte sich über jemanden, der so was sagte, lustig gemacht. Und es gab immer noch Zeiten, in denen ich den alten Hull vermisste.

Ich brauchte einen Moment, um zu kapieren, dass ich anscheinend laut gedacht hatte.

»Ich dachte, du wüsstest, dass der alte Hull tot ist, Izzy«, sagte der neue Hull. Und dann war er auch schon fort und hatte vergessen, die Karotten zurück in den Kühlschrank zu legen.

Ich schätze, auch darin hätte ich ein Zeichen sehen können, aber ganz ehrlich, Hull sagte ständig solches Zeug.

3. Die Tribünen in der Schulturnhalle waren zurückgeschoben und eine große Discokugel an einem der Basketballkörbe aufgehängt worden. Wir nannten es Vollmond-Party,

und es war eine Spendenaktion mehrerer Schulgruppen, darunter der Astronomieclub und der Wiccanclub (der, soweit ich wusste, als Mitglieder nur Brianna und ein paar Mädchen aus der Neunten hatte, die alle viel Augen-Make-up trugen). In der Mitte war eine Tanzfläche, und rundherum standen ein paar Buden und Tische, wo die Leute ihre Eintrittskarten als Zahlungsmittel nutzen konnten. Brianna würde Handlesen anbieten, worauf sie sich aber nicht besonders zu freuen schien. Ich arbeitete direkt gegenüber von ihr am Imbissstand und verkaufte MoonPies oder Cookies in Stern- und Planetenform. Die meisten Leute standen in Grüppchen im Halbdunkel rum, redeten und lachten, anstatt zu tanzen.

Der Andrang war bescheiden, aber ich hatte Marcus schon mit Tyrone reinkommen gesehen. Mein Blick ging immer wieder zur Tür, weil ich mit Tristan rechnete. Ich überlegte mir, ob er und Marcus im selben Raum bewirken würden, dass sie sich an früher erinnern würden und dann ihre Probleme aus der Welt schaffen konnten. Oder Marcus würde Tristan wieder schlagen. Eins von beidem.

»Moon … river«, schmachtete Audrey Hepburn, während ich sah, dass Marcus sich vor Briannas Tisch stellte. Er hielt ihr seine Hand hin, und sie flüsterten miteinander. Ich spürte, dass sich irgendwas zwischen den beiden verändert hatte, aber es sah nicht nach erblühender Liebe aus, auf die Brianna einst gehofft hatte. Dann drehten beide sich zu mir und sahen herüber, so dass ich genau wusste, über wen sie sprachen. Ich merkte, wie ich rot wurde, machte mich an einem Teller mit Cookies zu schaffen und ließ ein paar davon auf den Boden fallen. Als ich die zerbrochenen Stückchen alle aufgehoben hatte, stand Marcus direkt vor mir.

»Hey«, sagte ich verlegen. »Schön, dass du da bist. Ich wollte sowieso mit dir reden.« Die Worten purzelten viel zu schnell aus meinem Mund, aber ich konnte nicht anders.

»Ach ja?« Er nahm sich ein Stückchen Cookie aus meiner Hand und steckte es sich in den Mund. »Worüber denn?«

Diesen Teil hatte ich geübt. »Ich habe versucht, mir einzureden, ich hätte dich nicht angelogen, aber das stimmt nicht. Und ich habe eine Menge Vermutungen über dich angestellt, die nicht stimmten. Und es tut mir wirklich, wirklich leid, dass das zu der Auseinandersetzung zwischen dir und Tristan geführt hat. Glaub mir, das hab ich nie gewollt.« Er sah mich so lange an, dass ich noch ein »Das ist alles« hinzufügte.

»Aha«, sagte er. Dann schaute er zu dem Discokugel-Mond hinauf, während er erklärte: »Manchmal werde ich so wütend, dass ich irgendwelchen blöden Scheiß mache.«

Etwas, das einer Entschuldigung oder dem Annehmen meiner Entschuldigung noch näher kam, würde ich niemals von Marcus hören. Ich hob den Teller ein Stückchen und bot ihm die Kekse diesmal wirklich an. Und so standen wir einfach da und aßen Kekse, die ich gerade vom Boden aufgehoben hatte.

»Vielleicht kommt er heute Abend«, sagte ich.

»Nee«, meinte er. »Der taucht hier nicht auf.«

»Woher weißt du das?«

»Du solltest diejenige sein, die ihn gut genug kennt«, sagte er. Sein Lächeln war eine Sekunde lang ironisch, wurde dann aber gleich freundlicher. »Izzy, du willst immer alles in Ordnung bringen, aber manchmal läuft es so nicht.«

Das war tatsächlich eine ziemlich zutreffende Beschreibung von mir und meinem Verhältnis zur Welt. Deshalb antwortete ich auch nicht darauf, sondern ließ das einfach so zwischen uns stehen.

»Ich liebe ihn trotzdem«, sagte Marcus, allerdings so leise, dass ich meinte, mich vielleicht verhört zu haben. Dann drehte er sich um und verschwand in der größer werdenden Menge. Sekunden später hatte jemand anders seinen Platz eingenommen und verlangte ungeduldig einen MoonPie.

Wenn ich irgendwas davon als Vorzeichen hätte erkennen sollen, dann das, weil Marcus nie so was sagte. Nicht vorher und nicht danach. Aber zu dem Zeitpunkt nützten Zeichen uns sowieso nichts mehr.

Tristan
The Knight

In der dritten Stunde, die eigentlich zum selbständigen Lernen gedacht ist, habe ich an der Westcroft Schach-Intensivtraining. Meist ist es ein One-on-One mit unserem Coach Mr Ippolito und ein bisschen Schachgeschichte, um das Ganze Unterricht nennen zu können. Mr Ippolito ist einer der klügsten Menschen, die mir je begegnet sind: jung und schnell und mit der unbändigen Energie eines Flughörnchens. Aber manchmal vermisse ich Mr K. Als ich heute in Mr Ippolitos Gesicht schaue, habe ich Mr K im Ohr, wie er traurig sagt: »Er hat noch nicht genug gelitten, um das Spiel zu verstehen.«

Trotzdem ist Mr Ippolito ein guter Trainer, und er hat mir schon krass schwere Schachfragen zu lösen gegeben. Heute überrasche ich mich selbst mit der richtigen Antwort auf eine, die ich gestern von ihm bekommen habe. Plötzlich habe ich die Lösung. Als hätten unsichtbare Zahnräder ineinander gegriffen und die ganze Maschine zum Laufen gebracht. Der

Bauer wird nicht in eine Dame, sondern in einen Springer verwandelt, danach ist es Matt in drei Zügen.

»So ist es«, sagt Mr Ippolito, bevor er den Rest seines heute bestimmt schon siebten Kaffees in sich hineinschüttet. »Dafür habe ich viel länger gebraucht als du. Wie bist du drauf gekommen?«

»Ich hab die Lösung geträumt.« Keine Ahnung, warum ich das behaupte. Es stimmt nicht. Nicht im Geringsten. Aber es bringt Mr Ippolito zum Lachen.

»Du bist wirklich der rätselhafteste Schachspieler, der mir je begegnet ist«, sagt er, und ich bin mir nicht sicher, ob das als Kompliment gemeint ist.

»Ich müsse heute früher los«, erkläre ich ihm. »Nur zwanzig Minuten oder so. Wegen etwas Wichtigem für eine Freundin.«

Er seufzt. »Nur dieses eine Mal. Und nur weil du das Rätsel gelöst hast.«

~ ~ ~

Als ich mit Dorie und Dan den Raum verlasse, weiß ich noch nicht, ob ich mit ihnen zu der Demo gehe oder zum Fundraising mit Izzy – und Marcus. Ich gehe der Antwort quasi entgegen, und als ich sie treffe, überrascht sie mich selbst ein bisschen. Dan und Dorie erwarten, dass ich ihnen in die U-Bahn Richtung Uptown folge, anstatt die nach Brooklyn zu nehmen, und genau das tue ich.

Als es im Waggon laut und voll wird, redet Dorie einfach

auch lauter. »Ich bin einfach genervt, wenn Leute fragen, wie es zu Gamergate kommen konnte. Dabei ist Frauenfeindlichkeit in Strategiespielen so alt wie Schach. Oder wahrscheinlich noch älter. Vielleicht erfinde ich mal ein feministisches Schachbrett, das allen Frauen einen kleinen Vorteil verschafft.« Dorie redet jetzt schon seit mindestens einer halben Stunde von einem Zeitschriftenartikel über einen weiblichen E-Sports-Star. Ich habe längst aufgegeben, ihrer Argumentation zu folgen. Dan mischt sich ein und sieht einen Zusammenhang zwischen Star-Craft II und irgendeinem trotzkistischen Prinzip. Das ist meine Rettung, obwohl ich merke, dass Dorie eigentlich mit mir diskutieren will. Sie knabbert ein bisschen am Saum eines ihrer weißen Handschuhe, während sie um die Haltestange des Waggons herumwirbelt. Genervt mustern andere Leute sie über ihre Handys oder ihren Lesestoff hinweg.

Der Grund, warum ich Dories Monolog nicht folgen kann, ist, dass ich mich frage, wann und was ich Izzy schreiben soll. Ich nehme mein Handy aus der Tasche und tippe *Ich bin immer noch wütend auf ihn*, aber das kommt mir zu melodramatisch und irgendwie unaufrichtig vor. Das Beste, was mir einfällt, ist, dass ich mich erst selbst verstehen will, ohne dass Marcus dabei eine Rolle spielt. Aber jedes Mal wenn ich versuche, das in Worte zu fassen, klingt es bescheuert. Ich lasse das Handy zurück in meine Tasche fallen, als die Bahn die Haltestelle 47. und 50. Straße erreicht. Ich schreibe ihr später. Um es nicht zu vergessen, male ich mit Kugelschreiber ein kleines *I* auf meine linke Hand.

Dorie hatte nicht erwähnt, dass die Demo gleichzeitig mit

einem Konzert auf der Rockefeller Plaza stattfindet. Der Gehweg ist voller Menschen: Touristen, Geschäftsleute auf dem Heimweg von der Arbeit, ein paar vereinzelte Demonstranten mit Schildern unter dem Arm. Die meisten wirken genervt von den Polizeiabsperrungen, die an jeder Ecke stehen. Die Leute gehen erst in die eine und dann wieder in die andere Richtung, um über die Sixth Avenue zu kommen. Dorie fragt ein paar Cops nach dem Weg zur Demo. Jeder gibt ihr eine andere Antwort: sechs Blocks nach Norden, neun Blocks nach Süden oder abweisendes Schulterzucken. Als der dritte Polizist sie so abspeist, tritt sie näher und wird lauter: »Das ist ja lächerlich. Ihr versucht alle, einen friedlichen Protest zu behindern. Weil ihr Dreckskerle seid.«

Vielleicht kommt Dorie mit solchen Äußerungen durch, weil sie aussieht, wie sie aussieht. Aber *ich* will definitiv nicht neben ihr stehen, wenn sie das tut. Der Polizist grinst sie nur spöttisch an, und Dan hakt sie unter, um sie wegzuziehen. Weiter die Sixth Avenue hinunter. Ich schiebe die Hände in die Hosentaschen und folge ihnen, wobei ich die Augen auf meine Chucks gerichtet lasse. Niemand – weder Mr Ippolito noch Aunt Patrice noch der Direktor der Westcroft – möchte das Wort Polizei in einem Atemzug mit meinem Namen hören. Aber hier bin ich nun mal.

Weiter unten auf der Straße hören wir die Leute »Hände hoch!« schreien. Dorie sieht auf, als würde sie eine Witterung aufnehmen, und folgt dem Geräusch wie ein Bluthund. Je weiter wir kommen, desto deutlicher spüre ich eine Strömung in der Menge. Ungefähr bei der 46. Straße verlangsamt sich das Tempo, und dann stockt es. Wir stehen jetzt aneinandergepresst und kommen kaum noch von der Stelle. Dan, Dorie und ich bilden ein kleines Dreieck, und um uns herum wird der Knoten aus Menschen immer enger. Ich bin angespannt, sage mir aber, dass ich überreagiere, denn wir stehen zwar Ellbogen an Ellbogen, aber alle sind ruhig und gutgelaunt. Dorie singt fröhlich vor sich hin und lächelt die Leute um uns herum strahlend an. Ich bleibe ruhig und hoffe, dass sie ihre Portion Rebellion schnell bekommt, damit wir von hier verschwinden können.

Ein paar Rückstöße durchzucken die Menge, und ich suche mit den Augen nach der Ursache. Am Ende des Blocks drücken die Demonstranten gegen die Absperrungen, und die Polizei hält dagegen. Wortfetzen von jemandem, der in ein Megaphon schreit, erreichen uns, aber ich kann die Worte nicht verstehen.

»Da wollen wir hin!«, kräht Dorie. Sie greift nach unseren Händen und beginnt, sich nach vorne durchzudrängeln. Ich will da nicht hin. Stattdessen spüre ich wie einen Stich Sehnsucht nach der Turnhalle der Carl Sagan. Dort wäre ich mit Izzy und Marcus zusammen, den Leuten, die mich kennen. Ich ziehe an Dories Arm wie ein Kind, das die Aufmerksamkeit seiner Mutter möchte.

»Ich will da nicht hin«, schreie ich über den Lärm. »Lass uns von hier verschwinden.«

»Ja, das sieht echt aus, als würde es Randale geben«, fügt Dan hinzu, wobei seine Stimme nicht so alarmiert bebt, wie meine es definitiv tut.

Dorie wird sehr eng an mich gepresst, und ich sehe ihr direkt ins Gesicht, ihre Wangenknochen, ihre Augen und ihr breites Lächeln.

»Kein Problem. Ich bleibe hier.« Sie sagt das so dahin, als wäre nichts, als hätten die Worte keine Folgen. Aber ich höre, was sie eigentlich bedeuten: *Wenn dir der Mut für das hier fehlt, dann fehlt dir vielleicht auch der Mut für diese Freundschaft.* Sie dreht uns den Rücken zu, als erwarte sie tatsächlich, dass Dan und ich sie hier allein zurücklassen. Wir sehen einander an und greifen wortlos wieder nach ihren Händen, um uns von ihr mitziehen zu lassen.

Die Stimmung an der Absperrung wird immer angespannter. Wir sind jetzt nah genug, so dass ich die versteinerten Mienen der Polizisten sehen kann. Nur ein paar Reihen Demonstranten trennen uns noch von den Barrikaden, als eine ziemlich weiße Frau mittleren Alters, die mich an Izzys Mutter erinnert, beginnt, ihr Knie oben über einen der Holzböcke zu schieben. Ich bin sogar nah genug, um den Polizeibeamten sagen zu hören: »Ma'am, ich werde Sie festnehmen, wenn Sie über diese Absperrung steigen. Ich werde Sie festnehmen, verstehen Sie?« Die Frau ignoriert ihn, und ich merke, dass Dorie die Szene auch beobachtet, denn schon reckt sie eine Faust in die Luft und stößt ein aufgeregtes Geheul aus. Ich wäre nicht imstande, irgendeinen Laut aus meiner zugeschnürten Kehle zu pressen, selbst wenn mir danach zumute wäre. Die Leute schreien und jubeln der Frau zu, als der Polizist ihr Handschellen anlegt. Sie grinst zurück, während ein anderer Beamter sie hinter die Reihe der Polizisten zerrt.

Inzwischen ist von irgendwoher Polizei nachgerückt. Sie tragen statt der üblichen Dienstmützen Helme mit Visier. »Kampfmontur?«, ruft Dan mir zu. »Unglaublich!« Er sagt noch etwas über Versammlungsfreiheit und so weiter, aber wir schwimmen in einem ganzen Meer aus Ablenkungen, und eine davon zieht meine Aufmerksamkeit an. Links von mir rangelt ein schwarzer Typ in kurzärmeligem Shirt über die Absperrung hinweg mit einem Polizisten. Sie schubsen sich und schreien einander an. Der Cop trägt keinen Helm, und ich kann sehen, dass er noch sehr jung ist. Ich kann die Angst in seinem Gesicht erkennen, und ich höre sie auch, als er sagt: »Drohst du mir etwa? Drohst du, einen Beamten anzugreifen?« Das Handgemenge greift rasch auf andere Cops, andere Leute über, der Kreis, in dem plötzlich Chaos herrscht, wird immer größer. Jemand stößt mich mit seiner Schulter an, und neben mir schnappt eine Frau hörbar nach Luft.

Ich schaue wieder zu dem Mann im Zentrum der Auseinandersetzung. Auch wenn ich weiß, dass das nicht Marcus sein kann – das hier ist nicht seine Szene, absolut nicht –, kann ich nicht anders. Seine Statur wirkt so vertraut: der kurzgeschorene Kopf, die muskulösen nackten Arme. Ich stürze vorwärts, werde halb von der Menge und halb von meinem eigenen Willen nach vorn geworfen. Dann packe ich den Mann genau in dem Moment am Arm, als er damit ausholt, um zuzuschlagen. Als er in meine Richtung schaut, um zu sehen, wer seiner Bewegung diesen Widerstand entgegensetzt, da sehe ich, es ist nicht Marcus. Natürlich nicht. Dieser Typ hat nicht mal besondere Ähnlichkeit mit ihm.

Ich will mich gerade umdrehen und versuchen, Dorie und Dan wiederzufinden, als etwas gegen meinen Brustkorb schlägt. So hart. Etwas fühlt sich wie Eis an. Dann glühend heiß. Irgendwo in meinem Gehirn registriere ich ein Geräusch, einen Knall. Zu viele Eindrücke auf einmal: das Schrammen über den Asphalt, jemand ruft »zurück, zurück, zurück«, eine weibliche Stimme kreischt schrill auf. Das könnte Dorie sein, wenn Dorie ein Mädchen wäre, das kreischen würde. Und dann bin ich nicht mehr da.

Izzy
The Queen

Es gibt so viele Fragen dazu, was passiert war. Fragen, auf die ich niemals eine Antwort bekommen werde.

Officer Vallese, der erst in seiner zweiten Woche im Dienst war, tastete, wie er später behauptete, nach seinem Taser. Was hat er zu Tristan gesagt? Hat er überhaupt irgendwas gesagt? Als ihm bewusst wurde, dass er seinen Revolver in der Hand hatte, was tat er dann, wo ging er hin? Die Leute in der Menge: Versuchten sie, die Blutung zu stoppen? Hatten sie, so wie ich, die Memoiren von Sanitätern im Kriegseinsatz gelesen? Legten sie saubere Kompressen auf die Wunde? Die Kugel: Traf sie eine Arterie, ein inneres Organ? Blieb sie in ihm stecken oder hob jemand sie später von der Straße auf?

Ich stellte in den folgenden Stunden all diese Fragen, und niemand konnte mir eine zufriedenstellende Antwort geben. Doch selbst damals wusste ich schon, dass ich so viele Fragen stellte, weil es einen Menschen gab, nach dem ich nicht fragen wollte: nach mir selbst.

Was tat ich in dem Moment, als es passierte? Verkaufte ich einen blöden Cookie? Redete und lachte ich? Sagte Marcus gerade zu mir, dass ich nicht *alles* in Ordnung bringen könne? Und warum konnte ich nicht wenigstens eine einzige Sache in Ordnung bringen? Nur dieses eine Mal.

Tristan
The Knight

Kaltes Licht, das vielstimmige Piepen von Maschinen, durcheinanderredende Stimmen. Ich sehe und kann doch nicht sehen, ich höre und kann doch nicht hören. Irgendwas stimmt nicht mit meinem Gehirn, meiner Stimme, mit der Welt. Ich habe Schmerzen, könnte aber nicht sagen in welchem Teil meines Körpers.

Izzy, denke ich, und anscheinend gelingt meinen Lippen irgendeine Bewegung, denn wie als Antwort erscheint ein Gesicht über mir.

»Ich bin hier«, sagt jemand, aber irgendwie ist alles falsch, denn das ist nicht die Person, die ich will.

Izzy auf der Schaukel, ihr Haar fliegt nach hinten. Izzy neben dem Teleskop in R. J.s Zimmer, ihr Gesicht so nah an meinem. Izzy, die meinen Knöchel verbindet, während die Sonne hinter ihr untergeht. Meine Gedanken wandern auf dem Zeitstrahl immer weiter zurück.

»Izzy.« Mein Gehirn ist jetzt wieder mit meinem Mund

verbunden. Diesmal höre ich selbst, wie ich es laut ausspreche. »Sie soll kommen.«

Dann stößt mich eine neue Welle aus kaltem Licht zurück.

Ein Schachbrett, schwarz und silbern. Ich stehe darauf, auf dem Feld B1, ein weißer Springer. Ich denke daran, was ich Izzy über den Springer erzählt habe – er ist klug und gerissen und kann wie keine andere Figur dem Feind ausweichen. Ich werde hier wieder rausfinden. Die schwarzen Figuren bewegen sich, doch ihre glatten Gesichter bleiben ausdruckslos. Der Gegner ist schlau, aber ich sehe das Endspiel schon vor mir. Ich werde vom Rand des Bretts heruntertreten, wo es keine Felder mehr gibt.

Wieder dieser Schmerz, diesmal hartnäckig und alarmierend. Wie eine Sturmglocke in meinem Körper. Und ich kann nichts tun, damit sie verstummt.

»Izzy«, sage ich, und wieder taucht das Gesicht von vorhin über mir auf. Ich spüre die harten Pailletten ihrer Handschuhe auf meinem Arm, und das ist ganz falsch.

»Du wirst schon wieder, du wirst schon wieder, du wirst schon wieder«, flüstert sie.

»Izzy«, sage ich noch mal. »Kommt sie? Ist sie schon bald da?« Die Handschuhe lassen mich los, das Gesicht wird hart und zu einem dunklen Quadrat, in dem ich ein Fenster erkenne. Ich spüre immer noch den Lärm des Schmerzes, ein schrilles Pfeifen, einen Gong, der meinen Körper schüttelt. Plötzlich steht eine Krankenschwester neben dem Bett. Sie bewegt meinen Arm, und aus dem Pfeifen wird Kreischen.

»Das wird helfen«, glaube ich die Schwester sagen zu

hören, aber ich kann sie in der Kakophonie des Schmerzes kaum verstehen. Außerdem weiß ich, dass es nur eine Sache gibt, die helfen wird.

»Kommt sie?«, frage ich.

Das Gesicht am Fenster ist aus Elfenbein geschnitzt, sogar die Tränen, die darüber laufen, sind hart wie Kristalle. Wer ist sie? Mein Verstand rudert und versucht, sich zu erinnern. Sie hat eine ganz, ganz kleine Stimme, aber die trifft mich wie ein Pfeil. »Nein. Niemand kommt. Auf der ganzen Welt gibt es nur dich und mich.«

Unmöglich, dass Izzy nicht hier ist, wo sie doch das Einzige ist, was zählt. Eine Welle der Panik steigt in mir hoch. Sie muss hier sein.

Dann spüre ich einen Nadelstich, und eine Decke wird über den Alarm geworfen und dämpft den Lärm. Ich schließe die Augen, wie Jalousien. Es ist jetzt dunkel, stiller, und ich kann denken. Ein weiteres Schachbrett erstreckt sich vor mir, verschwindet in der Ferne, eher wie eine Straße. Die Panik lässt langsam nach, und ich spüre, wie diese Befriedigung, diese Sicherheit einsetzt, die immer dann kommt, wenn ein Spiel in wenigen Zügen zu Ende ist.

Dumm, dass ich mir gewünscht habe, dass sie herkommt. Sie gehört hier nicht hin, deshalb ist es auch unwichtig zu warten. Ich werde immer zu ihr finden. Ich mache mich jetzt auf den Weg zu ihr.

BRIANNA

The Rook

Es ist Vollmond. Izzy und ich gehen von dem Fundraising nach Hause. Seltsamerweise sehe ich es nicht kommen. Die Information taucht aus dem Nichts auf. Mit der Geschwindigkeit eines fahrenden Autos, das mit quietschenden Bremsen neben uns hält. Erst als ich Ts Tante durch das offene Fenster erkenne, weiß ich, dass etwas passiert ist. Sie sagt »steigt ein«, und ihr Gesicht ist hart. Da weiß ich, dass etwas Schlimmes passiert ist. Izzy ist schneller als ich, wie immer. Vielleicht ist sie jetzt diejenige mit der Gabe. Ohne eine einzige Frage zu stellen, steigt sie ein. Ich schaffe es gerade noch, zu ihr in den Wagen zu springen, bevor die Tür zuschlägt.

Auf der Brücke ist viel Verkehr. Rücklichter wie rote Augen. Hupen wie wütendes Geschrei. Das gibt uns Zeit, zu viel Zeit, um die wenigen Einzelheiten zu erfahren, die Ts Tante kennt. Eine aus dem Ruder gelaufene Demo. Ein einziger, von der Polizei abgefeuerter Schuss. Dass die Polizeibehörde mehr noch nicht sagen will. Warum war T überhaupt dort?

Sie redet wie jemand, der keine Stille erträgt. Izzy sagt ganz wenig, obwohl ich sehen kann, wie sie zittert. Ihr ganzer Körper.

Als wir im Krankenhaus ankommen, stürzt Izzy aus dem Auto, während es noch fährt. Und diesmal ist sie so schnell, dass ich ihr nicht mehr folgen kann. Patrice schreit vor Schreck kurz auf und bremst abrupt, aber da ist Izzy längst weg. Wir beide sitzen einen Augenblick perplex da und sehen sie über den kleinen Parkplatz bei der Zufahrt für die Krankenwagen rennen. Ihr langes Kleid ist hellgrau, doch in der Dunkelheit sieht es weiß aus. Ich frage mich, wie das aus all den Fenstern der Krankenzimmer, die zur Straße hinausgehen, wirken muss. Wie ein Geist, ein Engel, das sich bauschende Segel eines Schiffs.

Ts Tante schaltet ruckartig die Automatik auf Parken und kümmert sich nicht darum, dass wir einen anderen Wagen blockieren. Als wir schnellen Schrittes auf diese erstaunlich hellen Türen zueilen, greift sie nach meiner Hand. Wir haben nie miteinander gesprochen, also nicht direkt, aber hier sind wir. Hand in Hand, als wäre ich ein kleines Mädchen. Oder sie.

T wurde schon aus der überfüllten Notaufnahme auf die Intensivstation im dritten Stock verlegt. Gott, dieser schreckliche Krankenhausgeruch, der sogar in dem Aufzug herrscht.

Und dann ist da dieses Zimmer. Wie ein Foto, das unbegreiflich bleibt, egal wie lange man es anstarrt. Wie ein Foto, das man schon mit einem flüchtigen Blick begreift. Da steht das Bett und darin eine Gestalt, die eben noch ein lebendiger

Mensch war und es jetzt so eindeutig nicht mehr ist. Izzys Körper an den reglosen Körper geschmiegt. Ihre Arme um ihn geschlungen, ihr Kopf ruht auf ihm. Ihr Mund ist geöffnet, als würde sie sprechen, doch ich höre keinen Laut. Da ist Patrice, die neben mir zu Boden sinkt. Da ist das Mädchen am Fenster, von dem ich zunächst glaube, ich bilde sie mir nur ein. Sie trägt eine spießige Schuluniform und kauert wie ein schrecklicher Wasserspeier in der Ecke. Wie der alte Mann auf der Einsiedlerkarte in meinem Tarot. Der ganzen Szene, dieser schrecklichen Collage, könnte man den Titel *Zu spät* geben.

Izzy
The Queen

Er fühlte sich kein bisschen anders an, und das war vielleicht das Schlimmste. Er war weder kalt noch starr. Er war auf perfekte Weise er selbst. Auf seiner Hand stand mit Kugelschreiber ein kleines *I,* und ich presste meine Lippen darauf.

Ich legte den Kopf auf seine Brust, wie schon tausendmal zuvor, und so wartete ich auf das leise Klopfen seines Herzens an meiner Wange. Es ist ja nur ein Muskel, der sich wieder und wieder zusammenzieht. Das hat nichts Magisches an sich. Jemand der Ärztin werden will, würde das nicht vergessen. Doch genau das tat ich. Als hätte es seinen eigenen Willen, sprach ich zu seinem Herzen. Ich flüsterte ihm etwas zu. Ich schmeichelte ihm. Ich lobte es und kritisierte seine Sturheit. Ich flehte.

Und als es nicht auf mich hörte, bat ich mein eigenes Herz stehenzubleiben.

BRIANNA

The Rook

Es gibt natürlich eine Trauerfeier. Oder eine *Zeremonie zur Heimkehr*, wie manche Leute in diesem Viertel es nennen. Ich wusste nicht, dass Tristan religiös war, aber die Trauerfeier findet in einer dieser riesigen alten Kirchen statt, die über ganz Brooklyn verteilt sind. Diese steht nur ein paar Blocks von dort entfernt, wo er gewohnt hat. Als ich dort mit Hector und meinen Eltern ankomme, wird mir klar, dass man sie wahrscheinlich wegen ihrer Größe ausgesucht hat.

Marcus ist hier. Wir sehen ihn fast sofort, als wir eintreten. Hector geht zu ihm hin, um ihn zu umarmen. Obwohl seine Miene wie versteinert und gleichmütig wirkt, kann ich immer noch die Schockwellen sehen, die durch sein Gehirn laufen. Ich spüre das durch den ganzen Raum. Früher dachte ich, dass Marcus alles regeln könnte. Ich phantasierte darüber, dass er meine ganzen kleinen Sorgen zum Verschwinden bringen würde, sobald wir uns ineinander verliebt hätten. Ich starre auf meine Schuhe, während Hector mit ihm spricht. Marcus zu berühren, das würde ich nicht aushalten.

Wir setzen uns in eine Bank auf der rechten Seite, ungefähr in der Mitte. Ich habe von dort freie Sicht auf Marcus, der inzwischen seinen Platz in der ersten Reihe eingenommen hat. Schützend legt er seinen Arm um seine Tante Patrice, die geschrumpft und irgendwie verkümmert aussieht, als wäre eine Schicht in ihrem Inneren ausgetrocknet. Auf der anderen Seite neben ihr sitzt ein Mann, den ich nicht kenne. Das muss Ts Vater sein. Sie haben die gleiche hellbraune Haut, den gleichen leicht kantigen Schädel. Er weint laut und ungeniert in ein Taschentuch. Es klingt, als würde er nie mehr damit aufhören. Weil es schmerzt, das mitanzusehen, zwinge ich mich, von ihm wegzusehen. Ich mache stattdessen im Kopf eine Liste der anderen Trauergäste, um mich vom Nachdenken abzuhalten.

Alle sind da. Weit vorne sitzen die anderen Angehörigen aus Ts Familie, von denen ich manche kenne, wie Marcus' Mutter und seine Schwester. Weiter hinten erkenne ich Dutzende Leute aus der Schule: R.J. und Roxanne und Tyrone und Kevin und sogar Frodo, dessen Augen so rot sind, als hätte er seit Tagen nicht geschlafen. Es sind auch Leute da, die ich nur vom Sehen, aber nicht mit Namen kenne, und natürlich Lehrer sowie Direktor Price. Er bietet einem Mädchen, das ich noch nie gesehen habe, ein Taschentuch an. Der Coach der Schachmannschaft, der alte Russe, sieht im Grunde aus wie immer, er wirkt höchstens ein bisschen gebeugter als sonst. Mehrere gutangezogene weiße Kids sitzen in einer Gruppe zusammen, die mehrere Bankreihen einnimmt. Ich schätze, das sind die Leute von Ts neuer Schule. Izzys Eltern sind hier. Ihre Mutter trägt ein schwarzes Tuch über den Haaren und ein weiteres um den Hals. Sogar ihr Bruder ist gekommen; er hat einen leeren Gesichtsausdruck.

Noch weiter hinten sitzen diejenigen, die T mit Sicherheit nicht kannten, sondern nur gehört haben, was passiert ist, und deshalb heute Abend hergekommen sind. In ihren Gesichtern stehen statt Trauer Wut und Empörung. Sie füllen alle hinteren Bänke, doch es sind zu viele, so dass sie aus der Kirche quellen und die Stufen und die Straße davor einnehmen. Es sind auch Polizisten da. Ich vermute, um die Menge unter Kontrolle zu halten. Oder vielleicht auch aus Respekt vor Ts Familie. Jedenfalls sehen die meisten der Beamten aus, als wären sie gerade lieber an jedem anderen Ort der Welt.

Es gibt nur einen Menschen, der nicht da ist, und das ist Izzy.

Erst als die Trauerfeier wirklich beginnt und der Pastor zum Altar geht, wo er das Wort ergreift, erst da fällt mir ein, dass T auch da ist. Es gibt einen Sarg, fast begraben unter einer Blumenflut. Ich bin froh, dass er geschlossen ist, so dass ich ihn nicht noch einmal ansehen muss. Ihn mir darin vorzustellen, so wie er in dem Bett im Krankenhaus lag, das ist schlimm genug. Ich erschauere, und meine Mom greift nach meiner Hand. Sie flüstert ein Ave Maria. Vielleicht für mich oder für sich.

Nach dem Pastor reden noch ein paar andere Leute, aber es ist ein einziges sinnloses Gelaber. Es gibt in Wirklichkeit nur eine einzige Person, die Worte hätte, um zu erklären, wer T tatsächlich war, und sie ist nicht hier.

Nach der Feier versammeln sich alle noch im Untergeschoss der Kirche. Viel zu viele Leute wollen mit mir reden. Ich weiß, das liegt daran, dass sie gehört haben, ich sei da gewesen, im Krankenhaus. Ich soll ihnen erzählen, was passiert ist. Sie wünschen sich eine Erklärung dafür, warum sie nicht hier ist, aber das weiß ich ehrlich gesagt auch nicht. Ich weiß nur, dass die robuste, pragmatische Izzy von vorher nicht mehr existiert. Sie wollen, dass ich ihnen sage, wie wir alle jetzt mit unserem Leben weitermachen sollen. Und sie möchten, dass ich ihnen sage, was als Nächstes passieren wird. Doch es gibt keine Tarotkarten, die mir helfen könnten, diese Frage zu beantworten. Außerdem weiß ich, dass Trauer kein Was-kommt-danach kennt. Sie bleibt einfach für immer.

Epilog

Psychiatrische Klinik Port Anthony.
Drei Jahre später.

Wenn das Leben den Gesetzen der Seele und nicht denen der Natur folgen würde, dann hätte mein Herz aufgehört zu schlagen, als ich im Krankenhausbett neben ihm lag. Dann hätte es ein anmutiges Ende gegeben, ein Sterben an gebrochenem Herzen. Wir hätten zusammen begraben werden können, und alle hätten begriffen, dass die Geschichte zu Ende ist und was sie bedeutet hat.

Doch das Herz, dieser zähe Muskel, schlägt einfach weiter, selbst wenn man sich wünscht, es würde das lassen.

Es gibt Möglichkeiten, die Beharrlichkeit des Herzens zu bezwingen, denkt ihr euch vielleicht und habt damit recht. Ich habe mein Herz trotzdem nicht gezwungen, stehen zu bleiben. Noch nicht. Hier die Gründe dafür:

1. Es würde meine Eltern umbringen. Oder genauer gesagt, es würde sie nicht umbringen. Denn ich kann nicht darauf vertrauen, dass ihre gesunden Herzen zu schlagen aufhören, selbst wenn sie ganz und gar gebrochen sind.

2. Ich bin ein Feigling, der es nicht mehr aushält, an körperliche Vorgänge zu denken. Mir, der ehemals zukünftigen Ärztin, wird schlecht, wenn ich jetzt an Blut und innere Organe denke. Deshalb kann ich mir das Herz auch nicht als Organ vorstellen, nicht einmal lange genug, um mich dem Problem zu widmen, wie ich meines zum Stehenbleiben bringe.
Und 3. … Kennt ihr den dritten Grund nicht schon? Überlegt noch einen Moment, ein paar unaufhaltsame Herzschläge lang, dann kommt ihr wahrscheinlich selbst darauf.

Nach Tristans Tod war meine Familie geduldig mit mir. Die Schule hatte Geduld mit mir. Alle erwiesen sich als geduldig. Sie machten mir keinen Vorwurf, als ich eine Stunde vor der Trauerfeier schluchzend und kotzend zusammenbrach, so dass ich unmöglich unter Menschen gehen konnte. Sie drängten mich auch nicht, als ich mich nicht überwinden konnte, wieder an die Schule zurückzukehren. »Wenn du so weit bist«, hieß es immer, was den Eindruck vermittelte, dass ich tatsächlich eines Tages wieder der Mensch sein würde, der ich vorher gewesen war. Ich wusste damals schon, dass das unmöglich war. Patrice kam einige Male vorbei und meinte, Tristan würde wollen, dass ich weitermache. Dabei konnte ich ihr ansehen, dass auch sie niemals wirklich darüber hinwegkommen würde. Ich verbrachte über ein Jahr im Haus meiner Eltern, während alle darauf warteten, dass meine Trauer vorbeiginge, und ich darauf wartete, dass mein Herz zu schlagen aufhörte. Ich konnte nicht denken, ich konnte nicht lesen. Ich konnte ja kaum essen und atmen und sprechen. Meine Eltern halten seit Hulls beachtlicher Verwandlung sehr viel von professioneller Hilfe bei psychischen Problemen. Deshalb beschlossen sie schließlich, mich hierher zu schicken. In eine ausgezeichnete stationäre Trauerbehandlung von unbestimmter Dauer. In die Irrenanstalt, würden manche vielleicht sagen.

Brianna hat mich gelegentlich besucht. Einmal brach sie in Tränen aus und gestand, dass sie vor langer Zeit etwas, das sie nicht hätte erwähnen sollen, zu Frodo gesagt hat. Das und etwas über einen Liebestrank, was eindeutig nur Brianna glauben kann. Sie wirkte erleichtert, aber auch überrascht, weil ich deshalb nicht wütend auf sie war. Aber wie auch immer, sie hat jedenfalls ihren Abschluss an der Sagan gemacht und erhielt ein Vollstipendium an der Fordham University. Jetzt überlegt sie, ein Aufbaustudium zu machen und ihre Abschlussarbeit über mittelalterliche Literatur und Okkultismus zu schreiben. Sie hat mir ein Foto ihres Verlobten gezeigt, der ein bisschen wie Marcus aussieht, nur viel sanfter. Ich freue mich ehrlich für sie.

Marcus ist in das Geschäft von Briannas Bruder miteingestiegen. Ich weiß, dass sie das arrangiert hat, auch wenn sie bescheiden abwinkt. Marcus ist ein großartiger Partner, weil er jeden potentiellen Kunden im Umkreis von zehn Meilen kennt. Ihr Laden wird jedes Jahr erfolgreicher.

Philip kommt ein paarmal im Jahr vorbei. Es ist wie eine kleine Atempause, jemanden zu sehen, der Tristan kaum kannte. Er erzählt mir lustige Anekdoten über die Stücke, für die er vorgesprochen hat, und tut immer so, als säßen wir nicht im Besucherraum eines Krankenhauses. Er erwähnt auch nie, warum wir hier sind. Aber bevor er geht, beugt er sich immer zu mir und flüstert in mein Ohr: »Ich weiß, dass du noch da drinnen steckst.« Als ob ich in ein Koma gefallen wäre. Und vielleicht bin ich das ja.

Meine Eltern kommen mich natürlich oft besuchen. Sie bringen mir Leckereien aus der Stadt mit – Bagels aus Brooklyn, Knishes von der Lower East Side –, in der Hoffnung, mich damit zurück ins Land der Lebenden zu locken. Sie machen sich Sorgen um mich und ich mir Sorgen um sie, aber sie stehen auf der einen Seite einer Schlucht und ich auf der anderen. Keiner von uns erinnert sich noch daran, wie man über das dazwischen gespannte Seil balanciert.

Hull ist nie hier gewesen. Nicht einmal während der Semesterferien. Ich weiß nicht, warum. Und ich muss zugeben, es tut weh. Wenn es irgendwen gäbe, der verstehen könnte, dass die alte Izzy tot ist, dann müsste das der neue Hull sein. Doch er ist weit weg, am anderen Ende des Landes, in Standford. Ich weiß nicht, wie oft er an mich denkt oder ob überhaupt.

Der Großteil meiner Zeit hier ist wie ein Fluss aus immer gleichen Augenblicken. Eine Sache war allerdings bemerkenswert: Als ich ankam, kniff eine der Schwestern, die eine knallblaue Lesebrille in den Haaren stecken hatte, ihre Augen ein wenig zusammen, als sie meinen Namen auf ihrem Klemmbrett las. Erstaunt murmelte sie vor sich hin.

»Noch eine Izzy?«, fragte sie dann. »In all meinen Jahren hier gab es keine einzige. Die Erste kam vor sechs Monaten. Aber nicht auf diese Station.« Sie deutete den Hügel hinauf zu dem gesicherten Gebäude, wo sie die richtig Verrückten verwahren. »Armes Ding.« Sie schnalzte mit der Zunge und schwieg dann, als hätte sie schon zu viel gesagt. Ich weiß, wer das gewesen sein muss, auch wenn Isadora sich früher Dorie und nicht Izzy abkürzte. Keine Ahnung, was aus ihr geworden ist.

Irgendwann wird meinen Eltern vermutlich das Geld ausgehen, und ich komme irgendwo anders hin. Oder vielleicht bekommt Hull einen CEO-Posten und schickt Geld. Dann werde ich hierbleiben, bis mein Herz wirklich zu schlagen aufhört. Dann wird es ein Ende haben.

Der dritte Grund, warum ich noch nicht Schluss gemacht habe, ist natürlich, dass ich mich noch an Tristan erinnern kann. Ich kann ihn mir noch vorstellen, ihn heraufbeschwören. Auf diese Weise ist er noch bei mir. Zugegeben, es ist eine blasse Version von ihm, aber besser als nichts. Ich stelle mir alles wieder und wieder vor. Ich erinnere mich daran, wie es war, diese Monate zu durchleben, und ich stelle mir auch vor, wie die Welt in seinen oder Briannas Augen ausgesehen haben muss. Es spielt keine Rolle, dass einige Details bestimmt falsch sind – wahr ist es trotzdem.

Es waren die Ärzte, die vorschlugen, ich solle alles aufschreiben. Ich glaube jedoch, dass sie diesen Rat inzwischen bereuen. Denn seither schreibe ich täglich stundenlang. Komme ich zum Ende, fange ich wieder von vorne an. Jetzt erzählen sie mir, dass es vielleicht ratsam wäre, dieses Projekt zu beenden und andere »Wege zur Heilung« zu beschreiten. Aber ich kann nicht einfach mit dem Schreiben aufhören oder es durch den Besuch irgendeiner Selbsthilfegruppe oder das Malen von Aquarellen ersetzen. Das zu tun hieße ihn im Stich lassen.

»In deiner Geschichte gibt es so viele Wendungen«, meinte einer der Ärzte zu mir, während er mir den Puls fühlte. Ich glaube ja, dass sie meinen Puls gar nicht unbedingt brauchen, sondern das nur machen, weil manche Patienten es tröstlich finden. Sie fühlen sich dadurch umsorgt und von jemand gesehen. »Das könnte fast ein Roman sein«, sagte der Arzt.

Als er fertig war, knöpfte ich die Manschette meiner Bluse über dem Handgelenk wieder fest zu. Um meinen unerbittlichen Herzschlag vor jedem zu verstecken, der danach suchen könnte. Er hat es natürlich komplett falsch verstanden. Das hier ist kein Roman. Es ist eine Liebesgeschichte.

Dank

Auch wenn es unmöglich ist, allen zu danken, die mir geholfen haben, Autorin zu werden, möchte ich doch meine Dozenten und Kollegen vom Creative Writing Program der New York University hervorheben. Ich habe von ihrem scharfen Verstand und ihrer herzlichen Freundschaft profitiert.

Ich danke der Maribar Writers Colony für den Platz zum Denken und die Kameradschaft, die ich dort fand.

Besondere Dankbarkeit schulde ich zwei der frühesten Leser des Manuskripts, Jason Leahey und Dominic Romany. Sie waren so großzügig mit Rat und Ermutigung. Ihr seid wirklich *»the bee's knees«*.

Meine Agentin Kerry Sparks wäre Stoff für eine Legende. Sie ist der Champion, von dem alle Autoren träumen. Ich kann ihr und ihren Kollegen bei Levine Greenberg Rostan gar nicht genug für ihre Unterstützung bei der Realisierung dieses Buchs danken.

Farrin Jacobs und ihr Team bei Little, Brown sind unglaublich. Ich bin so dankbar dafür, dass sie »*We Will Fall*« mit ihrem immensen Talent gnädig waren.

Die Highschool liefert einem mehr Hoffnung, Veränderung und Ungewissheit als eine Sternenkarte beim Tarot. Mein tiefster Dank geht deshalb an diejenigen, die in dieser Zeit zu mir gehalten haben: Llalan Fowler, Mignon Miller, Rachel Barnette, Dave Humeston, Jay Goyal, Stephen Kennedy, Tom Hankinson und ganz besonders meine geduldige Familie, Dwight, Nancy, Dawn und Ryan.

Und schließlich gebührt Jason und Nora meine unendliche Zuneigung: Ihr seid die große Liebe, die die meisten Menschen sich nicht einmal vorzustellen wagen.

Die Stimme einer Generation

Die »Queen of Poetry« Rupi Kaur zieht Leserinnen auf der ganzen Welt in ihren Bann. Die unverwechselbare Instagram-Poetin nimmt dich mit auf eine Reise durch ihre Gefühlswelt! Mit ihrem einzigartigen Gespür für die Balance zwischen herzergreifender Wucht und müheloser Leichtigkeit ergründet Rupi Kaur wundervolle Momente sowie schmerzliche Erfahrungen. Die berührenden Texte handeln von Liebe und Schmerz, aber vor allem geht es um den Weg zur Heilung.

Rupi Kaur
Die Blüten der Sonne
Poetry
Aus dem Amerikanischen von
Anna Julia Strüh
256 Seiten, gebunden

Weitere Informationen zum Kinder- und Jugendbuchprogramm der S. Fischer Verlage finden sich auf *www.fischerverlage.de*